MINGUO TONGSU XIAOSHUO
DIANCANG WENKU

清歌艳舞·紫陌红尘

民国通俗小说典藏文库·冯玉奇卷

冯玉奇◎著

中国文史出版社

目　　录

清歌艳舞

紫陌红尘

清 歌 艳 舞

一、海上来舞后马上英雄惊艳遇

　　四周已笼上了轻纱那么的薄暮了，秋天的斜阳，软弱无力地躺在矗立在半天的高楼大厦上，似乎还显出依依惜别的恋情。但跑马厅里那座大时鸣钟，当当地已发出了五记洪亮的声音，好像毫无感情地在催逼着夕阳，是应该可以离开这个宇宙了。

　　这时跑马厅畔黑黝黝地挤满了男男女女老老少少的中西人士，真是人山人海。各人的手里都拿着赛马预测的报纸，有的昂起了头，望着高高悬在木架上的牌子里写明了的马名和骑师的名字；有的低着头，把铅笔在预测报上画着写着，似乎在研究一件什么科学般的，煞费苦心地在大动其脑筋；还有已经把票子买好了的，脸上含了希望的微笑，兴冲冲地走到瞭望台上去闲坐休息；也有赢了钱的，在互相高谈阔论地夸张他自己的经验和眼光，表示无限兴奋的样子。不过，在这里的大多数，都灰白了脸色，愁眉不展地撕着他们手里买不中而已经成为一钱不值的废票。在黄昏的秋风吹送之下，他们的脸色是更显得苍白和惨淡了。

　　在人山人海中有一对妙龄女郎，她们坐在瞭望台上的藤椅上，神情显得分外安闲，一个好像是姐姐，一个好像是妹妹。这两个姐妹的容貌，可谓天生丽质艳于花。不论是哪个人，在见到了她们之后，都会情不自禁地向她们多望了几眼，表示有种说不出的羡慕的样子。尤其是那个姐姐的妆饰，比妹妹更要漂亮万倍，风流之情意，横溢于眉宇之间，只要那秋波一转，立刻就可以勾引每一个男子的灵魂。那个妹妹的服饰，似乎要朴素得多，完全是个女学生的打扮。但朴素并不有损她的秀媚，她和姐姐相较，一个是艳若桃李，一个是秀似幽兰，自有她另一种动人心弦的风韵。

这一对姐妹花究竟是怎么样的人物呢？原来是初次从香港到上海的歌舞明星鸿文珠和鸿爱玉。她们到了上海之后，便寓居在国际饭店。她们歌舞团的团主人张得标是个善于交际的人才，所以一到上海，便和建筑最富丽堂皇的万国大戏院签订合同，登台表演。这几天还在大事宣传和排演节目期间，所以比较空闲。鸿文珠和普通姑娘有着不同的个性，不但十分豪爽，而且有奇特思想，和她妹妹爱玉，显然也是两种的典型。国际饭店和跑马厅是近在咫尺，所以姐妹两人也时常到跑马厅里去消遣。

这时文珠望着下面跑马厅里的马夫，牵着马在草地上打圈子，遂对爱玉低低地问道："妹妹，你看这一次是几号跑得出的?"

"我瞧三号马或许有点儿希望，阿煞喜的后蹿很有劲，况且那个骑师又是老资格。你瞧他上两次骑马，不也是总归跑第一的吗?"

"你说是这个李英龙吗？嗯，真是一个骑马的老手。我也这样猜想，这一次又是他骑的阿煞喜跑第一的。只要四号那匹司带尼争一点儿气，我们三、四的联票赢位，这一次分得的钱一定是很可观的了。"

"我说怕不见得，因为三、四联票太热门了，回头中了也分不到多少钱。"爱玉摇了摇头，伸手理着被风吹乱的鬓发，微笑着回答。

正在谈着话，马夫把马都已交到骑师的手里，骑师们都跨上马背，在草地上试着驰骋。文珠把望远镜凑在眼睛上，向前望去，见阿煞喜那匹马上骑着的李英龙骑师，生得眉清目秀、英气勃勃，真仿佛是个马上英雄的神气。他此刻含了笑容，正在和旁边那个西人评判员说着流利的英语。虽然皮肤并不十分白皙，但是他的颊上还嵌着一个深深的笑窝。文珠芳心别别地跳动了两下，她自然而然地竟起了一阵爱怜的意思。

不多一会儿，已开始赛马了。整个跑马厅里的赌客，大家的心都震荡得厉害。文珠带了望远镜，所以看得特别清楚，只见李英龙一马当前，和后几匹马长长地距离了许多的路程，文珠是快乐得什么似的，爱玉却在旁边连问几号第一。文珠一面告诉，一面并不放松地把视线对准了李英龙的身上。这时后面的一号、五号、六号，都跑在里档，因为互相倾轧的缘故，所以给跑在外档的司带尼蹿了上来。这情形看在买三、四号联票的人眼睛里，大家都不禁喊声雷动起来，无非是鼓励骑师的意思。

就在这一阵欢呼之中，赛马已到终点。那黑牌白字映了出来，清清楚楚是三、四两个字。文珠放下望远镜，把手中一沓三、四联票交给爱玉，叫她先去领取奖金。她待妹妹走后，便在皮包内取出一张白纸，用铅笔簌簌地写了几行字，把纸捏成了一团，匆匆走下瞭望台，等在铁栏杆旁，那是跑第一、第二、第三的马匹经过的地方，无非是给他们骑师一种威风的意思。赌客们向他们拍手欢呼，骑师含了春风得意的笑容，向大家点头。

文珠见李英龙第一个骑着马走过来，于是向他高声地喊了一声"李英龙"。英龙听有女子声音叫自己的名字，遂连忙循声而望。文珠向他盈盈一笑，把纸团掷了过去。李英龙做了几年骑师，对于这种事情已经遇到了好几次，所以他是十分明白，伸手连忙接过，还向她举手一招，表示十分熟悉的样子，避人耳目。文珠见他已把纸团接过，目的已达，遂十分兴奋地到领奖处去找寻她的妹妹了。在领奖处找到了妹妹，爱玉已把奖金领来。每票分五千六百元，一共十张，共得奖金五万六千元。文珠把六千元交给妹妹，说给她零用。因为这本来是最后的一次赛马，所以姐妹两人便笑盈盈地满载而归，回到她们的国际饭店去了。

当她们跨进八百十六号卧房的时候，想不到里面已经坐了两个男子。一个是团主张得标，还有一个身穿长袍，大腹硕硕、面团团、身胖胖的，显然是个大富翁模样。张得标一见了她们，便早已含笑起迎，说道："鸿大小姐，你们在哪儿游玩？上庙不见土地，我们已恭候好多时候了。来，来，来，我给你们介绍介绍，这位是上海赫赫有名的地产大王顾元洪先生。顾先生，这位就是大名鼎鼎从香港刚到上海的歌舞皇后鸿文珠小姐，这位是她妹妹鸿爱玉小姐。我们这位顾先生是慕鸿大小姐的芳名而特地来拜访的。鸿大小姐，你得好好地招待招待才好啊。"

"哦，原来是顾先生。请坐，请坐。"

"别客气，别客气。鸿大小姐，你的芳名早已红遍了香港，那时候可惜无缘见面，心中真觉遗憾，今日得遇芳容，真是三生有幸啊！哈哈……"顾元洪在张得标介绍的时候，早已笑嘻嘻地跟着起身，此刻听文珠笑盈盈地招待自己，他乐得全身骨头有点儿轻松的样子，耸了耸肩膀，一面竭力地奉承，一面便哈哈地大笑起来。

文珠在他笑声中可以想象他是一个老奸巨猾的人，所以对他非常讨厌。不过自己初来上海，对于上海这些有财势的人，当然不能轻易地得罪，所以还是满面含了笑容，谦和地说道："哪里哪里，顾先生夸奖了。张老板，你替我先招待招待吧。"

"鸿大小姐，不要客气，你请便吧。"顾元洪知道她要入内更衣的意思，遂连忙先急急地回答。文珠和爱玉遂推门进了套房，到里面一间卧房里去了。顾元洪目送她们姐妹步入内室之后，方才又在沙发上坐了下来。吸了一口雪茄，睐了那双色眼，点头笑道："嗯，真不错！我活了这四十六年来，这样美丽的女子，实在还只有第一次看见。张老板，你的时运亨通了，这一炮开起来，保险你会红得发紫。只怕银行的库房，要归你去管理了。"

"哈哈，哈哈！托福，托福！要如有这么一日，还不是全靠你老兄来捧场吗？你说，第一天开幕，你给我包多少座位？"张得标听他这样说，一时也乐得心花都开了。趁此机会，又向他敲一记。

顾元洪拍拍胸部，望着他一眼，笑嘻嘻地说道："你放心，包一天不算稀奇，每天我都包一百个座位，接连十天。你想，这么一来，还不把生意买得好起来了吗？因为上海人都是吃噱头的，以为在十天之内的票子都买不到，可见这歌舞的有价值了。所以越是买不着票子，便越要去欣赏欣赏了。"

"顾老兄这样捧场，我先代鸿大小姐向你一鞠躬，然后我自己再向你三鞠躬。"张得标听了，便离座而起，真的向顾元洪接连不断地鞠躬。

顾元洪急得连连摆手，笑着连说："好了好了。我们是多年不见的老朋友，何必还闹这些客套呢？"

他们两人在外面正闹着客气，只见爱玉含笑先走出房来。张得标连忙问道："鸿二小姐，怎么啦？你姐姐干吗不出来招待招待顾先生呀？"

"哦，这真是太不巧了，我姐姐忽然有点儿头痛起来了，所以她需要在床上休养一会儿，叫我向顾先生打个招呼，一切失礼之处，还得请顾先生原谅才好。"

"没有关系，没有关系，鸿大小姐既然有些不舒服，那么我给她打个电话给牛尔林。他是德国留学的医学博士，平日不大出诊，只有我请他，他是没有不到的。让他来打一枚针，头痛就会好起来的。"

顾元洪一面说，一面已走到电话机旁去了。这么一来，倒把爱玉急慌了，连忙跟着到电话机旁，向他摇了摇头，说道："顾先生，你不要费心了，我姐姐这人就像小孩子的脾气，她平日最怕看医生。吃药打针，她是更害怕了。好在没有什么大病，休息一两个钟点就会好的。姐姐说，今天非常对不起顾先生，明天晚上请顾先生在金谷饭店吃夜饭，不知道顾先生肯赏光吗？"

"没有这个话的，我哪敢让鸿大小姐请客？论理，你们初到上海，我也应该尽个地主之谊的。本来我今夜就要请鸿大小姐吃饭的，想不到鸿大小姐会不舒服起来，那叫人感到扫兴。鸿二小姐，我的意思，请你入内再去征求令姐的同意，因为一个人有了病痛，医生自然是需要看看的。假使她答应了，我想还是请牛博士来诊治一趟比较妥当。"顾元洪虽然被爱玉阻拦而放下了听筒，但当他说到后面的时候，还向爱玉低低地央求，表示对文珠的身体关怀到一百二十分的意思。

爱玉觉得这些都是多余的事情，因为姐姐根本不是真的头痛，无非是讨厌这种人的缘故，所以才故意避而不见的。不过肚子里在想的这一层意思，到底不能向他实说出来，也只好含笑点点头，很勉强地又入内室去了。

顾元洪回头向张得标望了一眼，见他呆呆地好像在想什么心事的样子，遂笑嘻嘻地说道："张老板，想不到这位鸿大小姐还是那么孩子气，怕吃药怕打针，那不是很有趣吗？不知她青春多少了？"

"她吗？二十二岁了，照实足年龄算来，二十岁还不到。顾老兄，这小姑娘的脾气，从小就有点儿古怪，十六岁在我团里学歌舞，这六年来，她脾气更古怪了。其实这一半也是我把她抬得太高的缘故，所以她难免有些骄傲的样子。我说老兄要劝劝她，一个红角儿，要如犯了这骄傲的毛病，那就很容易一落千丈的，你是用第三者的地位去批评她，也许她会听从你一点儿。要如我跟她说吧，她却会把我当作耳边风呢。"

张得标因为和文珠相处的日子很久了，所以他很明白文珠叫妹妹来说她有点儿头痛不舒服，这根本是一种推托之词，所以他低了头，暗暗地在猜测着："难道她是不愿意跟顾元洪交一个朋友吗？假使果然这样的话，那么她这一辈子也不会红起来呢。"就在他想的时候，听顾元洪这么问，于是一面向他告诉，一面又表示不乐意的神气。但顾元洪却反而庇护着文珠，摇了摇头，笑道："我说这话倒并不是她骄傲的地方，实在是她孩气未脱，多少还带了一点儿天真的成分。哎！我女孩儿也看得多了，从来也没有见过像鸿大小姐这么可爱的姑娘。嗯！今日才算是第一次，第一次……"

"那么在你的心中，好像是把她当作一颗明珠似的珍爱了，对不对？"

"对，对，你这个比方对极了！她不是叫文珠吗？我此刻心里的欢喜，真仿佛是找到了一颗价值连城的夜明珠一样了。假使把我所有的地皮卖光，来捧红这位鸿大小姐，我也甘心情愿哩。"顾元洪背着手，在室内来回踱步，一面吸着雪茄，一面满脸含笑地说。他心里充满了甜蜜蜜的热望，在他脑海里浮现了神秘的一幕。

张得标见他对文珠醉心的这个样子，一时又喜欢又忧愁。喜欢的是，他卖完地皮也要捧红文珠。捧文珠成名，换句话说，就是捧我赚钞票。不过忧愁的，是他把文珠捧红了之后，醉翁之意不在酒，那么在他金子铺路的手段之下，文珠早晚总要投入他的怀抱。假使文珠做了他的姨太太，关到金屋里去藏娇，那么赛过拔去了我这一棵摇钱树了。心里正在暗暗地忧愁思虑，爱玉又匆匆地走了出来，低低地说道："顾先生，我问了姐姐两三遍，她不回答，原来她已经睡着了。大概没什么大不了，等她一觉醒来，一定会好的。"

"嗯！但愿她没有什么，才叫我谢天谢地呢！张老板，鸿二小姐，那么我此刻走了。"

"顾先生，你不多坐一会儿走吗？不要忘记，姐姐明天请你吃夜饭。"

"不敢，不敢。我明天请你姐妹两位吃夜饭。好在明天下午我再可以来拜访你们的，再见，再见。张老板，我们一块儿走吗？"

"不，我还要在这儿休息一会儿，老兄请先走一步。"顾元洪听了，点了点头，方才喜滋滋地走出房外去了。

这里张得标向爱玉望了一眼，微微一笑，说道："鸿二小姐，我说你姐姐没有什么头痛不舒服吧。"

"你怎么知道的？"

"哎！我这么一猜就猜到了，不过我也真不明白你姐姐是存的什么意思。顾先生可是一位财神爷爷呢，这种人不乐而交个朋友，难道还要再想交一个比他地位更高一点的朋友不成？"

张得标后面这几句话，至少是包含了一点埋怨的成分。爱玉还没有回答，忽然见文珠从里面房中走出来了，冷笑道："张老板，交朋友是我的自由，难道我交朋友还得你来给我支配吗？那可不是天大的笑话？"

"鸿大小姐，你……你没有睡在床上，那你简直是讨厌着顾先生了？"

文珠这突然走出来的情形，倒把张得标吃了一惊，怔怔地愕住了一回之后，方才指着她急急地问。文珠并不作答，把身子坐到沙发上去，取了一支烟卷，划了火柴吸烟。张得标虽然要向她责骂，但是到底鼓不起这个勇气。接着却深深地叹了一口气，用了温和的口吻，低低地说道："鸿大小姐，请你不要误会我的意思，并非是我要束缚你的自由，其实我完全是为你前途的光明而着想。要知道你在香港虽然有点儿名气，但是到了上海，人家又怎么会知道你鸿文

10

珠三个字呢？所以没有人来将你好好狂捧一下的话，那么你能够红不红起来，这实在还是一个问题。现在这位顾先生，他是我从前要好的朋友。想不到他会发了国难财，居然在目前的上海也算是个很有地位的人物了。我知道这个人的脾气，平日视钱如命，但在女人家身上花钱，却挥金如土，毫不可惜。刚才他曾经对我这么说，就是把他所有的地皮卖光了来捧你，他也甘心情愿的了。你想，可见他对你的倾爱，是已经到了怎样一份程度了，所以我说这是你要发红的一个好机会。凭你这一手交际功夫，还怕不把这个曲死迷得浑陶陶吗？这个年头做人，何必要这么认真呢？就算你对他觉得讨厌，但你表面上总要敷衍他，让他得到一点儿空心的甜蜜。反正女人家稍为牺牲一点儿色相，算不得十分吃亏。只要你把钞票一千一万地用出来，那就是你的颜色，就是你的本领。等到他要和你正式开谈判的时候，你再给他吃一盅闭门羹，那也不算迟呀！鸿大小姐，我这一番都是金玉良言，对你本身完全有益，并无害处，你似乎应该仔细地考虑考虑。"

张得标一口气说了这么许多的话，他咽了两口唾沫，似乎也感到一点儿吃力的样子，一面伸手到桌子上去拿过茶盅，连连喝了两口。鸿文珠把俏眼向他斜乜了一眼，却抿嘴嫣然地笑起来，点点头说道："张老板，你忙什么呢，对于这一点，我可不是一个愚笨的人，也许比你更知道得多一点儿吧。"

"你既然这么说，那我当然是很安心。可是我觉得奇怪，你为什么要假装头痛？这在你不是明明地冷淡着他？幸亏他没有发觉出来，要不然的话，他还会高兴来捧你吗？所以我觉得这一点，你未免是太没有打算的了。"

"张老板，你以为我没有打算，其实这是你不知道我们女人对付男子的一种手段。一个女人和一个陌生的男子见面，那至少非得摆一点儿架子不可。假使随随便便的，我今天就和他谈话，表示亲热的样子，那么在他心中觉得我好像不大珍贵了。所以一定要对他若即若离，使他对我有一种留恋，有一种希望，那么他对我自然更显得殷勤了。"

"哦！原来如此，佩服，佩服！鸿大小姐，那倒是我错怪你了。"

文珠这几句话听到得标的耳朵里，心中这才有个恍然大悟。他哦了一声，竖起了大拇指，连连叫着佩服，一面含了笑容，一面还向她赔不是。其实这是文珠急中生智的一番意思，她怕和顾元洪见了面之后，少不得要一番应酬，说不定还要请我吃夜饭，这样子岂非误了自己今夜的约会吗？此刻又见得标这么五体投地的神情，一时倒忍不住又暗暗好笑起来，遂低低搭讪着问道："张老板，那么我们到底几时可以登台呢？"

"还有三天，今天十二，哎！十五号准定可以装修舒齐了。鸿大小姐，戏院里已开始售票了，你知道顾先生每天包多少位置？"

"多少？问你呀！我怎么知道？"

"每天包一百个座位，接连十天。你想，他这样不惜一切牺牲地狂捧你，在这个年头能有几个人像他这样子为女人而鞠躬尽瘁呢？所以这种瘟生户头，你要不拿功夫出来拉住了他，那你除非是个傻子。"张得标是一味地向她怂恿劝告，后面这句话还故意包含了一点儿刺激她的成分。

文珠微微一笑，却并不作答。这时已经六点多了，得标问她们："晚饭怎么样？要不要我陪你们到外面去吃点儿？"在得标也无非是一味地奉承她们的意思。但文珠摇了摇头，说："不必了，我们姐妹两人就在这里叫一点儿吃吧。"张得标听了，遂也不再客气，匆匆地告别走了。

这里文珠叫爱玉撤了电铃，叫侍役进来，吩咐到十三层楼西餐部送下两客西菜来。侍者点头答应，不多一会儿，两客西菜送下。文珠和爱玉姐妹两人便相对坐下，大家还喝了一点儿酒。吃毕这餐晚饭，已经八点将近，文珠对镜梳洗，略事修饰。爱玉见姐姐打扮得分外艳丽，令人可爱，遂低低地问道："姐姐，你预备到什么地方去呢？"

"嗯！我喝了一点儿酒，心中觉得兴奋，所以想到舞厅里去玩一回。妹妹在这里给我照顾着，说不定有什么人来找我，也好给我招待招待。"

"这么晚了还有谁来找你呢？姐姐，带我一块儿去玩玩不可以吗？叫人家一个人住在旅馆内，人家多寂寞呀！"

"你还是一个十七岁的小姑娘，这种灯红酒绿的场所还是少去为妙。你在这儿看看书，不是很舒服吗？你要听从姐姐的话，我回头可以带好东西给你吃。"

"嗯！我又不是三岁小孩子，你还这么哄我！"爱玉鼓着小嘴，把身子扭动了一下，表示撒娇的样子。文珠笑了一笑，把镜台前的香水在身上洒了一洒，却并不回答什么。爱玉偷偷地向她瞟了一眼，见姐姐这么考究的神气，遂若有所悟地哦了一声，眸珠转了一转，笑着道："哦！我明白了。"

"你明白什么呀？"

"我明白你今夜是赴什么情人的约会去，所以打扮得这么漂亮，而且讨厌妹妹和你一块儿去了。你不用笑嘻嘻地看着我，我这些话还不说到你的心眼儿里去，随便什么东道，我都请。"

文珠听妹妹这样猜测着，想不到真的被她说到心眼儿里去，这就望着她哧哧地笑。一面转着腰肢向镜子照，一面还竭力否认着，说道："妹妹，你这猜测就完全错了，我到上海也没有多少日子，况且天天和你在一块儿，叫我到什么地方去和情人约会呀？"

"那么你为什么不肯带我一块儿去呢？"

"不是跟你说了吗？这种灯红酒绿的地方，妹妹还是不去的好。我的意思，你明天去找个学校，还是继续给我去读书吧。我自己吃了这一项被人视作玩具的饭，我总希望你能够多去求一点儿学问，将来在社会上找一个高尚点儿的职业。"

"是的，我们总得把生活安定了一点儿之后，那么我再找学校读书吧。姐姐，我不跟你去了，你早点回来吧。"

爱玉这回点了点头，表示很认真地回答。文珠方才拿了皮包，匆匆地走了。她坐了车子，到米高美舞厅门口停下。正在付车钱的时候，就见一个英俊的男子，含笑走了上来，低低地叫道："鸿小姐，你给我的纸条我已经看到了。真感谢你，承蒙垂青，欲和我交个朋友，我在这儿已等候你多时了。"

"很好，李先生，我们到里面去坐吧。"

文珠点点头，遂和李英龙并肩入内。侍者招待他们坐下，泡了两杯清茶。英龙在袋内先摸出烟匣子来，揭开盖，递了一支烟卷给她。一面还给她燃火，表示非常殷勤的意思，笑道："我看了鸿小姐的芳名之后，才知道是报上登的大名鼎鼎的歌舞皇后。这真是有眼不识泰山，还恕我鲁莽才好。"

"李先生，你太客气。其实我们的歌舞团还是初到上海，人生地疏，哪里能怪得了你呢？李先生，你那骑马的功夫真是好极了，下午仰仗你的大力，我倒赌赢了很多的钱。谢谢，谢谢。"

李英龙听她这样说，倒忍不住噗的一声笑起来了，明眸含了温情的目光，望着她娇艳的脸庞，好像有说不出爱处的神气，说道："这是鸿小姐的鸿运高照，怎么谢到我的身上来呢？我想鸿小姐对于此道，门槛很精，大概平素就善于跑马的吧。"

"从前在香港的时候，确实也常常白相这个玩意儿。但这回到上海，今天还是第一次尝试。想不到出门得利，我竟大获全胜。不过我赢钱赢在你的身上，所以我觉得非和你交个朋友不可。李先生，不知道你愿意有我这么一个女朋友吗?"

文珠一面回答，一面娇媚不胜地斜瞟了他一眼，那秋波简直是要勾人灵魂那么的样子。李英龙有点儿浑陶陶的，惊喜十分地笑道："那还用说吗? 我若有了鸿小姐那么一个女朋友，这真是我前世敲碎了十八只木鱼才修来的好福气呢! 只怕我一个骑马的武夫，有点儿够不上资格追随在你的左右吧!"

"李先生，你这话说错了，我为什么要和你交朋友? 就是因为你有这一手骑马的好功夫呀! 假使你没有骑马的本领，我又怎么能和你认识呢?"

"这样说来，我还得谢谢我这个已死的好朋友了。"

"什么? 你这话是怎么样解释的呀? 我可有些听不懂了。"文珠对于他这没头没脑的两句话，自然有点儿莫名其妙，遂微蹙了眉尖儿，向他奇怪地问。

英龙低低地告诉道："我从前在大学读书的时候，原是一个运动健将，后来一个朋友在跑马厅里做事，他就叫我学骑马，说做个骑师，进益也很不错的。说起来真有点儿惭愧，因为我毕业之后，只会说几句英语之外，什么学问也没有，那么别的事业，当然做不来。所以就听从朋友的劝告，学会了骑马，从此把骑马当作职业。但吃一行怨一行，我很不满意眼前的职业，但我这个朋友却已经死了。现在想不到因骑马而认识了鸿小姐，这就是让我骑在马上跌下来跌死了，我也甘心情愿的了。"

"啊呀! 李先生，你不要说这些不吉利的话，倒叫我听了很不舒服。"

文珠听到他后面这两句话，这就不禁啊呀了一声叫起来，包含了一点儿埋怨的口吻，向他柔情绵绵地回答。英龙心中十分快慰，遂拉着她手，笑道："鸿小姐，我是这么说一句比方呀，哪里真的就会跌死了呢？来，你的舞步一定不错，我求你去舞一次好吗？"

文珠点头含笑，两人遂携手到舞池里去了。两人经过了这次跳舞之后，各人的心中都有了一个深刻的印象。原来英龙本是一个跳舞健将，而文珠又是个歌舞皇后，两人什么舞步都会跳，所以可说是棋逢敌手、将遇良才，大家颇觉志同道合，真是满意到了一百二十分。音乐终曲，两人携手归座。文珠笑道："李先生，你舞步跳得那么好，看上去平日一定是个善于交际的人。"

"也不见得是善于交际，不过平日没有事情，还是跳舞而已。"

"你得老实告诉我，你有几个女朋友？"

"我一个女朋友也没有。真的，我一句都没骗你，除了今天夜里，只有你总算是我生命中第一个女朋友。"英龙摇了摇头，一本正经的态度，表示十二分忠实的样子。

文珠将信将疑地瞅了他一眼，撇了撇小嘴，笑道："你骗谁？像你这种男子会没有女朋友，杀了我的头，我也不相信。"

"除了你之外，我要有第二个女朋友，那我一定不得好死。鸿小姐，我给你罚了咒语，你难道还信不过吗？"

"嗯！那我就相信你了，不过我觉得奇怪，你难道会这么老实吗？也许你是已经结过婚了，对不对？"文珠听他念了誓，虽然有点儿相信了，不过她芳心里还有一点儿猜疑，遂又向他低低地问。

英龙把那颗心在别别地一跳之后，方才又平静下来，微微一笑，显出那样毫不介意的样子，把手指点着自己的鼻子，说道："你看看我的年纪，也可以知道我还是一个独身汉子，怎么你就会猜我结过婚了呢？我和谁去结婚？除非你……"

"你多大年纪了？总不见得还是一个十七八岁的小伙子吧。"

说到这里，英龙顿了一顿，他在窥测文珠脸部上的表情有没有怒意，但文珠却装作没有听见的样子，把他脸打量了一回，先这么笑盈盈地说。英龙知道她完全有爱上自己的意思，心眼儿真有说不出的甜蜜，遂一本正经地说道："虽然不见得还只有十七八岁，但我也没有上二十六岁，一个二十五岁的青年没结婚，这算得了什么呢？"

"那么你家里还有些谁呢？"

"我家里没有什么人了，就只有我一个。所以我在平日真是冷清清寂寞得很，东荡西逛，就好像一只小鸟没有了归宿的样子。现在我有了鸿小姐这么一个好朋友，那么在我的心里至少是可以得到一点儿暖意的安慰了。"英龙说到这里，脉脉含情地望着她粉脸，却甜蜜蜜地微笑。

文珠听他这样说，心里自然非常满意，遂瞟了他一眼，低低地说道："假使你真的是这么孤零零的话，那我们倒可说是一对同病相怜的人了。"

"怎么？鸿小姐这次到上海难道也只有孤单单一个人吗？那么你在香港，多少总有几个家属的吧？"

"我这次到上海，还有一个妹妹，她是一个十七岁的小姑娘。我们姐妹两人，没有父母，没有亲友，确实也非常孤零零呢。"

"哦！这真所谓，同是天涯沦落人，相逢何必曾相识。天下唯其可怜的人会同情可怜的人，所以鸿小姐一见到我，就会同情我，要和我交朋友。那叫我心中是多么感激呢！不过我是一个很贫穷的青年，在鸿小姐四周的环境里有着不少的大富翁，所以我觉得很寒酸，照地位而论，也许我服侍你每天穿双高跟皮鞋的资格都还够不到呢。"

英龙是个很会说话的人，换言之，在女人家身上的功夫是相当的好。听到文珠的耳朵里，她真觉得有说不出的欢喜和心爱。因为自己是个歌舞女子，在别人的眼睛里看来，就把我当作一件玩物看待。现在我把英龙纳在身旁，相反地把他当作我唯一的玩具和安慰，那我是多么快乐呢。在这样一想之下，遂把手搭到他的肩胛上去，低低地笑道："只要你肯天天服侍我穿高跟皮鞋，那我倒可以少用一个贴身的小丫头了，只怕李先生嫌我粗俗，不肯服侍我吧。"

"鸿小姐，你这话可是真的？承蒙你这样看得起我，不要说我服侍你穿高跟皮鞋，就是叫我给你倒便桶夜壶，我都乐而干的哩。"

凭文珠这两句话，英龙就知道她是一个很浪漫的女子，但自己是个情场中老手、玩女人的鼻祖，所以心中这一快乐，心花朵朵地开了，他顾不得自己是个堂堂七尺之躯，今儿个是把什么话全都说了出来。文珠听了，却把手指在他颊上一划，恨恨地逗给他一个妩媚的白眼，因为还有一点儿酒的余兴，使她不可压制的热情，身子竟斜偎到英龙的身怀里去了。

英龙被她这么一挑拨使他全身细胞都紧张起来，这就低下头去，望着她吹气如兰的娇容，轻声笑道："鸿小姐，你为什么给我白眼？是不是你不肯收留我做一个小丫头？"

"你不配做小丫头，只配做小书童，但是小书童应该服侍少爷的，服侍我女人家，那可不大像样子吧。"

"那有什么关系？我可以穿女人的旗袍，只要你不讨厌我，我为你牺牲到无论怎么的地步，我都不叫一声冤枉。鸿小姐，你觉得我这个书童对你这个主人忠心不忠心呢？"

"现在虽然说得那么忠心，但只怕你们没有永久的心，一旦见了比我更好的主子，难免就要抛了我去服侍别的主人去了。"文珠说到这里，秋波水盈盈地又表示无限怨恨的样子。

英龙听了，却连连地摇头，显出诚恳的态度，正色地说道："那是决不会，那是决不会的。我这书童的忠心，就像是一条狗一样，吃谁家的饭，就给谁家管门。只要你鸿小姐不把我厌弃，那我到死也不改变我对你的这一份忠心。"

"你真的对我抱了这一份忠心吗？"

"那还有假的不成？当然是真的，我李英龙决不会说一句假话。"

"不过我要和你写一张合同，因为口说无凭，我当然还不能完全相信。"

"可以，可以。但这张合同怎么样书写呢？似乎很不容易吧。"

"只要你肯写，我觉得天下就没有什么困难的事情。假使你写不来，我可以告诉你如何地写？"

"怎么样写呢？你倒不妨先说给我听听。"

"李英龙今情愿终身服侍鸿文珠为奴役，必须忠心耿耿，言听计从，以后不得与任何女子发生主仆关系。否则，依法起诉，李英龙自愿服罪严办。"

李英龙听她一本正经地念出来这几句话，一时倒不禁为之哑然失笑，心中暗想，文珠真是一个思想奇特的女子，不管她对我有没有真心的爱，但她是个有美色有钞票的女子，我和她厮混在一起，总不见得我有什么吃亏的地方。这就微微地笑道："那可不是什么合同，倒像是一张卖身契了。"

"什么？你不情愿这样写是不是？那么我也暂时不能收用你。因为我们到底还是一个初交，任你说得那么天花乱坠，我却抓不住一点儿凭据，叫我怎么能相信？"

"假使我写了，你今天就收用我了是不是？"

李英龙忍不住笑嘻嘻地问，把她纤手轻轻地抚摸。文珠这时觉得英龙的手里好像有股电流似的，通过自己的手心，直灌注到血液里，刺激得一个芳心忐忑地像小鹿般地乱撞起来。遂把俏眼斜乜了

19

他一眼，含了勾人灵魂的魔力，低低地故意用了俏皮的口吻，去试探他说道："当然啰！你写了之后，我自然连夜地就收用你。因为我要试试你脱穿女人家的高跟皮鞋，是否是个老手。"

"那你可以放心，资格老得不得了，保险你会感到满意极了。"

李英龙得意忘形地说了这两句话，在他无非是想博得美人欢心的意思，不料听到文珠的耳朵里，却伸手恨恨地在他大腿上拧了一把，哼了一声，冷笑道："这可是你不打自招了，原来你服侍女人家是个老资格。那么我问你，你在平日还能算是一个安分守己的人吗？"

"这……这……"

文珠这两句话把英龙问住了，说了两个这字，红了脸，却有点儿啼笑不得的表情，支支吾吾地回答不出什么来了。就在这时，文珠忽然瞥见顾元洪挽了一个女子，从舞厅外面走进来。因为自己刚才还装着生病，所以心中倒惊慌起来，便站起身子，拉了英龙，急急地奔出舞厅去了。

二、沪上试歌声社会闻人空销魂

英龙被文珠拖出了舞厅外面，一时还弄得莫名其妙，遂愁眉不展地露了一丝苦笑，望着她略有惊意的粉脸，低低地说道："鸿小姐，你……你……拉我到什么地方去呀？里面茶账还没有付去呢！"

"哦！不错，我倒忘了。那么你快去付了茶账，我在隔壁金谷饭店等你。"文珠这才被他提醒过来，遂放了他的手，一面向他低低地关照，一面便自管地走到隔壁金谷饭店去了。

等英龙在舞厅里付了茶账，找到金谷饭店，只见文珠已坐在桌旁独个儿喝生啤酒了。这就含笑在她身旁坐下，低低地说道："鸿小姐，原来你是一个善饮者，怎么忽然又想着来喝生啤酒了？"

"我这人的脾气就是这个样子，想到什么就做什么。李先生，你有兴趣陪着我喝几杯吗？"

"喝酒我最有胃口，你能来几杯？"

"起码四五杯，你有几杯的酒量？"文珠见他伸手握了一杯，就一仰脖子，咕嘟咕嘟地喝了下去，于是自己也一饮而尽，又向他笑盈盈地问。

英龙伸了两个手指，一面又去拿桌子上放着的第二杯。文珠笑道："只有两杯的酒量，我劝你这一杯还是慢慢地喝下吧，回头醉倒在路上，别给我丢脸。"

"鸿小姐，你不要弄错了，和我谈饮酒，不是拿杯子做单位的。

我是说两打，喝二三十杯啤酒，真算不了一回稀奇的事。"英龙摇了摇头，一面笑嘻嘻地说，一面把生啤酒又喝下了一杯。

文珠见他这种牛饮的态度，忍不住暗暗地欢喜，遂故意地白了他一眼，拿话去刺激他，说道："你不要大言不惭了，你假使喝得下三十杯生啤酒，随便什么东道，我都请你。"

"真的吗？可是你说的，不要赖。"

"我决不赖的，但是你若喝不下，那你便怎么说？"

"随便你，你要怎么样就怎么样。不过我喝了这三十杯酒，你得收留我做你永远的奴仆，服侍在你的身边，而且今天夜里，就得马上实行。鸿小姐，你能不能依顺我呢？"英龙两眼盯住了文珠的粉脸，好像馋涎欲滴的神气。

文珠心中暗想，可怜我在十七岁那年，因为年幼无知，受了人家的欺骗，早已把我清白的身子，给这般多了几个臭铜钱的富翁们玩弄过了。现在我是长成了二十多岁了，几年来在黑暗社会上把自己磨炼得改变了性情，似乎女人的贞操，也算不得什么可贵了。男子可以拿我们女子当作玩物，难道我们女子就不能把男人来白相白相吗？文珠在这样沉思之下，所以对于英龙这几句话，只感到无限的兴奋和欢喜，遂笑眯眯地说道："好的，就是这样决定吧。仆欧！再拿三十杯生啤酒来。"

"鸿小姐，不过话得声明在先，我要边喝边撒的。"

"那当然许可，假使只喝不撒的话，岂不是把你肚子要胀破了吗？我是和你打赌，不是要谋你的命。你放心，只管边喝边撒好了。"

侍者把三十杯生啤酒拿上的时候，英龙瞧着倒有些担心起来，暗想，我是这么说句玩话，谁知她却认了真，竟和我打了赌，那可怎么办？遂只好又拿些条件来向她要求，在他心中的意思是最好文珠加以反对，那么这一个打赌在无形之中可以推翻了。但是万不料文珠却答应了自己，而且还一本正经地这么回答。因此就叫他弄得骑虎难下，也只得迎着头皮，把生啤酒当作开水喝，一杯一杯地喝了下去。

文珠在旁边见他喝到第六杯的时候，已经大有咽不下去的样子。同时脸已变成了紫酱的颜色，额角上的青筋暴露得很明显的了。这就用了讥笑的口吻，说道："我看你就喝了半打算了吧。反正你说是以打做单位，那么半打也是打呀！嘻嘻，你说是不是？"

"鸿小姐，你别代我着急。我去撒一泡来再喝半打给你看看。"英龙还有点儿不甘示弱的样子，一面说，一面站起身来，匆匆地到小便处去了。

文珠待他走后，便叫侍者把生啤酒退去十五杯。等英龙回来，便瞅了他一眼，笑道："你看我不吹牛的人，一会儿就喝下了十五杯。现在我只要你再喝九杯，那就算你赌胜了好不好？"

"再喝九杯吗？那是笃定泰山，你瞧着一杯，二杯，三杯，四杯，五杯，六杯，七杯……哇……"

英龙也知道她是退去了十五杯，这就很有把握地笑了一笑，一面坐下，一面就一杯一杯地喝了下去。等他又喝完了六杯，把第七杯凑到嘴角旁去的时候，忽然哇的一声。便连忙把身子仰开，但已经呕吐满地的了。

文珠瞧他这个模样，真是又好气又好笑。遂连忙站起身子，走过去把他扶住了，说道："不会喝酒，你少给我吹牛皮。现在你可现原形了，问你打肿了脸还装什么胖子吗？"

"不要紧，不要紧，还有三杯，我泰泰山山可以喝下去的。"

"已经吐得这个样子了，还要说泰泰山山呢。算了吧，算了吧！"

"我说不要紧，真的不要紧的。我再喝完了三杯，你收我做了仆役吧！你今夜就可以试用试用我，那你就赖不掉的了。"

文珠见他脸色由红变成了青白的颜色了，但是他还糊糊涂涂地说着这两句话。一时只觉女色魔力的大，会使一个男子忘记了本身的利害，假使这三杯是毒汁吧，恐怕他也不顾一切地还要喝下去了。一时感到他的痴心，所以不免起了一点儿爱怜之心。再说旁边的食客都向这儿注目了，侍者们因为英龙吐得一塌糊涂，所以脸上也都显出讨厌的样子。这就付了账单，把英龙扶着走出金谷饭店的小吃部。她在眸珠一转之下，叫了一辆三轮车，坐到东亚旅社，在四楼开了一个房间。英龙还一路上讷讷地说着"不要紧，我没有醉，我一点儿也没有醉"。

文珠把他扶到床上躺下，给他盖了一条被，她似乎感到有些累乏，坐在沙发上，吸了一支烟，静静地想了一回心事。一瞧手表已经十一时多了，这就坐到桌子旁，打开皮包，取了一张白纸，拿铅笔写道：

李先生：

　　你不怕难为情的？吹牛皮，到底露了马脚。三十杯啤酒打了一个四折，但还是十分勉强，呕吐得一塌糊涂，若不是我扶你到这儿来睡一宵，看你真的要倒在路上过夜了。但是今夜的酒醉，说起来总是我累害你的，所以我真觉得抱歉得很！假使你愿意继续和我交朋友的话，明天醒来，到国际饭店八百十六号里来找我好了。

　　　　　　　　　　　　　　　　　鸿文珠手启

文珠写好了这张字条，便走到床边去，塞在枕头底下，但是又把字条露了大半在外面，是给他易于发觉的意思。当她正欲离开卧

24

房之前，偶然瞥见英龙那副俊美的脸蛋儿，她的芳心不免怦然地跳动了两下。这就抑制不住她热情的爆发，终于俯下身子去，把她小嘴在英龙的唇上热烈地吻了两下。接着又在他颊上吻了一下，给他留了一个标记，方才匆匆地坐车回到国际饭店去了。

爱玉见姐姐回来了，在她脸上似乎还有一点儿酒容，便逗给她一个神秘的媚眼，低低地笑道："姐姐，你又跟爱人在外面喝了酒吧。你说回头带东西给我吃，不知你到底带些什么好东西给我吃呢？"

"啊呀！该死，该死！我刚才还记在心里，怎么一会儿就忘记了？"文珠被妹妹这么一说，她方才记得了。因此啊呀了一声，不免怔怔地愣住了。

爱玉向她撇了撇小嘴，扮了一个鬼脸，笑道："算了吧！见了爱人灵魂也不知飞到哪里去了，还会记得这些无关紧要的事情吗？"

"好妹妹，你不要生气，姐姐明天补给你更好的东西。"文珠放下了皮包，脱了大衣，赔了笑脸，只好向爱玉央求。

爱玉故作生气的样子，向床上一躺，娇嗔地说道："早知道你没有什么好东西带给我吃，我还等得你这么晚不睡干吗？这真是偷鸡不着蚀把米了。哎哟！倦末倦煞，依然望了一个空。"爱玉一面说，一面还伸手按在嘴上打了一个呵欠。她躺进了被窝，大有冤枉睡得这么迟的样子。文珠也躺进被窝里去，抱住了妹妹的身子，只好一连串赔错。爱玉笑了一笑，还是幽怨地说道："赔错有什么用呢？我真不要你来假意说好话。"

"妹妹，那么你要把我怎么样罚罚呢？你说好了，我一定可以依你。"

"有倒有一个条件，只怕你不肯答应。"

"你说吧，是什么条件？也许我可以答应你。"

"这个条件也算不得什么困难，假使姐姐把我当作亲妹妹看待的话，那你是应该向我坦白地告诉的。我问你，你今天晚上到底和谁约好了？在什么地方玩儿上了一回？你能不能向我告诉听听呢？"

　　文珠听妹妹这样说，方才明白，原来是为了我这一回神秘的行动。于是微微一笑，偎着她的娇躯，低低地问道："妹妹，你倒猜一猜，猜我爱上了什么人？"

　　"嗯！这倒有些难猜，因为才到上海没有几天，况且我又天天跟在你的身旁，你一会儿又和什么人爱上了呢？姐姐，我真佩服你谈恋爱的手段，竟像闪电战般的快速。到底和谁在一块儿玩儿，我猜不到，还是你自己说出来吧。"爱玉微蹙了眉尖儿，呆呆地想了一回。但自己想想，觉得姐姐根本没有和什么人认识过，所以真觉得令人有些神秘，遂摇了摇头，表示不知道的意思。

　　文珠捧过她的粉脸，把小嘴附了她的耳朵，低低地说了几句。接着又笑嘻嘻地说道："妹妹，这是你做梦也想不到的吧。"

　　"什么？你……你爱上了这个骑师？难道你今夜就是和他在一块儿游玩吗？"

　　"是的，我觉得他真令人可爱，所以我对他竟动了心，说不定我会嫁给他。"

　　"姐姐，我真不懂你闹的是什么把戏。那么你又和他怎样认识，怎样相约的呢？"爱玉听她是爱上了这个李英龙，这就惊奇地叫起来，遂有点儿将信将疑的神气，急急地追问。

　　文珠微微一笑，遂在她耳边又低低地告诉了。爱玉方才恍然大悟，哦了一声，笑道："姐姐，你和人家交朋友，真有点儿神不知鬼不觉的，原来还有这一手本领。那的确叫我想不到，想不到。"

　　"其实这算不了什么稀奇，一个女人要交几个男朋友，这是最最便当的事情。"

"不过，我以为像姐姐这么的身份，去爱上一个骑马的骑师，那似乎不大犯得着。况且假使给外界知道了的话，恐怕对于你的名誉以及前途，都很有障碍吧。"

"妹妹，你这话我觉得大不为然，我不是一个贵族小姐，我不是一个官家千金，我只不过是一个以色相来混饭吃的歌舞女子罢了。我还有什么身份？我还有什么前途呢？唉！我难道只能供给一般肥猪那么的富翁当作玩物吗？我为什么不能自由自在地去交几个所心爱的朋友呢？"文珠十二分感慨的神情，她紧锁了翠眉，表示非常痛愤的样子，深深地叹了一口气。

爱玉心中暗想："姐姐这话倒也不错，爱情是不受任何约束的。骑师不也是一个人吗？我为什么要这么的迂腐之见呢？"想到这里，便又低低地问道："那么你和李英龙是见过面了？他的容貌长得俊不俊呢？"

"嗯！还算不错，比这些顾元洪那种猪仔的模样，总要好得多多了。"

"不过也不能单在他容貌上做标准，你觉得他的性情好不好？家庭的状况怎么样？是否结过婚？我觉得这些当然是更要紧的问题。"爱玉点了点头，表示一种很有打算的神气，低低地回答。

文珠闭了眼睛，不再说什么，她似乎要熟睡了的样子。爱玉心中又想，姐姐是个阅历比我深的女子，她总不会比我做妹妹的还糊涂。所以我这些话，原也多余的事情。正是，吹皱一池春水，干卿底事？爱玉在这么沉思之下，也就渐渐地入梦乡去了。

第二天早晨，当然是爱玉起身得早。她匆匆梳洗完毕，吃了早茶饼干，看了一会儿报纸。忽然电话铃声响了起来，遂连忙走到壁旁。接过听筒一听是个男子的声音，说道："喂！请鸿大小姐听电话。"

"你贵姓？找鸿大小姐有什么事吗？"

"我姓顾，名元洪……你是鸿大小姐吗？"

"哦！原来是顾先生。不是，我是她的妹妹。顾先生！你早，找我姐姐有什么事情？"

"哦！你是二小姐！没有什么事情，我特地来向她问安。她昨夜有些不舒服，今天大概是全好了吧？"

"谢谢你，姐姐已经好了，但她此刻还没有起来呢。你有什么话跟她说？要不要我去叫她一声来听电话？"

"不，不，那不用了，就让她多休息一会儿吧！反正我没有什么事，嗳！再会，再会！"

爱玉听到这里，觉得他已挂断了电话，遂也把听筒挂上。这时却见文珠穿了一件丝绒睡衣，从里面走出来，站在房门口，先伸了两手，打了一个呵欠。然后低低地问道："妹妹，是谁来的电话？"

"就是昨晚那个顾元洪……"

"真讨厌！大清早又是干什么打电话来的？"

"人家特地向你请安呢！看他对你多关心的，对他的娘恐怕也没有这么孝顺吧！"

"啐！你这淘气精！"

爱玉说时，忍不住哧哧地笑了起来。文珠啐了她一口，却也忍俊不禁，自管坐到镜台前去梳洗了。正在薄施脂粉的当儿，忽见侍者轻轻地推门进来，手里拿了一张名片，含笑报告，说有人来拜访鸿小姐。爱玉先去接过名片一瞧，见写着李英龙三个字，这就瞟了文珠一眼，微微地笑道："姐姐，是李英龙先生来了。"

"哦，请他进来吧！"

文珠这句话，是先向侍者吩咐了。她芳心里不知怎么的，只觉得甜蜜蜜的好像衔了一块糖似的模样，脸上的笑容就没有平复过。

这和刚才听到顾元洪来了电话的消息，那显然是大不相同了。不多一会儿，李英龙很有礼貌地推门而入，脱了呢帽，向她们深深地鞠了一个躬。文珠笑盈盈地站起身子，先给妹妹介绍说道："李先生，这是我的妹妹爱玉。"

"鸿二小姐。"

"李先生，你骑马的技术可真不错，令人敬佩得很。"

李英龙听文珠介绍之后便很恭敬地向爱玉招呼了一声。爱玉见他果然生得年轻貌美，颇有英气勃勃的姿态，心中这就暗想，那就怪不得姐姐会爱上他了。一面含了妩媚的微笑，也向他低低地搭讪。英龙连说哪里，文珠把手一摆，是请他坐下的意思。她一扭屁股，便步入里面的卧室去了。李英龙在沙发上坐下，摸出烟盒子，取了一支，递给爱玉。爱玉摇摇头，因为人家这么客气，自己就不得不代姐姐去招待他了。于是划了一根火柴，给他燃火。李英龙欠了身子，连连道谢。偷眼向爱玉打量了一回，觉得妹妹的美丽，却也不亚于姐姐。姐姐好像是朵盛放的鲜花，但妹妹却像一朵将要绽放的花蕾，幽静和娇憨的意态，更会令人感到一种可爱。一时不免有种妄想，要如姐妹两人能够给我左拥右抱的话，那就是叫我去做大总统，我也不大情愿的了。

正在呆呆地痴想，文珠方才换了一身旗袍，笑盈盈地走出来。她和英龙四目相接，各人都浮现了会心的微笑。文珠先说道："李先生，你的酒量真不错，好像喝不到十五杯，就呕吐得一塌糊涂了吧。"

"鸿小姐，你不要嘲笑我，其实在平日，我喝三十杯真算不得什么稀奇。"李英龙微红了脸，他觉得有些不好意思。但是他回答的话，却还竭力地在要面子。

文珠听他还要这么好胜，遂逗给他一个娇嗔，笑道："哎哟！你还装什么大好佬？在平日能喝三十杯，那么昨夜就不能算是平日了吗？"

"昨夜和普通的日子当然有些不同。"

"有什么不同？我倒要向你请教请教。"文珠听他这么说，好像还有点儿俏皮的作用似的，这就微蹙了眉尖儿，表示很不明白的神气，低低地追问。

英龙微微一笑，故作一本正经的态度，说道："在平日喝酒，酒的力量虽大，但我总还抵挡得住。不过昨天晚上，我被另一种比酒更厉害的东西所迷醉，所以我的心就完全地醉起来了。"

"哦，这是一种什么东西呢？我真不知道竟有这么厉害的？"文珠觉得他顽皮得叫人可爱又可恨，虽然她粉脸上已经笼上了一朵鲜艳的桃花，但是她口里还一本正经地向他追问。

李英龙还没有回答，站在旁边的爱玉，却忍不住抿嘴噗的一声笑起来了。英龙被他一笑，这才有了推托之词，遂微笑道："鸿大小姐，你不用问我，二小姐在笑，她一定已经知道了，你还是叫二小姐说吧。"

"唓！李先生，你这是什么话？我如何知道你肚子里的意思呢？"爱玉到底是个十七岁的小姑娘，她却难为情起来，一面涨红了娇靥回答，一面却转身逃到里面一间去了。

英龙见爱玉走后，便站起身子，低低地说道："鸿小姐，你还没有吃过早点吧。我和你一同到外面去吃点儿点心好不好？"

"好的。妹妹，我和李先生到外面去一次，有人来看我，叫他等一会儿好了。"文珠点点头，一面向房里高叫了一声，关照着妹妹。爱玉并没有出来，只在里面答应了一声。文珠遂披上大衣，拿了皮包和英龙匆匆地走出了国际饭店。

附近最清洁的是金门茶室，所以两人挽手踱进到里面坐下，泡了两壶红茶，拿了几客春卷、烧卖、鸡球大包等点心吃。英龙一面给她斟了杯茶，一面包含了埋怨的目光，瞟了她一眼，低低地说道："鸿小姐，昨夜你丢着我一个人走了，那也未免太狠心一点儿了。"

"啊呀！你这人真是太狗咬吕洞宾不识好人心了。假使我把你一个人丢在金谷饭店的小吃部里，我自管地走了，那么我才算是狠心呢！现在我给你送到东亚旅社，好好地服侍你睡下，这还不能算待你至矣尽矣了吗？看你还没有服侍我脱高跟皮鞋，我却先服侍你的酒醉了。谁知你还来怨恨我，那你也未免是太没有良心的了。"文珠听他还来怨恨自己，这就白了他一眼，给他絮絮地解释了许多的话，鼓着红红的脸腮子，大有生气的样子。

英龙是个很会奉承女人的男子，他连忙伸手在自己额角头上连连地拍了两下，笑道："该死，该死！鸿小姐，我冤枉了你，对不起得很，请你不要生气了！"

"我真犯不着跟你生气，不过我今天原要和你谈判。你吹了牛皮，自己喝醉了酒不算，还累我为你忙碌得要死，你自己说一句，该怎么罚一罚？"

英龙见她那种薄怒娇嗔的样子，那似乎更增加了她一分妩媚的风韵。他笑了一笑，赔着一百二十分小心的神情，低低地说道："随便你怎么样罚我，我决没有一句还价。鸿小姐，你说吧。"

"我罚你装三声狗叫，你依不依？"

"不要说罚三声，就是罚三十声，我也不敢不依呀。"

"好！只要你说这一句话，那么你就叫吧。"

"在这儿装狗叫，那可不行。我说在没有人的地方，只有我和鸿小姐在一块儿，那么我就是给你骑在背上在地下这么爬几个圈子，那也算不得什么稀奇。"

文珠见他那种贼秃嘻嘻的样子，一颗芳心不免有些荡漾。秋波恨恨地逗给他一个娇嗔，但却又掩不住地露出甜蜜的微笑来，说道："你说了可不许赖，要不给我骑的话，你便怎么样？"

"我赖了的话，给你量三个耳刮子可好？"

"好！那么你预备在哪一天给我骑？你是一个骑师，在平日专门骑马，但我倒要骑骑你，看你跑得有马一样快吗？"

"我开的是张即期支票，决不空头，今天晚上好不好？反正我东亚那个房间原没有回掉哩。"英龙说这两句话的时候，他满心眼儿里是充实着火样的热望，脸上的笑容是显出无限欣喜的样子。文珠暗想，原来这小子是早有存心的，所以房间依然继续地开下去。虽然觉得这是一件很难为情的隐事，但自己的芳心已被一种不可抑制的情感所冲动了，使她终于厚了面皮，频频地点了一下头。秋波斜乜了他一眼，到底觉得有些羞涩起来。英龙见她这默允的表示，他心中这一快乐，几乎把心都朵朵地乐开了，遂笑嘻嘻地说道："鸿小姐，我想起了一件事情，那似乎也应该向你办交涉的。"

"什么事情，你要和我办交涉？"

"喏！你忘记了吗……"英龙见她抬起头来，猜疑地问，这就把手指在自己颊上点了点，笑嘻嘻地说。

文珠似乎并不懂得他这一个表示，遂又继续地问道："这是什么意思？"

"我脸颊上一个嘴印子，怎么你不记得了？幸亏我照镜子先发觉了，否则走在马路上，那可真不好意思。鸿小姐，这回你该要受罚了，是不是？"

"哦！原来是为了这个，那最多让你吻一个回来，算得了什么呢？"文珠这才猛可地想到了，她哦了一声，也忍不住咻咻地笑起来了。

英龙乐得什么似的，他连连地点头，脑海里是浮现了神秘的一幕。他这时心中的欢喜，真比每次在跑马厅里跑第一得到奖金的时候还要高兴十万倍呢。

两人吃毕点心，时候已快近十一点了。文珠很快地先付去了账单，英龙有点儿不好意思的样子，微微地一笑，说道："原是我叫你到外面来吃点心的，怎么可以要你请我的客呢？"

"这算不得什么，我们既然交了朋友，我有我用，你有你用，哪还分什么彼此呢？晚上我或许有别的事情缠住了，说不定迟一点儿到来。你可以不必性急，只管静静地等着好了，知道了没有？"

"知道了，不过你在可能范围之下，还是请早一点儿到来。"文珠含笑点了点头，两人这才匆匆地握手分别了。

文珠回到国际饭店，走进房间，不料见顾元洪已坐在沙发上和妹妹谈着话。元洪一见了文珠，好像获得了珍宝一样，立刻站起身子，笑嘻嘻地说道："鸿大小姐，你的贵体全好了？怎么才好了一点儿又到外面去了呢？"

"顾先生，对不起。又累你等候许多时候了吧。其实我昨晚原是一点儿头痛病，这是我的老毛病，睡一会儿就会好的，所以没有什么问题。我刚才是到公园里去透透新鲜空气的。想不到顾先生才来了一个电话，你身子也到来了，那真叫我心中太过意不去了。"

"哪儿话，哪儿话呢！鸿大小姐，你何必这么客气呀！昨天晚上我只见了你一次面，我就觉得你真是一个十全十美的好姑娘。可惜你一进去就不出来了，你说有些不舒服，那时候我真着急得不得了。要想叫我的好朋友牛博士来给你诊治诊治，你妹妹又说你怕看医生怕吃药。我昨天晚上真为你急得一夜没有好好睡觉。今天一早，打个电话来问安，说你还没有起来。我此刻亲自来拜访你，不料你又出去了。鸿大小姐，你真是难碰得见的。我前星期到市政府里去晋谒市长的时候，还没有像你那么的难见呢！哈哈！真的，在我眼睛里看起来，你真比市长还高贵得多啦！"顾元洪滔滔不绝地说出了这一大篇的话，连他自己也忍不住哈哈地大笑起来。

文珠也觉得他把自己捧得上天去了，但想起昨夜还在舞厅里看见他跟女人在一起的时候，这就淡淡一笑，俏皮地问道："顾先生，你别这么捧我，把我捧得太高了，回头这一跤摔下来，岂不是要摔死我了吗？真难为你，为了我的不舒服，累得你一夜没有睡觉。那么你大概是通宵的了……"

"什么？通宵……什么？鸿大小姐，你不要跟我开玩笑呀！"顾元洪到底也有些虚心，这就涨红了血喷猪头那么的脸，情不自禁先急急地回答。

文珠扑哧一笑，脱了大衣，放下了皮包，说道："你不是通宵地没有睡觉吗？为了我的一点儿头痛是不是？"

"嗯，嗯！是……鸿大小姐，你今天完全好了，我心里真觉得快乐。你此刻不要再把大衣脱去了，快到吃中饭的时候，我想请你吃饭。还有鸿二小姐，我们大家一块儿去吧。"顾元洪竭力在掩饰他慌张的表情，掉转过话锋来，满面含笑地请她们吃饭。

文珠虽然不愿和这种人在一起厮混，但为了适应环境关系，对于这些有财有势的人，当然是不能在表面上显出讨厌的样子。遂回头向爱玉望了一眼，低低地说道："妹妹，顾先生既然这么诚心地请我们吃饭，恭敬不如从命，我们还是一块儿去，好不好？"

"姐姐，你和顾先生只管去，我还是待在这里吧。回头团里要有人来找你，没有人接头，那也不大好。反正我这几天胃口不开，也吃不下什么东西。顾先生，我改天再叨扰你吧！谢谢你了。"

"啊呀！二小姐你没有答应我一同去，还谢我，那你真也太客气的了。"

文珠见妹妹不肯去，遂也不去劝她。自管地又披上了大衣，拿了皮包，和顾元洪一同到荣华酒家吃饭去了。

　　元洪为了竭力奉承她起见，便点了许多名贵的小菜。拿了一瓶葡萄酒，说这种美酒，喝了之后，不但不会有伤身子，而且还可活血脉。一面说，一面给她斟满在高脚杯里，两只老鼠眼色眯眯地望着日光灯笼映下文珠的粉脸，觉得越看越美丽，越看越可爱。自己那个沈丽卿，虽然生得肉感动人，但和这位鸿大小姐相较，那当然又差得远了。顾元洪在望得出神的时候，恨不得把她抱住了，可以连连地闻香呢。

　　文珠被他看得有点儿窘住了，遂转了转乌圆的眸珠，笑道："顾先生，你每天倒很空闲吧？好像日夜都没有什么公事的样子。"

　　"事情哪里会没有？说起我的公事实在太忙了。地产公司里差不多天天有生意接头，还有银行里、贸易公司里，都得我去盖印才可以通过。不过我手下都有副经理和秘书，所以一点儿小事情，我就不去过问了。假使这许多地方，都要我一个人亲自去管理的话，那恐怕我就活不到像现在那么长命。"

　　文珠听他这样说，就可见他的事业，不仅是开设了地产公司，还有什么银行、贸易公司，那么他在上海的地位，确实也有相当的名望了。这就笑了一笑，存心吃吃他的豆腐。瞟了他一眼，说道："顾先生，我说你创办了这许多事业，应该可以享享福的了。要如再像牛马似的忙碌着，那你死了之后，也不好统统带到阴间里去呀。"

　　"可不是？为了这样，我情愿把公事交给下面去办理。同时我想栽培一个人，让她红遍了整个上海，比我顾元洪的名气还要响得多。"顾元洪趁此机会，就含笑说出了这两句话，他是竭力地想讨好文珠。

　　文珠当然知道他是对自己而说的，不过她还假作不明白的样子，低低地说道："顾先生，你想栽培哪一个人呀？"

"不瞒鸿小姐说，我想栽培你。你知道了没有？我每天在万国大戏院订一百个座位，而且我又想代你给一般新闻记者请客，叫他们在报纸上好好捧你一下，在这样进行工作之下，还怕鸿小姐不大红而特红起来吗？"顾元洪方才很兴奋的表情，向她老实地告诉出来。

文珠听他这样说，秋波斜乜了他一眼，以示无限感激的样子，温和地说道："顾先生，承蒙你这样捧我，那真不知叫我如何报答你才好呢？"

"我捧你完全是出于我的真心，其实倒并不希望你有所报答，况且这一种歌舞剧在欧美虽然是很风行，然而在中国似乎还很少，我想这也未始不是一种艺术。所以我要给你们成名，在歌舞剧中展放一道异彩，那不是一件很有意义的事情吗？"顾元洪是抱着只要功夫深的宗旨，所以他还故意用了正义的态度，这几句话说得相当漂亮。

文珠听了，一时倒觉得很同情。暗想，原来他是为了发扬艺术而捧我，绝不是抱了什么野心的企图。假使果然是为了这样的话，那倒似乎很令人感到可敬的了。这就频频地点头说道："顾先生，你这话很不错，假使我能成名，这还得靠你的大力呢！"

"笑话，笑话，一个演员的成名，一半是靠外界的捧，一半当然还得看自己的天才。比方说，叫一个神经质的演员去演戏，纵然是捧得九霄云外去吧，那恐怕也捧不红的了。"

顾元洪说到这里，握了酒杯，向她举了一举，连喊喝酒吃菜吧。文珠微微地点头，两人喝着葡萄酒，吃着山珍海味。尤其是元洪的心中，坐对倾国倾城的美人儿，他那颗心是像春风吹动水波那么地荡漾和迷醉。酒至半酣的时候，他糊里糊涂地到底不免色眯眯起来。遂把文珠的手握了过来，觉得白白胖胖，好像嫩笋尖似的，令人真有说不出的可爱。他在女人面前，竟然慷慨得了不得，他好像表示忍痛牺牲的样子，立刻把自己手指上的一枚钻戒脱下，套到文珠的手指上去。

文珠起初有些怒意，觉得他这种轻薄的动作，未免有点儿侮辱女性的意思。正欲缩手有所娇嗔的时候，忽然低头瞥见自己手指上已多了一枚挺大亮晶晶的钻戒。女子到底都是爱虚荣的，其实这也并不是女子如此，可说世界上的人，是没有不爱虚荣的。所以文珠的粉脸上，立刻又转怒为喜，用了惊奇的目光，脉脉含情地瞟了他一眼，低低地说道："顾先生，你……这是什么意思呀？"

"鸿小姐，我觉得这一枚钻戒，戴在我的手指上还不大相配。假使套在你的无名指上，嘿！你瞧，不是太相配了吗？鸿小姐，像你们干艺术的人，对于这些装饰品似乎也省不了。假使你在台上舞蹈的时候，灯光打在你的手指上，发现着亮晶晶的光芒，这是多么美丽，多么华贵呢！所以这枚钻戒，我就决心送给你了吧。"顾元洪说了决心两字，表示他已经考虑过了许多时候，这些都是显露他平日为人的刻薄和鄙吝。

但文珠当然不会想到这许多，她是乐得眉飞色舞，笑道："顾先生，这是一样贵重的东西，我怎么无缘无故地能够接受呢？这可太不好意思了。"

"鸿小姐，像你这样天仙化人的姑娘，在这个世界上也是多么的珍贵呢。所以珍贵的人戴贵重戒指，那不是很相配吗？鸿小姐，请你不要客气，你要如不接受我的话，那似乎反而看不起我了。"

文珠听他这样说，觉得瘟生之物，乐得接受。于是嫣然一笑，也就不再和他客气了。

午饭毕，顾元洪要请她看电影，文珠本来不肯答应，但是瞧在这枚钻戒的分上，也只好勉强地陪他在影戏院里闷坐了两个小时，从影院出来，还请文珠喝咖啡。顾元洪为女人花钱，一掷千金，也无吝惜。但冤枉的是文珠和他分手之后，背地里还连连地骂了两声曲死瘟生。

　　文珠在晚上，是赴英龙的约会去了。两人在东亚旅社见面，握手言欢。在神秘得暗淡的光芒之下，卿卿我我，一个是柔情如水，一个是蜜意如云，演出了一幕旖旎的风光。上海地方，在交际场中，往往有这一种事情，花了钱得不到一点儿好处，收到的是几个白眼；不花钱的，除了人还有财。假使顾元洪知道了的话，他说不定会气得跳黄浦江哩。

　　万国大戏院在开幕前一天，顾元洪又代文珠招待各界人士在太平洋西菜社。次日各大小报纸上就都有鸿文珠的捧稿。其实这班新闻记者也很可怜，只不过油了油一张嘴巴，就得写一篇无聊文章。但这些无聊文章却有相当的效力，轰动了上海整个都会。因此一般痴心的少年，也就像春天的狗一样，莫名其妙地都在热狂地追求着这位红遍海上的鸿文珠小姐了。

三、痴心歌舞迷口出莲花难垂青

　　这是白雪公寓里的两大套间，里面一间是鸿文珠和爱玉姐妹两人的卧房，外面一间是个会客室的陈设，作为她们会客谈话之用的。因为万国大戏院开幕之后，她们在上海至少要有一个时期的勾留，那么长住在国际饭店里，开销固然太大，而且一切生活上也很不方便，所以她们租下了白雪公寓，还用了一个年轻的使女，名叫梅真，服侍她们姐妹两人的起居饮食，倒也十分舒服。卧室和客厅的布置，一律欧化，清洁而且考究。会客室里有一排落地玻璃窗，窗外是一条很清静的马路。两旁植着绿油油的法国梧桐，绿叶成荫，点缀着远处洋房顶尖儿上的红红砖瓦，倒是包含了一点儿诗情画意。四壁滚花的墙上，悬挂着八张文珠的照片。有全身的，有半身的，有作舞蹈的姿势，有作唱歌的神态。美目流盼，浅笑含颦，每张都显现了令人销魂的风韵。

　　一个很晴朗的早晨，太阳暖和和地从蔚蓝的天空中，穿过玻璃窗而透露到屋子里来，那些克罗米梗子的沙发，更反射出一阵耀人眼目的光芒。梅真是个十八九岁的使女，生得头面干净，手脚玲珑。她正在打扫会客室里的尘埃，打开了玻璃窗，把一只金丝鸟笼悬到阳台外的铁钩上去。鸟笼里那只芙蓉鸟，似乎呼吸到了清新的空气，而且又受到了阳光温情的吮吻，使它感到暖意的快乐，这就活活泼泼地跳上跳下，叽叽喳喳地唱歌起来。就在这个时候，忽听门外有人笃笃地敲了两下。梅真回身走到门旁去，低低地问道："谁在敲门呀？"

"是鸡鸣鞋帽商店，来找鸿文珠小姐的。"

梅真听了，这才把门开了。只见一个店伙手里提了一大堆鞋盒子，含笑走了进来。梅真微蹙了眉毛，望了他一眼说道："干吗来得这样早？怕还没有起来吧。"

"也不早了，你瞧，快九点了，我们起来已经三个钟点啦！"那个店伙把一叠鞋盒子在桌上放下了，指了指室内挂着的电钟，笑嘻嘻地回答。

梅真暗想，这人说话有趣，我们小姐怎么能和他比较？但口里是没有说出来。把手在沙发上一指，说道："那么请你等一等，让我进去看看她有没有起来？"

"没有关系，没有关系。"店伙一面点头，一面在沙发上坐下。待梅真进去之后，便抬头向四壁望了望，见着文珠这许多照片，他忍不住又站起身子，走到壁旁，抬了头细细地张望。偏偏他是一个近视眼，所以还踮起了脚尖，伸长了脖子，自言自语地说道："鸿小姐的歌舞轰动了整个上海，但是门票太贵，我们小伙计没有福气去欣赏，这儿看看她的照片，也过过瘾头。唉！偏偏我这不争气的两只近视眼，糊里糊涂的有点看不清楚，那可怎么办？哦！有了，让我站在沙发上来看个痛快。"

店伙自言自语地说到这里，他竟异想天开地要站到沙发上去，从这一点看，也可见文珠令多少的男子疯狂。不料正在这时，忽听有人咳嗽一声，这把店伙窘住了，只好把一只要跨上去的脚又回了下来。转过身子去，见是一个漂亮的姑娘，他惊喜万分，好像为一睹鸿小姐真面目感到无限光荣的样子。他兴冲冲地走上两步，弯了弯腰肢，鞠了一个四十五度的躬，恭恭敬敬地说道："鸿小姐，我是鸡鸣鞋帽店的，你昨天不是打电话叫我们今天早晨送鞋子来吗？嘻嘻，我给你送来了不少，你看看这十双鞋子都是最新式的。"

"不用解开来，我拿到里面去看吧。请你在这儿等一等。"

"好的，好的。"店伙把十双鞋盒子交到她的手里，弯了腰，连连点头。等他直起身子，见鸿小姐已步入里面去了。他脸上含了一丝得意而欣慰的笑容，暗暗地想道："鸿小姐在舞台上的歌舞表演，我虽然看不起，但她的庐山真面目，我究竟是看到了。回头我在家人面前，倒着实可以夸耀一回。而且和她还谈过话，她又亲自地招待我呢。可惜没有带着签名册，否则，让她亲笔签个名，那多么好呢！"想到这里，觉得今天错过了这么一个好机会，实在是件终身憾事。

那店伙独个儿兀是懊恨着，只见梅真端了一盆洗脸水匆匆地出来。阳台外有一个水漏斗，梅真把水倾了，正欲回身进房，那伙计问道："鸿小姐不是起来了吗？"

"嗯！刚起身的。"

"哎！我瞧这位鸿小姐虽然是个红得发紫的歌舞明星，但她的私生活不但朴素，而且是挺规矩的。"

梅真听他得意洋洋地批评着，知道他也许是弄错了。这就忍不住好笑起来，瞟了他一眼，故意装作不知道的神气，用了俏皮的口吻，笑嘻嘻地讽刺他道："看你对鸿小姐倒很熟悉，大概你和她是老朋友的了。"

"哪里哪里，你这位姐姐不要跟我开玩笑了。"

"咦！既然不是老朋友，那你又怎么知道的呢？"

"我瞧她要试穿鞋子，还不肯当着我们面前试穿，一定要拿到房里去。她这么怕难为情，这比那些赤着两条腿在街上走路的女人，那不是要规矩得多了吗？所以这种女人，才称得上是个皇后，不要说别人，就是我也非常敬佩。"那店伙自以为很聪明的模样，笑嘻嘻地崇拜着赞美着说。

梅真早已知道他是弄错了，还一味地假装老举，这就扑哧的一声笑出来，说道："哦！原来你是从来也没有见过鸿小姐的人，所以你就不认得鸿小姐了。你以为刚才出来的跟你拿鞋子的就是鸿文珠吗？不对，不对。"

"什么，她不是吗？"那店伙被梅真这么一说，他的两颊不免浮上了一层羞愧的红晕，全身觉得热辣辣的，很不好意思急急地问。

梅真一面笑，一面把手指到壁上去，说道："你这人也真是糊涂，就说你没有到戏院里去看过鸿小姐的歌舞，但是这屋子里这许多的照片难道你也会没有注意到吗？我告诉你吧，刚才出来的是鸿小姐的妹妹，不是她，她还在梳妆呢！"

"哦，哦！原来是她的妹妹。这倒不能怪我糊涂，实在是吃亏在近视眼的毛病上。就是我到戏院里去看过她的歌舞，恐怕也认不大清楚的了。"那店伙哦哦地响了两声，聊以自嘲地回答。但他心中却暗暗地感叹，鸿小姐到底像是个要人的模样，刚才我还庆幸瞧见了她的真面目，照这样说来，我要看见她的人，倒实在是不容易了。

就在这时，门外又有人敲了两下。梅真连忙又走到门旁去问什么人，外面说了一声"是我"，梅真把门拉开，只见进来一个二十左右的青年，身穿一套藏青的西服，头上还戴了一顶咖啡色的呢帽。他脱下呢帽，很谦和地向梅真弯腰点头，微微地笑问道："对不起，鸿小姐在家吗？"

"在家，你请坐吧。"梅真一面把他打量了一回，一面向他点头招呼。身子走到房门口，叫了一声"二小姐"，说外面有人来找大小姐。就在这个当儿，鸿爱玉提了八个鞋盒子走出来。那青年以为是文珠，便满面堆笑地迎上去，及至看到她不是文珠，方才失望地退

42

后了两步。

爱玉也只道是熟客，不料却是一个陌生男子。于是怔了一怔，微蹙了眉尖儿，低低地问道："你这位先生贵姓？找鸿文珠有什么贵干呀？"

"我姓秦，单名钟字，我是一个最最崇拜鸿文珠小姐歌舞的观众，所以我想来拜访拜访，冒昧得很，还请原谅。"

爱玉听他这么自我介绍，方知他是个歌舞迷的观众，这就感到他未免有些无聊，忍不住暗暗好笑。遂一撩眼皮，俏皮地说道："原来是《红楼梦》里和宝玉一同读书的秦钟先生吗？这就无怪了，你真是太多情，请坐一会儿吧。"

"不敢，不敢。你这位是……"

"我是鸿小姐的妹妹。"

爱玉说的是包含了多少讽刺的成分，但秦钟却并不觉得难堪，还受宠若惊地连说不敢，一面又向她请教姓名。爱玉告诉了之后，便自管走到鞋帽店伙计的面前，说道："这些样子太老式了，鸿小姐都看不中意。因为你从老远到来，才马马虎虎地挑了两双，不知这两双多少钱？"

"让我看看账单上的号码，哦！这两双五十万储币，价钱是顶公道的。别人家六十万，恐怕还不肯卖呢。"

"好，这是两双鞋钱，你数一数。我说你们店里别的花式没有了吗？要如有新的式样，你再送两双来吧！"爱玉把五沓储钞交给店伙，店伙数齐了钞票，便连声说好，点了一点头，方才告别走了。

爱玉待店伙走后，方才回身又向秦钟望了一眼，说道："秦先生，你稍微坐一会儿，我姐姐就出来的。"

"不要紧，不要紧。"秦钟听了，忙又欠了身子，含笑回答。他目送爱玉进房后，把手中呢帽放到桌子上去。他一面搓着两手，一面含了说不出得意的微笑，向四周望着壁上的照片。梅真这时送上了一杯茶，向他逗了一瞥有趣的媚眼，便也溜入房内去了。因此这会客室内就只剩了秦钟一个人，他捧了那杯茶，凑在嘴边喝了一口，好像浑身都感到很舒服的样子。但足有一刻多钟的时间，却还不见有什么人出来招呼自己，因此他的心中不免有点儿焦躁起来。一个人只管在室中团团地打圈子，好像热锅上的蚂蚁一样。

正在坐立不安的时候，只见爱玉出来了，但文珠还是不见人影子。在秦钟的心里，仍旧感到很是失望。爱玉却低低地叫了一声"秦先生"。秦钟有点儿迫不及待的神气，说道："鸿二小姐，你姐姐很忙吗？"

"嗯！说忙倒不忙什么，但说空吧，却每天有着不少的事情。秦先生，你请坐，干吗老是站着呀？"

"我想这是你客气的话，她一定是忙得很够的。每天要登台演戏，有时候少不得还要到外面去应酬应酬。那么在家里，除了睡眠的时间之外，恐怕就很少有空闲的工夫了。"

"可不是吗？秦先生既然这么明白，那你就应该原谅她了。因为她晚上散场之后，起码一二点钟才能睡觉。要不是此刻上午睡得畅一点儿，说不定她会头痛腰酸的。所以她对于这些无谓的应酬，在平日是一概都谢绝的。"

两人在坐下之后，就这么谈起来。秦钟所以说这几句话，完全是要表示他自己多情，十分关怀她的意思。但听到爱玉的耳朵里，觉得这是一个好机会，所以并不客气地就回答了这些话。秦钟知道文珠不出来接见，也许是怕麻烦的缘故。他两颊不免绯红起来，椅子上好像有针在刺屁股似的，真有些坐立不安起来。

爱玉见他呆呆的，并不回答，遂瞟了他一眼，又认真地问道："秦先生，你找我姐姐不知道到底有什么要紧事情，其实你此刻跟我说也是一样的。"

"事情倒并不怎么的要紧，不过我就想和她谈谈。哎，谈谈！"

"谈谈？你和我姐姐从来不认识的，那有什么可谈呢？"

"当然啦！世界上的人也没有生下来就会谁和谁认识起来，大家都由陌生而进至于相识的。二小姐，你说我这话是不是？"

爱玉听他真有些自说自话的，心里不免感到讨厌。意欲抢白他几句，但又不知道他是干什么行业的。假使他是创办报纸和什么杂志的人，那么姐姐是个吃这一碗饭的，当然还是不要得罪人家为妙。所以只好忍耐了性子，还点了点头，说道："秦先生这话说得不错，那么你要跟我姐姐说的话，倒不妨先和我来说一说，不知能不能让我来洗耳恭听？"

"客气，客气。鸿二小姐，我以为一个干艺术的人，最需要的，是有人对于她的艺术，能够做一种真诚的鉴赏，再从鉴赏中产生一种崇拜的心理。这样，那么她的精神才算没有白用。不然，她的钱赚得再多一点儿，生活再优裕一点儿，也没有什么大不了的稀奇。"

秦钟虽然是一本正经地说着，但是爱玉对于他这一篇高论，却有点儿莫名其妙。眨了两眨眼睛，望着他说道："你这话的意思是说……"

"我这话的意思，你听不懂吗？"

"嗯！真有些不懂。"爱玉摇摇头，微笑着回答。

秦钟这才感到有些窘住了，遂站起身子来，在室内来回走了一圈子。方才望了爱玉一眼，低低地说道："其实这也难怪你听不懂，因为我这些话照理并不是跟你说的。这就叫'知音说与知音听，不是知音不与谈'。二小姐，那是因为你并不在舞台上干艺术的缘故吧。"

"这就怪了，你既然崇拜我姐姐的艺术，那么你为什么不到万国大戏院的座位上去鉴赏呢？却跑到这里来自命知音，那可不是笑话？"爱玉听他这样说，一时忍熬不住了了，便冷笑了一声，站起身子，板住了面孔，大有生气的样子。

秦钟走到她的身旁，却弯了弯腰，继续说下去道："二小姐，你这话固然责备得很不错，但是你还不懂得崇拜的真意。同样是个崇拜，但却有两种分别。一种，坐在座位上鼓掌、喝彩，那不过是一时的情感冲动。如果她的艺术真有价值，就只能使人点头叹息。我学给你看吧！比方她在舞台上表演到最精彩的一段，于是大家惊奇热烈地鼓起掌来，大叫"好哇，好哇"，这固然可以使她洋洋得意。但是当她演到动作迟缓、歌声低微，只有一种悲伤情绪的时候，大家还会叫好拍手吗？假使有一个人，认识她这就是真正的艺术，于是就把手轻轻地一合，低低地说了一声"真好，真好"，那就是另外一种所谓知音者才能够赏识、才能够领略的了。"

秦钟说这几句话的时候，不但是表情逼真，而且还用一种手势来做动作，真可说是绘声绘色，好像是一个茶楼上的说书先生。爱玉见了，又细细回味他这些话，觉得倒也有点儿道理，遂点点头说道："你这几句话，似乎才对一点儿。"

"哦！你也以为对吗？那么，你也可以算是一个知音了。"

爱玉见他神情好像无限欣喜的样子，这就红了脸，芳心别别地一跳。暗想，这个青年油腔滑调的倒不是一个好东西。遂把秋波逗给他一个娇嗔，撇了撇小嘴，冷冷地说道："我吗？那可不够资格了。"

"什么？你不够资格？"

"嗯！我怎么够资格要你来做知音呢？"

秦钟本来是用了惊奇的目光，向她呆呆地望着，表示有些不明白的样子。此刻听爱玉这么生气地回答，方才猛可地理会过来，笑道："二小姐，我知道你误会我的意思了，我并不是说你是我的知音，我说你到底也是你姐姐的知音呀！难道你不赞成你姐姐的艺术吗？"

"这个……当然……那还用说吗？不过，在看歌舞剧的观众，拍手叫好是很多很多，至于点头叹息，那似乎很少的了。假使个个人都看你的样子，那人家以为是在开追悼会哩。"爱玉方才也明白过来，不免红了红粉脸。但她又拿这些话来反对他，表示这也并不为然的意思。

不料秦钟听了，却把手一合，认为对极的样子，说道："二小姐这比方就太对了，一般世人都喜欢看悲剧，虽然明明知道这是编剧人的构造、导演的计划、演员的做作，无非是故意赚观众的眼泪，但大家还是喜欢越苦越好，越悲越好。有的在广告上还写着多带手帕，好像一块手帕还不够让观众湿眼泪。那还算是什么看戏？岂非是等于在开追悼会吗？"

"你这话简直是胡说白道，难道你把舞台上演戏的人都当作死人了吗？"

"鸿二小姐，你不要生气，其实我说的一点儿也没有胡说白道。"

"还说没有胡说白道，你简直是在侮辱一般演戏的人了。"爱玉冷笑了一声，白了他一眼，恨恨地走到窗口旁去了。秦钟忍不住哈哈地笑起来了，爱玉觉得他这笑多少包含了一点儿讥笑的成分。遂回过身子来，又恨恨地问道："你笑什么？你这种论调，还能算是崇拜艺术的人了吗？真是太岂有此理了！"

"我笑你理解力也太差一点儿了，我问二小姐，你于生命这两个字，是怎样的一种看法？"

"生命？这还有生命特别看法吗？你活着，便是一种生命；死了，什么都完了。"爱玉用了猜疑的目光，向他呆呆地望着，她在疑惑他或许还有一种奇妙的解释。

秦钟听了，把手摸着下巴，不住地点头，说道："对！你这解释虽然很浅近，但也很明白。不过，我还得问你一句话，一个人是不是也可以不死呢？"

"你问这些话未免太无聊了，因为我觉得你说的离开话题太远一点儿。"

"其实并不算远，你回答我了，自然可以扯回来的。"

"你要想不死，你要想永远地做人，那除非你到昆仑山去找师父成神仙去。"

爱玉这句话原是讽刺他的意思，但秦钟却并不觉得，还一本正经地连连摇手，笑嘻嘻地说："这些都是无稽之谈，当然是不可靠的。其实一个人的生命，多的也不过活到七八十岁；少的，刚生出来就死掉的也有。生命，根本是有限制的。你不要以为说起死人，好像就算是骂人的话，其实再过五六十年之后，你也看不见我，我也看不见你，不是大家都成为死去的人了吗？"

"你这话就未免强词夺理，将来去管它做什么？眼前我们活在世界上，我们总是活人，难道能说死人吗？"

"那是当然啰！不过二小姐你应该要分析清楚的，我并非在说一般世人，我是在说舞台上的演员呀！他们所扮演的戏剧，都是一点儿过去的事实，偶然也有硬凑上去的种种情节，到了舞台上，人家也当过去的事实看。那么，演员虽然是活的，但他们扮演的人物却都是从前死去的了。看戏的人这就好像在读一篇死人的行状，这跟开追悼会又有什么两样呢？"

"你这种奇妙的比方，我总觉得不大为然。那么你把我姐姐也当作死人看待了？因为我姐姐虽然表演的是歌舞，但其中也插穿着悲欢离合的情节。要如你真的这样看待，那你幸亏这几句话说在我的面前，倘然被我姐姐听到了的话，只怕要伸过手来，量你几个耳刮子呢。"爱玉听他这种说法，一时又好笑又好气，遂摇了摇头，沉着脸色，表示警告他的意思。

秦钟听了，显出慌张的神情，连连摇手说道："不，不！你的姐姐又当别论，怎么能说她是死人？与其将她比方死人，我一定会把她比作天上的仙女。她有美丽的面貌、婉转的歌喉、婀娜的身段、曼妙的姿态，这种修短合度、纤浓得中的姑娘，她真是一位艺术之神。我觉得世界上的艺术，都集中在了她一个人的身上。她可以说是上帝的杰作、人类的高峰。在外国宁可没有主耶稣，在中国宁可没有孔夫子，但断断不能没有鸿小姐，这位文珠小姐！"

"你这张嘴真灵活，谁要请你去做辩护律师，公费也可以不拿出一个来。"秦钟这几句有趣的话，尤其是后面这两句，听在爱玉的耳朵里，她一肚子的气愤倒又化为乌有了，忍不住抿嘴哧的一声笑起来，暗想，天下就真有这种痴迷的人，那就真叫人感到有些可怜了，遂把秋波斜乜了他一眼，讽刺他回答。

秦钟似乎知道她在俏皮自己，脸涨得红红的，至少有些羞愧的颜色。但他还竭力镇静了态度，摇了摇手，说道："鸿二小姐，请你不要笑我。我今天到这儿来拜访……不，那似乎不够恭敬，我今天特地来晋谒，完全是诚心诚意，斋戒沐浴，已经在半个月以前就预备的了……我肚子里还有许多话，打算见了你姐姐的时候，再好好地倾诉一下。二小姐，你千万发个慈悲，替我进去转达一声。她要如真的不肯见我，那就等于没有看见世界上最宝贵的金刚钻，这不是太可惜了吗？"

"原来你还是一颗稀世的金刚钻，那我真是有眼不识宝贝了。但这也怨不得我，因为我是江西人呀。"爱玉听他这样说，几乎失声捧腹起来。她坐到沙发上去，忍不住一再地向他讥笑。

秦钟面红耳赤，抓了抓头皮，慌忙又辩正说道："不对，不对。我是说鸿小姐像一颗金刚钻，我好像没有看见过这个稀世的珍宝，那我不是太可惜，太没有福气了吗？"

"嗯，你真掉头得快。我有些奇怪起来，听你这口气，你到底可曾看见过我姐姐没有？"爱玉见他那种局促的表情，真不免又要笑起来。但她究竟绷住了粉脸，秋波水盈盈地逗了他一瞥猜疑的目光，很认真地追问。

秦钟显出很正经的态度说道："嘿！我怎么会没有看见过？自从万国大戏院开幕到现在，她的清脆悦耳的歌声，成天成夜地就在我耳朵旁盘绕着；她的秀丽脱俗的容貌，就无时无刻地在我脑海里映现着。我是千千万万的人当中，对她认识得最清楚最深刻的一个。我怎么会没有见过你的姐姐？那你也太小觑我了。"

"可是，你纵然认识她，她倒并不一定会认识你呀！"秦钟那种痴头痴脑的样子，爱玉心中表示非常感叹。因为看他这人的年纪至多二十几岁，不是在大学里念书，就是在社会上办事了。好好的一个青年，不求学业上的努力，不图事业上的发展，却把宝贵的光阴花费在这样无聊的事情上。可见社会的腐败，才产生了这样寄生虫似的人来。所以表示十分憎厌，冷笑了一声，对他的态度，是非常的难堪。

但秦钟这人痴心得使他有些厚皮，所以还向她打躬作揖的样子，简直有些苦苦哀求的口吻，说道："二小姐，就是因为我只认识她，她不认识我，所以我才不揣冒昧，特地前来求见。二小姐，你就帮帮我的忙，请你姐姐出来和我见见吧。"

"秦先生，你对我这样客气是没有什么用的。我老实地告诉你，我的姐姐有一种脾气，这脾气恐怕会使你感到不快活。"

爱玉见他只管向自己拍马屁、说好话，一时觉得他的痴，真也有些可怜。不过姐姐已经有了心爱的人，对于外界一切前来追求的人，表示都置之不理，免得增加一种无谓的麻烦。所以爱玉在姐姐所抱的宗旨之下，她又不得不想出一种言语来，要使他感到灰心失望而怏怏地退去。但秦钟既然是痴得这个样子，他当然绝不因爱玉这几句话而感到畏缩退却的，遂很坚决地说道："无论她有什么大脾气，我决不会感到不快活。就是她喜欢骂人，甚至于喜欢打人的话，我也甘心情愿地承受。"

"但是，我姐姐倒并非是有喜欢骂人和打人的脾气。她的脾气，就是不愿意见一个不认识的人，尤其是一个满嘴里喜欢胡说白道的家伙。"爱玉一面恨恨地白了他一眼，一面站起身子，好像预备到外面去的神气。

秦钟这就竭力哎哎地响了两声，很快地跑到爱玉的面前，意思是拦住了她的去路。爱玉倒不免退后了两步，用了嗔意的态度，说道："你拦住了我做什么？"

"这里是你们的府上，我是到你们府上来拜望的客人，客人在没有走之前，做主人的怎么可以丢了客人先走了呢？"

"但是，我做主人的已招待你说了许多的话了，我已经尽了做主人的责任。谁像你这种客人不识相？啰里啰唆的。你吃饱了饭，有这么空的工夫，有这么好的精神。不过，我还得去吃两支人参，再来和你谈谈哩。"

"啊呀！我的好二小姐，你以为我说了这些话算多了吗？其实我要说的话还有一肚子，刚才这些无非是起头的一点儿开场白。假使你姐姐真要不肯出来见我的话，那可对不起你，我只有请你替我转达了。"秦钟一面说，一面却盯住在她的身后，好像还有什么话要对她说的样子。

爱玉真觉得有些头痛起来，索性把两手按住了耳朵，说道："你预备跟我大谈特谈吗？对不起，我可受不了。你还是等着吧，等到见了我姐姐的时候再说吧！"

"二小姐，你这举动……难道连我现在这两句话都不愿意听了吗？"

"并不是不愿意听，因为我的理解力太差一点儿，对于你秦先生太高妙太深奥的言论，我实在有点儿领略不了。"

爱玉冷冷地一笑，瞅了他一眼，这两句话是向他讽刺得很痛快。但秦钟的脸皮厚得有点儿像邓禄普，他还故作一本正经的态度，说道："二小姐，那么我说得浅近一点儿怎么样？"

"用不到，谢谢你。秦先生，你要再把我缠住了不放，那我没有办法，我只好吃头痛粉了。"

"为什么？你有点儿不大舒服吗？我想你昨晚也许受了一点儿凉，还是在沙发上好好地息息吧。"

"哼！你真是一个情种。奇怪，我活了这十七年来，就从来也没有看见过像你这样找人麻烦的人！真不知你父母是把你怎么样制造出来的。"

"那倒还不曾细细地研究过，等我回家去翻阅了父亲的日记簿之后，再向你做详细的报告。二小姐，好在这时候我并不需要和你谈这些问题，假使你认为要加以研究的话，我可以到四马路的坊间去买一本生育指导来给你作为参考。"

"胡说，胡说，你这人简直在大放其屁！"

爱玉听他胡言乱扯，说得那么流利诙谐，一时想想滑稽，倒几乎又要笑出来。但表面上还竭力地绷住了脸孔，大有怒气冲冲的样子，啐了他一口回答。就在这个时候，梅真从里面出来，说大小姐叫二小姐进去。爱玉巴不得有这一个命令，遂一溜烟地躲入卧房内去了。

秦钟不免深深地叹了一口气，正欲探问梅真，说大小姐在里面做什么，忽听外面又有敲门的声音。梅真开门一看，只见一个西服男子，嘴里衔了烟卷，高视阔步地走了进来，向梅真问道："她在家吗？"

"嗯！在家，在家。"

梅真含笑连说了两句在家，那人便向秦钟斜睨一眼，大有轻视的样子，同时就自管地一直向房里进去了。秦钟见这个西服男子竟然可以直入鸿小姐的闺房，他觉得自己口出莲花，还不及他问一句话有效力，这就气得怔怔地愕住了。

四、落花已有主忠言逆耳反遭辱

这一个进来的西服少年是谁呢？不用说得，那当然是李英龙了。英龙自从做了文珠入幕之宾以后，他便俨然以文珠的保护人自居，白雪公寓就好像是他的公馆一样。这里进进出出，梅真见了他，也会承认他是文珠最知心的好友，所以并不阻拦地就让他走进卧房里去。

英龙步入卧房，听文珠很生气的口吻，正在怒气冲冲地说道："妹妹，这种寿头寿脑的人，你和他多缠什么呢？还不如早一点儿打发他滚了不是完了吗？你和他说了这许多话，我觉得这些精神是未免花得太可惜了。唉！我真想不到上海地方，这些曲死会死不完的！"

"姐姐，你别说得那么容易，这人实在很会说话，我真有些应付不了。你有本领，你自己出外去叫他走吧。"爱玉听姐姐好像有点儿埋怨自己的神气，所以很受委屈似的鼓起了小嘴，把身子一扭，也气鼓鼓地回答。

文珠最近的发红，更养成了她骄傲的脾气。当时被妹妹这么一刺激，便猛可地站起身子来，绷住了粉脸，真预备亲自奔出去的时候，却被李英龙一把拉住了，笑道："大小姐，何苦来发这么大的脾气？你要如真的自己出去对付他，那麻烦的事情可更多了。我瞧还是二小姐费点儿神，再去敷衍敷衍他，打发他走了，不就完了吗？"

文珠听他这样说，也觉得不错，遂把身子又退了回来。爱玉没办法，也只好怏怏地又走了出去。

这里文珠还是很生气的模样，一面把烟卷分给英龙一支，一面还咕噜着骂了几句。英龙很快地取出打火机，先给文珠燃了火，再把自己烟卷点着了。望了她一眼，笑嘻嘻地说道："大小姐，其实你可以不必生气，要如这种曲死来得越多，那也就是显得你的声誉越红，身份越高。所以我倒并不生气，反而觉得代你高兴和庆幸。"

"你倒代我高兴？明儿我要如被人家真的追求去了，我看你心里还会再觉得高兴吗？只怕你哭还来不及哩。"文珠秋波斜乜了他一眼，回身坐到沙发上去。把右腿搁在左膝上，还摇撼了一阵，显出很俏皮的神态。她昂起了粉脸，撮起了殷红的小嘴，喷着一圈一圈的烟雾。

李英龙笑了一笑，却坐到她沙发的臂胳上，伸手按住了她的肩胛，摇了摇头，说道："那我倒很放心，谅来外界没有这样的魔力能使你心动。再说大小姐不是一个普通的姑娘，自己也会赚很大的包银，金钱在你身上已失却了效用，所以大小姐就绝不会再被人家看中去了。"

"这也说不定，你不要想得那么笃定泰山。要知道我的包银赚得虽大，但开销也大。不说别的，单说你的身上，我一个月要多少结交？所以要如真有人请我去住洋房、坐汽车，恐怕我也会接受人家的吧。"

文珠很平静了脸色，认真地回答。俏眼偷偷地斜乜着他，是看他脸部上究竟有怎的表情。果然，李英龙的笑容渐渐地收去了，他显出一种愤愤的样子，说道："这是大小姐的自由，我当然没有权利来干涉你。不过你那天晚上对我说的话，请你细细想一想，你说今生除了我，决不再爱第二个人。难道过不了多少日子，你的心就

55

变了吗？照这么看起来，你根本不是真心爱我，你无非爱我骑马的功夫，所以把我玩弄玩弄的吗？倘然果然是这样的存心，那我为了避免将来被你抛弃的痛苦起见，我们还是早一点儿分手来得痛快。"

"瞧你这傻孩子！我和你说句玩话，你就认起真来了！"

李英龙说完了这几句话，装腔作势地站起身子，大有和她一刀两断的意思。这一来把文珠急了起来，遂伸手把他狠命地一拉，笑盈盈地白了他一眼回答。李英龙趁势扑跌下来，就倒在文珠的怀里，伸手勾住了她的脖子，还是又恨又怨的表情，低低地说道："大小姐，这可不是开玩笑的事情，你要抛弃我，就抛弃得早一点儿。要如半途把我丢了，那我这一条命就送在你的手里了。"

"冤家！你放心吧，我的性命可以丢掉，但是再也丢不了你啊！不过我要向你关照，在我这样的环境之下，追求我的人当然不在少数，假使我因为要利用别人家而偶然跟别人敷衍敷衍，你可不许瞎吃醋的。"文珠伸手抚摸着他英俊的脸，一面说，一面还把小嘴在他颊上吻了两下。她心中这样在想，我要把男女颠倒过来，在眼前这么的情景之下，显然他仿佛是我的姨公公了。

李英龙知道她也少不了自己，因为自己有一种特长，能使文珠死心贴地地爱上自己。他一面转过脸，一面对准她的小嘴甜甜地吮吻了一回，方才低低地说道："不过敷衍也有一个分寸，和人家玩玩儿舞厅、逛逛戏院，这倒没有问题。你要如跟人家白相到旅馆内去，难道也叫我不要吃醋吗？"

"你这小鬼，胡说白道的简直在放臭屁！你把我当作什么人看待？难道我是送旧迎新，张郎也好、李郎也好的妓女吗？"

文珠听他这样说，恨恨地骂了一声小鬼，故作薄怒娇嗔的神气，伸手还量了他一记耳光。英龙被她打得服服帖帖，摸着被打的脸颊，却哼也不敢哼一声，两眼泛了一泛，偎在文珠的怀里，却呆呆地出神。文珠见他这么可怜的样子，倒又舍不得起来，遂把他搂紧了，吻着他被打的脸，噗地笑道："谁叫你向我胡说白道乱讲？问你下次还敢侮辱我吗？"

"不敢，不敢。好大小姐，你喜欢打我，就在那一边颊上也打一下子吧。"

"你这人想不到生得这样贱骨头，那叫我要打也打不下手了。"

"大小姐，你不要以为我生得这样贱，其实这是我在你的面前，所以我才这么欢迎你玉手一举。因为你打一记，我的骨头松一松，同时我的心里也会痒起来。假使换作了别人的话，哼，哼！我冷言冷语这两个拳头也不算生得不结实吧！"

两人正在扭股糖似的在房中调情说笑，忽听外面爱玉的声音，很响亮地在发脾气，似乎在大声叱喝的样子。李英龙连忙站起身子，到门口去侧耳细听。不料这时，梅真却匆匆奔入，两人撞了一个满怀，几乎把梅真撞倒，李英龙连忙抱住了她。

文珠很生气地问道："为什么？这小子还没有走吗？"

"他一定要见大小姐，说非见到了大小姐，他是不走的。"

"糟糕，想不到这小子有点儿像牛皮糖似的。英龙，你看怎么办？"

"还是让我出去把他打一顿，干脆的！滚他妈的吧！"

英龙似乎有点儿忍耐不住了，一面愤怒地说，一面要冲到外面去。这回子是文珠把他拉住了，瞅了他一眼，说道："瞧你这人又要闯祸了，我看这种人也不是好惹的，你打了他，明天要如在报纸上登载出来，我的名誉要紧，所以你千万不能太鲁莽了。"

"那么依你说怎么样解决呢？二小姐被他岂不是要逼死了吗？"

"嗯！这小子真可恶！分明是一个流氓，故意来寻事吵闹的。梅真，你对二小姐这样去关照，要如他再不走的话，我们就不再客气，要用断然的手段对付他了。"文珠蹙了眉尖儿，沉思了一回，方才计上心来似的，向梅真耳旁低说了一阵，又恨恨地吩咐。

梅真答应了一声，便匆匆地走到外面。只见秦钟坐在沙发上，显出很安闲的样子，爱玉气红了脸，却呆呆地发怔。于是挨近爱玉的身子，附了她的耳朵，低低地说了一阵。爱玉点了点头，走上一步，对秦钟说道："秦先生……"

"哦，二小姐……"秦钟慌忙又站起身子来，表示很恭敬的样子，还礼招呼。

爱玉也不知他是故意装成这样寿头寿脑的样子呢，还是真有些神经质的，遂正了脸色，很严肃地说道："秦先生，你知道我姐姐在房里发脾气了吗？"

"不知道。"

"你不知道，我现在告诉你，姐姐心中非常愤怒，她说你明明是个流氓，你明明是存心敲诈来的，你要再这么缠绕下去她要打电话到局子里去，叫警察来抓你。我觉得你太犯不着，还是识相快点儿走吧。"

"我是流氓？我是敲诈来的？这……太笑话了。好在我有春江大学的上课证，没有关系，警察来了，我可以向他们解释的。"秦钟的脸色在经过一度慌张之后，他立刻又平静下来，微微地一笑，表示毫不介意的样子回答。

爱玉不免为他叹了一口气，望了他一眼，说道："原来你还是一个大学生。"

"是的，我是一个大学生，并没有冒牌。"

"唉！这样说来，我真为你痛惜，而且也为国家痛惜！"

"二小姐，这是为什么？我不懂这些话是什么意思。"

"你既然是个大学生，那么你就应该努力你的学业。你要知道，在中国的社会里，一个青年能够读到大学的程度，这实在不是一件容易的事情。那么照理，你该努力研究你的功课，将来可以成为一位国家的栋梁。现在你抛弃了学业，却不管羞耻地一味追求人家一个歌舞的女子。我试问你，怎么对得住良心？怎么对得住父母？怎么对得住国家呢？"爱玉用了十分严肃的态度，向他滔滔不绝地教训。她脸部上的表情，是显出非常痛惜的样子。

秦钟听了她这一番责备，脸似乎也飞起了一阵桃红。但是他在愕然了一回之后，却又摇了摇头，说道："鸿二小姐，你这话虽然说得不错，但是我自问良心，很对得起父母，很对得起国家。因为我除了崇拜你姐姐艺术之外，我并没有荒废我的功课。而且我每学期考试的成绩，至少还在优等以上的。你要如不信的话，我还可以把考试的成绩单拿给你看。"

"秦先生，我不管你究竟是怎么样，但是我觉得你的行动究竟是太无聊了。"爱玉被他缠得没有了办法，只好又煞费苦心地来使他感到失望。

但秦钟却还不以为然的态度，说道："我这行动一点儿也不无聊，为了崇拜艺术，我觉得这是一件最有意义的事情。"

"你要崇拜艺术，这当然是你的自由，谁也不能来阻拦你。不过你总不能为了你的崇拜艺术，反而来妨害人家的自由呀！"

"二小姐，你这是什么话？我并没有妨害人家的自由啊？"

"还说没有吗？我指点你听吧。你崇拜艺术，因此要来找我姐姐说话。我姐姐虽然没有能力可以阻止你的崇拜，但是她绝对有自由可以不愿意跟你谈话。你现在偏偏要等人家出来说话，那还不是妨害人家自由吗？秦先生，你是个大学生，你难道不晓得这一点点道理吗？人家喜欢你崇拜，你就只管崇拜。但人家不喜欢你崇拜，你竟然偏偏地也要崇拜人家，我觉得你就太丢大学生的脸了。而且……简直是太丢世界上一切男子的脸了。要如你祖宗三代有灵的话，岂不是还要为你痛哭流涕了吗？"

秦钟听爱玉这一番话，倒弄得哑口无言，木然地怔住了一回。忽然若有所悟地哦哦了两声，他便走到桌旁拿起呢帽，点头说道："听了二小姐这一番话，我才有些明白了。人家讨厌我，我为什么一厢情愿要跟人家谈话呢？唉！我真太傻了。"

"秦先生，你想明白了，那就好了。我不但为你前途而庆幸，而且我还代我们的国家感到快乐，因为从此也许可以减少一个痴头怪脑的废物了。"

爱玉见他颓然神伤地说着，一面回过身子，好像要走的样子。这才笑了一笑，表示十分欣慰的神情，低低地回答。不料秦钟走到门口的时候，忽然又回过身子来，又向爱玉问道："哎，哎！二小姐，我要问你一句话。"

"你还有什么话要问我呢？"秦钟去而复返的动作，使爱玉的翠眉又微微地蹙起来，秋波逗了他一瞥怨恨的目光，至少带了一点儿讨厌的口吻问他。

秦钟向房里面望了一望，低低地说道："恕我冒昧，刚才可以不通姓名而直达鸿小姐闺房的那个西服男子到底是什么人呀？"

"秦先生，你的事情到此已经告了一个段落，我以为别人家的事情，你还是少管一点儿的好。"

"并不是这样说，我心里这样想，他也穿西服，我也穿西服，同样是一个穿西服的人，为什么他可以直达小姐的闺房，而且这许多时候不走出来。我却连要见一次面都办不到，我觉得世界上的事情，那就未免太不公平了。"

"你这话越说越稀奇了，他是他，你是你，他们有他们的交情，怎么可以和你同日而语？要如穿了西服的人都可以进姐姐的卧房，那么姐姐的卧房不是成为大世界游戏场了吗?"爱玉听他说出这么痴痴癫癫的话来，一时忍不住又好气又好笑。但她还竭力绷住了粉脸，向他恨恨地抢白。

秦钟似乎又明白了，他点头连声说道:"不错，不错，他是他，我是我，怎么能混在一起谈呢？但是我很想知道他是个什么人。你告诉了我，我在下世也可以做一个像他一样的幸福的人，可以在一个多才多艺的姑娘卧房里直进直出。咳！这是多么的福气哩！"

"秦先生，你不要太痴了，我劝你还是早点儿回去吧。"爱玉听他这些话，觉得他心中的痴情，未免是太可怜一点儿，一时倒代他有点儿黯然神伤，遂向他温和地劝慰。

不料正在这时，忽见顾元洪匆匆地推门进来。爱玉心头倒是别别地一跳，脸上不免显出了惊慌的神情，但又竭力掩饰她的慌张。顾元洪却毫不介意第脱下呢帽，放在桌子上，还笑嘻嘻地问道:"二小姐，你姐姐在家吗？"

"在……在。我……去叫来……梅真你快给顾先生倒茶吧。"爱玉有点儿口吃的成分，一面回答，一面急急地向房里走。在走到房门口的时候，又向梅真这么吩咐着，在她心中是怕顾元洪跟着到房中去，所以叫梅真倒茶，也是一个缓兵之计。梅真应了一声，遂倒了一杯茶，在顾元洪坐着的沙发旁茶几上放下。她回头向秦钟望了一眼，见他脸有喜色的，并不走了。于是向他努努嘴巴，是叫他可以走的意思，一面便自管到厨下去了。

秦钟却并不理会地走近桌子旁来，又把手中的呢帽放下了。就在这时，听文珠的声音在卧房里嚷着出来，说道:"是顾先生吗？"

"哎，哎！鸿大小姐，你没有出去吧！"

"没有出去，我知道你说不定今天会来瞧我，所以我在等着你哪！"

顾元洪站起身子来，笑眯眯地问她。文珠很快地走过去，在沙发上先坐下了。她眉开眼笑的神情，竭力地在博得他的欢喜。顾元洪心里觉得甜蜜蜜的，两脚软绵绵地会站不住，于是也倒下沙发来，拉开了嘴笑了一声哈哈，好像全身骨头都有些酥了的样子。站在旁边的秦钟，虽然见到了文珠而感到欢喜。但是欢喜还抵不过这一幕映在他眼帘下刺激的情景，因此使他又深深地叹了一口气。

这时顾元洪又笑嘻嘻地说道："鸿大小姐，原来你知道我今天要来的，竟会猜到我的心眼儿里去。哈哈！那你真是我的心一样了。"

"真的吗？我没有资格做你的心。"

"为什么没有？只怕我没有福气能得到像你那么的一颗心吧。"

"你何必太客气呢？顾先生，我要不是你这么捧我，我哪有今天的一日！"

"哪里哪里。这是鸿大小姐自己艺术的成果，绝不是我捧的力量。"

"对呀，对呀！捧有什么效力呢？这都是鸿大小姐有精娴的艺术、婉转的歌喉、飘飘的艳舞，那才红遍了整个的上海哪。"秦钟听他们两人的谈话，起头这几句话，实在有些格格不相入，直听到顾元洪说到艺术两个字，他方才感到兴奋起来，遂满面含笑的神情，竟得意忘形地插嘴，而且还哈哈大笑起来。

对于秦钟这个人，文珠当初并没有注意。此刻听了他的话和笑声，方才回头向他望了一眼，立刻含笑站起，说道："啊呀！我真糊涂。顾先生，你还有一个朋友同来吗？为什么不给我预先介绍介绍呀？快请坐吧！"

"不，不！这位先生比我先在这儿，并不是我的朋友，而且我也不认识他。"顾元洪听她误会了，这就连说了两声"不"字，急急地辩白。

文珠倒有些愕然，嘿了一声，表示非常惊异。秦钟想不到鸿大小姐居然会笑盈盈地向自己招待，而且这样殷勤的样子，那未免有些受宠若惊。立刻步上前来，向她恭恭敬敬地鞠了一个躬，笑嘻嘻地说道："鸿大小姐，我在这儿恭候大驾，快一个钟头了。我姓秦，单名钟，叫秦钟，刚才令妹进房，难道没有跟你说起吗？"

　　"什么？你就是秦钟？我以为你早走了，怎么还待在这儿干什么呢？"文珠这才恍然了，她立刻显出了鄙视的态度，恨恨地白了他一眼，一面又在沙发上坐下，昂着头吸烟，表示看都不愿再看一看的样子。

　　秦钟却还是痴心妄想，执迷不悟地走近两步，恭恭敬敬地说道："我是抱定宗旨，要来和你这位理想的艺人谈话的。哪知道你老不肯出来见我，你在没有出场之前，那我又怎么敢走呢？"

　　"那么我现在已经出场了，你总可以走了吧。"在文珠的眼睛里看来，觉得秦钟这个人真寿得有些不堪设想，所以便毫不放松，而又毫无情感地向他一再相逼。

　　秦钟在没有见到文珠之前，虽然一再地受到刺激和难堪，但是他的心中多少还存了一种希望。他认为无论什么事情，多数是大王好见，小鬼难挡。也许见了文珠自己，她却会很谦和地待人了。不过理想与事实相差得太远了，他到此方才知道这位艺人并不是自己理想中那么崇高和可爱。他忍不住深长地叹了一口气，表示失望的痛苦，自言自语地说道："咳！我今天才知道理想跟事实往往相反的。"

　　"你说的什么话？"文珠很讨厌的样子，声色俱厉地追问。

　　秦钟呆呆地沉吟了一回，他有些伤心的样子，还是继续他的自言自语："我本来是这么想的，这位歌舞皇后，在舞台上是唱得那么的好，跳得那么的好。那么她的为人，一定是温文多情，和蔼可亲。

人家来拜访她，她一定会殷勤招待，虚心受教。但哪里知道，完全不是这个样子，简直一点儿也不对哪。唉！这倒好像是我看错这一幅美丽的画片了。"

"这家伙好像有点儿神经病的样子！喂，这儿不是疯人院，你跑错地方了。"顾元洪听他口里说，而且手里还做着姿势，一个人自说自话，简直有些莫名其妙的样子。因此心中也愤怒起来，冷笑了一声，瞪着眼睛向他叱喝着。

秦钟回头望了他一眼，却也有点儿恼怒的意思，说道："你这是什么话？你要说我有神经病，那你真是侮辱了鸿大小姐。鸿大小姐，我以为你是一个艺人，你就绝不应该对于一个崇拜你的艺术的人，而显出这样轻视的态度。并非我冒昧地说一句，你要轻视我，那你就在轻视你自己。"

文珠见他转过身子又向自己说了这几句话，一时不免向他身上打量了一下。觉得他虽不及英龙那么的魁梧英俊，但却是一个年轻的小伙子。觉得人家既然是为了崇拜我而来的，那我似乎也不应该使他过分地感到难堪，因为在他至少也是一番敬仰的意思。在这么转念之下，就又显出温情的脸色，微微地笑道："秦先生，其实我绝没有轻视你，而且对于你这样崇拜我、敬仰我，我还表示非常感谢。不过，我自问学识很浅薄，很简陋，虽然能够唱几句、跳两下，那也谈不到什么艺术这两个字，所以对于外界的崇拜我、恭维我，我实在是很不敢当，很不敢当的！"

"好哇！你这几句话，倒真表现出你艺人的风格来了。嗯！我觉得我的理想到底还没有十分的错。鸿小姐，我们不妨来谈一谈。"秦钟听了她这几句谦恭而温和的话，他一颗已经死去了的心忍不住又活跃起来。他堆了满面的笑容，在椅子上坐下，表示和她有长谈的意思。

文珠和顾元洪相互地望了一眼，大家都有些啼笑皆非的模样。顾元洪摇摇头，瞪了秦钟一眼，转过身子去，表示不愿再见的意思。文珠在眸珠一转之下，遂站起身子，和元洪眨眨眼睛，说道："顾先生，你此刻有没有空？我想请你陪我出去买点儿东西。"

"怎么？鸿小姐，你不愿意跟我接谈下去吗？要知道我跟你说的话，至少对你艺术上是有些好处的。"秦钟这才吃惊起来，不等元洪的回答，先向文珠急急地问。

文珠觉得这人太不知好歹，自己给了他面子，也该早点儿走了。偏还要在这里多缠绕，岂不是叫人愤怒吗？顾元洪虽然很生气，但是他也不肯过分鲁莽。第一，自己是个有身份的人，犯不着跟他动手。第二，他到底是个怎么样的人，还不大详细。万一他是个新闻界的人，那么对于我和文珠的名誉，恐怕都有关系。所以他还是很客气地问道："秦先生，你究竟是做哪一项贵业的？"

"你看我做哪一项事业的？"

秦钟对他的相问，似乎还有点儿不大情愿回答的样子，冷脸斜视了他一下，故意向他这么反问。文珠在旁边再也熬不住了，便逗给他一个白眼，讽刺他说道："我看他好像什么全不干，专门在找人麻烦。说不定是个无业游民，趁机好敲诈人家的钱财。"

"啊呀！我的鸿大小姐，你不要信口胡说好人吧！我虽然不是在社会上做事业的人，但我到底还是一个大学里的大学生。你说我要敲诈人家，那你未免太看轻我的人格了。"

"我就不相信一个大学里念书的人竟吃饱了饭会这么的无聊？哼，你真是一个骗子！难道你不去用功你的书本，却专门在外面追求人家姑娘吗？"顾元洪听他这样说，连连地点头，表示第一个先不相信他这些鬼话的意思。

秦钟听了，便恨恨地白了他一眼，也表示十二分生气的样子，说道："我在跟鸿大小姐说话，你可以不必来参加意见。你有什么资格可以来跟我谈话呢？我是一个清高风雅的大学生，你不过是个投机操纵、剥削贫民的市侩，我劝你还是少开臭口！"

"什么，什么？你在放什么臭屁？你敢骂我？"顾元洪这才气得铁青了脸，不免暴跳起来，向他瞪着眼睛，大声地喝骂。

秦钟见他大怒的情景，却当作没有瞧见的样子，走到文珠的面前，又是深深地鞠了一个躬，说道："鸿小姐，我今天到这里来，绝不是跟任何一个人来相骂的。所以无论什么人骂我侮辱我，我可以不问不闻。因为我是抱了一片诚心，满怀热望。我是预备了千言万语，打算和你做尽情的倾吐。所以他这种铜腥臭的臭口，要开口来参加我们的意见，那真是亵渎了我们这位艺术之神了。"

"他妈的！这小子好厉害！一面捧你，一面骂我！姓秦的！我老实地警告你，你要再在这儿多放一声屁，我马上叫警察来抓你！"

"哦哟，哦哟！"

"大小姐，大小姐，你……怎么啦，你怎么啦？"

顾元洪见文珠忽然把手按住了额角，哦哟哦哟地叫起来，好像要昏厥的样子，一时倒不免吃一惊，立刻上前去扶住了她的身子，急急地问。秦钟也要上前的时候，却被顾元洪挥手推开。这时方听文珠低低地说道："没有什么，没有什么，我因为听了他这样肉麻当有趣的话，我有些站不住，我几乎要晕倒了。"

"这小子真是混账极了，简直在胡说白道。鸿大小姐，你不用去理他，我还是扶你到卧房里去休息休息吧。"

文珠听他要扶自己到房内去，一颗芳心，倒又别别地乱跳起来。遂表示竭力支撑了的神气，一面在椅子上坐下，一面把元洪的手轻轻挪开，说道："不必，不必。我……我还是在这里坐一会儿吧。"

"我看鸿大小姐真的也太辛苦了。离开了舞台，又得应付人事。

顾到里边，又得顾到外边，真是连一点儿安安逸逸谈话的工夫都没有。"

秦钟说这两句话的态度是分外的俏皮，而且他的动作，把手指指房里，又指指外面的会客室，语气显然还有点儿感叹的样子。在顾元洪的心中，以为他语无伦次，多少是因为有些神经质的缘故。所以睬也不睬他的，把身子走到阳台前去透空气。但文珠是个聪明人，她觉得姓秦的家伙倒并非纯粹的是个糊涂人，单凭这几句话，已经把自己讽刺得够了。因为恐怕他再有什么明显的表示，而泄露出自己的秘密来，所以猛可地站起身子，瞪了他一眼，真是恨到心头的模样，喝道："你在放什么狗屁！"

"我……是说……你不要太劳力而又太劳心，你应当自己保重一点儿吧。"

"我保重不保重，与你又有什么相干？"

"鸿大小姐，我说的是一片金玉良言，我虽然是很不识趣地冲撞了你，但我到底还是一个真心爱护你的人。你就是不为你自己身子而保重，那你也应当为你在舞台上的声誉而保重呀。假使你偶然不小心而堕入了陷阱的话，那你纵然有再高超一点儿的艺术，恐怕外界也不会再同情你、再崇拜你了！"

秦钟对她虽然是这样关切、这样热诚地劝告着，然而这个环境情势之下，秦钟就是再说得委婉一点儿，也不能使文珠感到满意。所以她益发显出满面怒容，圆睁了那双明眸，恨恨地说道："我固然不要人家的崇拜，我也不要人家的同情，我并没有遭到什么悲苦的境遇，我更没有向人家哀告乞怜，我何必要人家来同情我呢？我觉得你太多情了，吃自己的饭，为什么偏要管人家的闲事呢？至于我的声誉，是我自己造成的，就是在我自己手里毁灭尽绝，那我也甘心情愿，决不懊悔。"

"啊呀！鸿大小姐，你为什么要这么说呢？那我为你实在太痛心太可惜了。你应该想一想，你费了几年心血，才能够造成你今日的声誉。况且声誉是一个人的第二生命，你……怎么能甘心情愿地毁灭呢？大小姐，我求求你，求你应该快快地猛省过来，千万不要毁灭了自己！"

"我真不知道哪儿跑来的野小子？就死乞白赖地在这儿胡嚼！姓秦的，对不起！我不要再听你这些鬼话！请你给我走吧。你要在这儿再待上一分钟，我可真的要晕倒了。"文珠是气愤极了，鼓了红红的粉腮子，一面说，一面走到门口旁，把门拉开，是请他出去的意思。

秦钟被她在这么驱逐的行动之下，他也觉得没有什么脸皮再可以待下去了。不过他还觉得有点儿依依不舍的样子，一面慢慢地移动着脚步向房外走，一面还向文珠鞠了一个躬，很诚恳地说道："鸿大小姐，我这一片好意，虽然在眼前是得不到你的觉悟，但我还希望你在清夜寂静的时候，能够再三地想一想，说不定你到明天这个时候，就知道我这些话都像金珠玉粒那么可宝贵了。"

"请你住口吧！我就是死了，也不会再想到你这些话是对的！"

"唉！忠言逆耳，真是对牛……"

"什么？你说什么？"

"我说对牛弹琴！"

秦钟也许心中也气愤极了，他终于忘记了崇拜和敬仰，竟然说出了这一句轻视的话，便急急地奔出房门外去了。文珠恨得几乎想伸手打他，但已经来不及，于是只好恨恨地啐了他一口，用力地把门关上，颓然地倒向沙发上去，似乎被他缠得真有些头晕起来。手按住了额角，深深地叹了一口气。顾元洪方才由阳台外转过身子来，微微地一笑，却又愤愤地骂道："这人一定是个疯子！"

"算我倒霉，大清早才碰着这个魔鬼。"

"本来，这种人来找你，你就根本可以不必接见。"

"唉！你还说哩！谁愿意接见他呀？他一清早就来找我，我只让爱玉跟他敷衍。要不是你到来，我怎么会出来呢？"

"嗯！这样说来，倒还是我的不好了。大小姐，你也不要生气了，回头我陪你到大陆首饰公司去，还是让我好好来跟你消气吧。"

顾元洪听她这样说，便嗯了一声，笑嘻嘻地在她身旁坐下来，拉过她的纤手，却向她色眯眯地赔不是。谁知正在这当儿，忽听门外又在敲门了。文珠懒得起身，却向房里叫声"梅真"，梅真匆匆地由厨房里奔出，伸手把门拉开，万不料站在门口的却又是秦钟。文珠眼睛里好像有刺在戳似的，她觉得这小子简直来存心捣蛋，这就猛可站起，恶狠狠地直赶到他的面前去了。

五、左右难讨好心痛如割露秘密

　　文珠再也想不到站在门口外的又是这个令人讨厌的秦钟，心里这一气恼，真是怒不可遏，这就猛可地奔上前去，几乎伸手预备去打他的样子。急得秦钟连连摇手，一面又摸着自己的头顶，笑嘻嘻地说道："鸿小姐，请你不要生气，并不是我又来找你麻烦，因为我刚才说话，也许是我太感到兴奋了，所以把一顶帽子忘记在这儿桌子上了。"

　　"嗯！喏，这大概就是你的帽子了，给我快点儿拿走吧。"文珠心中因为是气愤过了度，她的举动在不可抑制的冲动之下，所以不免带了一点儿无礼。当她回眸瞥见桌子上放着那两顶呢帽，也不问哪一顶是他的，就走上去随便拿过一顶，恨恨地就向地上掷去，明眸里简直要冒出火星来的样子。

　　但秦钟没有开口，坐在沙发上的顾元洪却急起来了，连忙说道："鸿小姐，你弄错了。这顶是我的，这顶是我的呀！"

　　"啊！这顶呢帽是顾先生的？该死，该死！这小子的呢帽也配和顾先生放在一处吗？你……你这害人精，无缘无故地来欺侮我，你给我快拿了滚出去！"

　　顾元洪这两句话听到文珠的耳朵里，一时倒窘住了。她涨红了脸，慌忙俯身把地上那顶呢帽拾起。回身又把桌子上的一顶呢帽掷到地上，也许使她痛恨到了极点的缘故，还撩起一脚，把那顶帽子在地板上滚了过去。秦钟心中的失望，在他心灵里会感到像刀在割一般痛。他很快地拾起，冷笑了一声，说道："鸿小姐，你拿这一种无礼的态度来对付一个崇拜艺术的观众，这就枉为你是一个高尚的艺人了。我觉得你们这般女艺人，是不配人家的崇拜，只配给一般浑身沾着铜腥臭的守财奴像神女一般玩弄。哼，我今日才知道你们这般女人的轻骨头！"

秦钟在万分痛恨地骂完了这几句话，他不再待文珠有所表示，他就一骨碌翻身匆匆地走了。文珠气得粉脸由红转变了青，她觉得自己凭空遭到他这样的侮辱，不免是太吃亏了。女子没有第二件解决她气愤的办法，这就倒在沙发椅子上忍不住哇的一声哭起来了。

顾元洪见她竟然气得哭了，遂走到她的身旁，拍拍她的肩胛，低低地劝慰道："鸿小姐，那你也太犯不着了，为了这种小子而哭起来，这又何苦呢？你昨晚还有些不舒服，今天才好了一点儿，你千万保重你的身子吧。"

"大小姐，你不要伤心呀！人也走了，你这么哭着也太没有意思了。"梅真也拧了一把面手巾来，给她擦眼泪。

文珠仔细一想，也觉得没有哭的必要，这大半还是为了气糊涂了的关系。这就把手巾擦了眼泪，恨恨地咒骂道："断命这小子，真是一个流氓坏！无缘无故地给我受气，真没有好死的！"

"这种人还有什么好结果呢？一天到晚，荡来荡去，就想在人家身上敲诈些钱财。我说鸿小姐今天拿这种严厉的手段对付他，实在是再好也没有的了。"顾元洪一面附和着说，一面还表示非常赞成的样子。

文珠把手巾交还给梅真，见那门还开着，遂连忙吩咐道："梅真，你把门快关上了吧！回头他再要来缠绕我，真把我气都气死了。"梅真答应了一声，把门关上，便又入厨房去了。

这里文珠取了一支烟卷，顾元洪连忙取打火机给她点着了烟。向她沾着泪痕的粉脸望了一眼，倒忍不住笑起来了。文珠被他一笑，秋波逗给他一个娇嗔，生气地说道："我受人家这么的侮辱，你心里倒很快乐吧。"

"哪里哪里。鸿小姐，你说这话，叫我不是太不安了吗？这小子刚才虽然侮辱了你，但他不是同样也侮辱了我吗？我代你生气还来不及，怎么倒说我快乐呢？这也未免太冤枉我了。"

"那你为什么望着我笑呢？"

"我笑当然也有一个道理的。"顾元洪吸了一口烟卷，在文珠的身旁坐了下来。他又微微地笑了，好像有些神秘的作用似的。

文珠凝眸含颦地逗了他一瞥猜疑的目光，不明白地问道："道理？到底是什么充足的道理？请你说出来给我听听。"

"我看这个小子也许是个看你歌舞入了迷的不争气子弟，所以被你迷得神魂颠倒、痴头怪脑。谁叫你生得这么的美丽，而且又是善歌能舞的呢？"

"你这话也不尽然，我唱歌我跳舞，说句明亮的话，是为了我的生计问题。我并没有去迷人家呀！这难道还能归罪到我的身上来吗？要如个个观众因看我的歌舞而向我找麻烦的话，那我还能做得了人吗？恐怕连戏院也不用上，只要一天到晚和他们缠绕，我也觉得已经是够忙的了。"

"这叫做色不迷人人自迷，我说你要如这么红下去，以后的麻烦恐怕是不会断的。正如你所说，一天到晚，别的事情不用干，就这么应付那般无聊朋友，也够忙的了。"顾元洪笑了一笑，他胸有城府地沉吟了一回，方才慢慢地说出来这几句话。

文珠听了，不免有些忧愁的神色，微蹙了眉尖儿，低低地说道："照你这么说，我们女人家就永远没有一条出路可以走了？"

72

"出路怎么会没有？一个人在世界上谁都有一条出路。尤其像你这么美丽的姑娘，那条出路，当然还是平坦的大道。"

　　文珠听他说到这里，目不转睛地盯住了自己，脸上又浮现了一丝笑意，这就瞟了他一眼，急急地问道："你这话我真有些不懂了，像我这种孤零零的女子，在上面既无父母，在本身又无半点儿学问。除了唱几声、舞几下之技能外，还有什么平坦大道的出路呢？唉！我觉得我们这一种可怜的女子，说得好听一点儿，是发扬艺术，但按诸实际，也无非实在牺牲色相罢了。"

　　"鸿小姐，你要如真能想得那么明白的话，这就好了。我觉得你在眼前有一条光明之路可以走，不但不会再受这般流氓的委屈，而且可以安安心心地做人了。"顾元洪见她说完了这几句话，脸上浮了沉痛的颜色，眼皮了一红，大有凄然地流下身世孤苦的眼泪来，这就抓住了她这一个弱点，乘此机会，向她一步一步地进攻。

　　文珠见他那种认真的态度，显然是非常的热心关怀自己，于是又急急地问道："顾先生，你说我眼面前有哪一条路可以走呢？因为我自己置身在这个环境里，不免有些糊里糊涂。所以你能指点我的话，那叫我自然十分感激。"

　　"我当然极愿意指点你，但是只怕你不肯听我的忠告。"

　　"这……这……是绝对不会的，我可并不是傻子，你要如说出使我真能得到永远幸福的道路来，我一定会照了你的意思去走的。"文珠摇了摇头，秋波脉脉含情地向他脸上瞟。她此刻温情蜜意的态度，和刚才对付秦钟那样暴躁而凶恶的脾气，显然是换了一个人。

　　顾元洪心中是存了一种热烈的希望，他色眯眯的样子，把她纤手握过来，轻轻地抚摸了一回，低低地说道："你如果在戏台上拿歌舞去卖钱，人家只要花费了一张戏票的代价，就可以见到你的唱你的跳，这似乎根本算不了什么稀罕了。况且这赚的还是你的青春钱。

鸿小姐，你听了不要生气。比方这么说一句，要如你到了一个相当的年龄，白了头发，脱了牙齿，还能再在舞台上唱跳了吗？所以要根本地找一条出路，你最好能够丢掉这个买卖不干，好好地去嫁一个人，做一位有钱人家的太太。那时候住的是高楼大厦，进出汽车代步，人家要看到你就不容易，那才可说真正的像皇后一般的尊贵了。"

"嗯！原来你是叫我去嫁一个人，这条出路虽然是可以根本结解决女子的一生。但女子的嫁人，那是最最普通的，并不是一条自由解放的出路。"

"话虽这么说，但从古以来，你看哪一个女子不嫁人呢？其实嫁人也并不受怎么束缚，尤其是嫁一个有钱人家去做太太，要什么有什么，还能说不自由自在吗？"

"这话在表面上也许可以使人相信，但实际上，女子嫁了人，就像上了锁链一样的拘束。尤其是我们这种从小就跑码头过着流浪生活的姑娘，一切都自由了，今天要上哪儿，就上哪儿。做了人家太太，就得关在屋子里，简直是犯了罪，那怎么能受得了？"文珠虽然明白他完全是在追求自己的意思，不过他既没有直接说明，所以她只装作并不理会的神态，只把女子嫁人问题，来和他做一个检讨的样子。

顾元洪听了，忙又说道："鸿小姐，你这话完全是中了那句结婚是入坟墓的话的毒了。要知道一个人在世界上，假使不结婚的话，不论是男是女，就会感到终身的苦闷。你说做了太太，就得关在屋子里像受罪的样子，其实这也不尽然。比方说，明年春天的时候，你喜欢游春，那么就可以去西湖玩儿。明年夏天的时候，你喜欢避暑，那么就可以上莫干山去歇夏。这和你在外面跑码头过着流浪的生活相较，恐怕是大不相同的了。"

"这些话……嗯！我觉得这都是男子在没有达到他们目的之前的一种钓鱼的香饵。其实在一朝得到了愿望之后，恐怕就置之脑后了。那我倒并非是无稽之谈，可说是完全一种亲眼目睹的经验。因为我有好几个干艺术的姐妹，有唱京班戏的，有唱大鼓书的，有唱绍兴戏的，她们起先也觉得生活上太不安定，想嫁一个人，预备舒舒服服地过生活。但等到了正式嫁了人，有的是过不惯那种拘束的生活，有的是丈夫另外去爱上了别的女人，差不多连生活费都不给了，哪里还谈得到游春避暑哪！到那时候，弄得感情破裂，结果，还是仍旧闹着离婚，仍旧去走江湖、跑码头。所以像我们这种女子，谈到嫁人，真不是一件容易的事。假使嫁了人再闹离婚的话，那还不如一个人过一辈子的好，何苦要去留下了一个痛苦的痕迹呢？"

文珠觉得顾元洪这些带了糖汁的话，都是些骗骗三岁小孩子的，所以淡淡一笑，把自己被他握住了的手缩了回来，用了极透彻的语气，表示自己已看穿了世界上所有一切的事情了。顾元洪摇了摇头，却认为不以为然的样子，正经地说道："鸿小姐所忧虑的话，确实也很有道理。不过，这也不能一概而论的。我以为你总不能因噎废食的，世界上绝不是个个没有情义的人。就比方说我吧，那就和他们这般没有真爱的人大不相同的了。并不是占你便宜的话，假使你愿意嫁给我，我不但不来拘束你，而且我还可以听你的指挥。"

"哎！你不要在这里给我自买自卖吧。我听到这些对我说的人，已经很不少了，但我觉得谁能靠得住呢？"

顾元洪说到末了，再也忍熬不住地把他心中所存的目的说了出来，他满面堆笑地望着文珠的脸，完全表示向她诚恳地求婚。文珠把手在他肩上一拍，却哧哧地笑起来，那种表示是十二分的豪爽，并没有一点儿羞涩的样子。顾元洪还不知道她是什么意思，遂急急地念誓说道："鸿小姐，你要把我也当作别人一样的靠不住，那我敢发誓给你听，我就绝没有好的结果！"

"啊呀！顾先生你这又何苦哪？"

"那么你应该相信我，我是你最忠实的奴仆。"

"不敢当，不敢当！你要这么说，岂不是活活地折死我了吗？"

文珠见他涨红了血喷猪头那么的脸，猛可地把自己的手又紧紧地握住了。他这一种举动，就可以知道他的内心是被一种浓烈的情感冲动到怎样的程度。一时那颗芳心，也不免别别地跳跃得厉害，但是显出洒脱的态度，笑容可掬地回答。就在这个时候，忽听门外又有人敲门了。文珠停止了笑，连忙问道："什么人？"

"是我，鸿大小姐。"

"嗯！不要又是那个混蛋东西！"

"嗯！说不定，这小子太可恶了，非给他一点儿颜色看看不可。"顾元洪因为自己演戏到正在紧要关头的时候，突然这敲门的声音又来打断自己的进行工作，他心中是多么的恼恨呢！遂板住了面孔，也气呼呼地回答。

文珠挣脱了他的手，恨恨地站起身子，走到门口旁来，慢慢地拉开门，不管三七二十一就是向外一脚踢了出去。只听有人哦哟的一声叫起来，文珠定睛向他仔细一看，这就忍不住也啊呀了一声，倒退了两步，哈哈大笑，说道："我真没想到，原来是你，你此刻怎么会到我这里来呀？"

"哦哟，我的好大小姐！你这是什么意思？把我踢了这么一脚。"

原来进来的不是别人，就是歌舞团的团主张得标。他一面摸着被踢痛的腿，一面哭里带笑地问她。在他心中实在还有点儿莫名其妙的样子。文珠弯了腰，还是笑不可仰的神气，说道："我当你是……那个流氓又来了！真对不起，踢痛了哪里没有？"

"还好，还好，什么流氓？大小姐，你别跟我开玩笑哪！哦，顾先生也在这儿吗?"张得标听文珠又向自己赔不是,这就连说了两声还好。他一面坐到沙发上去,一面抬头望到了元洪,于是忙又含笑招呼。

顾元洪这时也哈哈地大笑道:"张老板,算你倒霉。这一脚真是挨得太冤枉了。但是,鸿小姐肯这么踢你一脚,这倒还是你的福气。你现在请鸿小姐再踢你一脚,恐怕就请不到了。"

"顾老兄,你还取笑我,这……到底是怎么的一回事呀?"张得标见元洪一面说,一面又哈哈大笑起来,心里有些丈二和尚摸不着头脑,遂苦笑地急急地问。

文珠这才含笑告诉道:"张老板,我哪儿是存心来踢你的呢?因为刚才有一个流氓,在这里向我搅了大半天,我把他赶了出去,但不一会儿,他又跑来了。我以为这次又是那个流氓来了,所以给他一脚滋味尝尝,好叫他知道我的厉害。谁料到这回却是你来了!"

"张老板,你尝尝刚从香港运来的火腿怎么样?"

顾元洪忍不住又笑嘻嘻地插嘴说,这句话引得张得标倒大笑起来。文珠恨恨地白了他一眼,却有点儿娇嗔的样子。不过她脸上还是含了笑意,递了一支烟卷给得标,笑嘻嘻地说道:"张老板我来给你赔不是,你抽支烟吧。"

"不要紧,不要紧。常言道,不知者不罪,不过你要如把我真的当作流氓看待,那我就不依你了。顾先生,你来多久了?"

张得标在一棵摇钱树的面前,不要说挨了一脚,就是挨了几下子耳光,他也只好忍气吞声,赔了笑脸,当真的感到不胜荣幸的样子。一面接烟,一面又向元洪含笑搭讪。顾元洪吸着烟卷,说道:"我来了才不多一会儿。张老板,你发胖得多了,戏院生意越来越好,我想你的钱赚得太多了,还是借一点儿给我用用吧。"

"啊呀!老兄,我和你自己人,你怎么也跟我开起玩笑来了?生意虽好，但开销也大。单说演员的包银，每月要发一千多万，还有乐队、编剧、导演……轮到我这个团主，只不过名誉好听，好处也就所剩无几了。"

老板在伙计面前总要显出连饭都没有吃那么的苦楚来，这是不论哪一个老板，都是这个样子。得标因为文珠在旁边，所以他也装出一副苦笑，还是那么并不满足地回答。文珠听了，心中有些生气，就故意说道："张老板，你既然得不着什么好处，我想你又何必太劳心劳力呢？我预备从今天起，就不上台了。"

"什么？什么？鸿大小姐，我是说句玩话而已，你又何苦就这么地认起真来了？"

"鸿小姐要如真的不愿上台的话，那我倒表示赞成。因为一个艺人在舞台上的生活，在外界看起来以为是十分的惬意，其实在本身感到的有时候也有点儿痛苦。"

顾元洪以为文珠说的这几句话，多少是受了我刚才向她求婚的一点儿影响，所以心里十分的欢喜，遂故意在旁边这么鼓吹。不料听到张得标的耳里，这就急了起来，说道："老兄，你这话可不行，那你不是在捧场，简直是拆我的台脚了。"

"张老板，你急什么呢？其实我上台不上台绝不是因听了任何人的怂恿而实行的。我的意思，是张老板这就既然得不到什么好处，那又何必为我们一般演员做牛马呢？所以你也乐得息手，我也不稀罕赚那么大的包银。"

"对，对。赚包银不是一辈子可赚的，倒还是做个有钱人家的太太，那就一辈子可以安安稳稳地享福了。"顾元洪似乎很想达到自己的目的，还是那么不管人家死活地插嘴。

"鸿大小姐，原来你是恨我说的刚才那些话，对不起，我确实是说错了。该打，该打！你就饶我这一遭吧。"张得标方才明白文珠所以说不上台的一句话的意思，遂一面连忙赔罪，一面伸手还拍着自己的额角，向他装成小丑似的央求。

文珠却并不理会的神气，向得标问道："向我讨饶那又何必？我现在问你，你到底得着了好处没有？"

"得着，得着，我并没有说得不到好处呀！"

"多不多？"

"多！多！多！这全是靠大小姐的福气，在我可说是坐享其成。"

张得标幸亏也是个很会鉴貌辨色的人，他连说了三个多字，而且还竭力地向她拍马屁。文珠这才感到胜利的得意，忍不住抿嘴笑起来了。张得标真是急出了一身冷汗，笑着说"好厉害的大小姐"。

文珠吸了一口烟，方才又低低地问道："张老板，你此刻到来有什么贵干呀？是不是特地来让我踢上一脚吗？"

"哪里哪里！我是来跟你商量下期新戏的剧本，是在香港演过的旧剧本里拣一出，还是请剧务部重编新戏呢？比方几出老的，《云裳仙子》《白衣天使》《绿野仙踪》，这些都是叫座的好戏，而且又是大小姐的拿手杰作。"

"这个……我想最好让大家讨论讨论，因为我一个人也不能做主，万一以后的卖座不好，那我可负不了这个责任。"文珠摇了摇头，沉吟着回答，表示不愿个人做主的意思。

顾元洪见他们讨论着戏剧的事情，遂站起身子，说道："你们谈正经的事情吧，我也还有别的约会。大小姐，我刚才跟你说的话，你不妨仔细地考虑考虑看。"

"顾老兄，你何必急急地要走了？我们再坐一会儿吧！"

张得标对于顾元洪刚才说的话，虽然表示有些不快活，但在表面上还是不得不向他这么敷衍。顾元洪连说再会，表示不坐的意思。文珠并不留他，送出门来，笑着问道："顾先生，你今儿晚上来看戏吗？"

"你叫我来，我就来。反正我包定了几排位子，天天有人来捧你的场。"

"不，我要你自己来！你假使不来，我可要罚你。"

"好，好。那么我就准定来吧！哈哈，哈哈！"顾元洪以为文珠对自己这种娇憨迷恋的意态，一定是多数已经有嫁给自己的表示了，所以心中乐得什么似的，一面答应，一面哈哈地大笑了一阵，方才匆匆地走了。

张得标见他走后，遂望了文珠一眼，微微地笑道："大小姐的手腕可真不错，居然把这家伙治得服服帖帖，那也真不是一件容易的事情。你不知道，老顾在上海虽然是个有地位的人，但出名的是个犹太人。"

"这算不了什么稀奇。在我手里的男子，不论老少，我要他长就长，我要他矮就矮，根本是给我随心所欲，一无违拗的余地。"

"所以啰！我说大小姐的手段太好了，简直叫我佩服得有些五体投地。哎，哎！老顾刚才对你说些什么，还叫你考虑考虑？"张得标说到末了，方才问出了他心里那么了多时的话来。但文珠淡淡一笑，却把俏眼斜乜了他一眼，说道："那可没有你问我的必要啦！我们的事情，和你是毫无关系的。怎么啦？你到底是跟我商量剧本来的，还是来查问我的行动呀？"

"哪里哪里？我不过是随便问一声，怎么我有资格来查问你的行动呢？"

"嗯！你既然明白，那就算了。"

文珠正在表示生气的样子回答，忽然房内有人把桌子重重地一拍，好像在发脾气的样子。接着妹妹爱玉匆匆地奔出来，向自己招手。文珠奔上去问什么事，爱玉附了她耳朵低低地说了几句。文珠粉脸有点儿变了颜色，遂向得标说道："张老板，你和我妹妹谈一会儿吧。我有点儿事，马上就来。"

"请便，请便。"

文珠一面说，一面便走进卧房里去了。只见李英龙十分愤怒的样子，似乎急匆匆地正欲奔出来。于是逗给他一个娇嗔，将他一把拦住了。但却又竭力地压住她的喉咙，娇声叱道："英龙，你做什么？你……难道疯了吗？"

"哼！疯了？我被人玩弄够了，我怎么不要疯起来呢？"李英龙虽然是站住了，不过他还显出满面愤怒的样子，铁青了脸色回答。

文珠见他不管一切大声地乱嚷，这就又怨又恨地问道："你说什么？你……在说什么？你这样莫名其妙地吵闹，你不是明明地跟我在捣蛋吗？你也得手摸胸膛想一想，我哪一处待错了你，你要让我这么的难堪？"

"问你自己呀，我觉得没有资格再待在这儿让人家来爱怜了。"

李英龙听文珠一连串地说了几个你字，而且泪眼盈盈的意态，显然她是焦急和怨恨到怎样一分的程度了！不过自己心中的气愤，是并不因她的怨恨而稍减倔强的态度，依然像一头野马似的，想蹿奔到房外去。文珠这回急了，她把英龙狠命地推倒在沙发上，忍不住大声地说道："我侮辱你什么？你说，你说，你给我说一个痛快。"

"你一定要我说，我就说给你听。姓顾的要讨你做太太啦！你要住洋房去，你要坐汽车去！我被人遗弃了，我被人丢了！我还在这儿等死吗？要我将来受到切身的痛苦，那我们还是现在分手了痛快。"李英龙倒在沙发上，自不免愕住了一回，但他立刻又说出了这两句话，接着猛可地站起身子，还是预备要走的神气。文珠心中暗想，原来顾元洪向我求婚的话，已经被他在房中听到了。这就又温和了脸色，放低了语气，轻声说道："哦！原来是为了这一件事。英龙，我劝你快不要傻了。他是个蠢猪那么的东西，我怎么会答应嫁给他呢？那你不是瞎多心吗？"

"瞎多心？哼！他有钱，钱能通神，有钱就可以打倒一切。我听你没有拒绝他，这就是默允的表示。况且他临走的时候，你又对他这么恋恋多情，那你还能否认是不答应嫁给他了吗？哼！你简直把我李英龙当作活死人看待了。"

"英龙，刚才我对你怎么说的？为了我的环境关系，为了我的利用人家起见，说不定要假意敷衍人家，叫你不要瞎吃醋。你难道这会儿又忘记了吗？"

"但是，我看不惯这一种刺人眼睛的情景。要我忍耐着做一个王八，我情愿死，我情愿爽爽快快地分手。"

李英龙认为文珠这些话都是花言巧语的一种烟幕弹，所以并不相信，还是愤愤地说。他一面推开了文珠的身子，一面便夺门奔了出去。文珠再度地把他拉住了，急急地说道："英龙，你要这么分手，那可不行，没有这么容易。"

"为什么？难道你把我还玩弄得不够吗？"

"你说这两句话，那你真太没有良心了。"文珠见他回过身子，两眼凶狠狠地望着自己，好像是一只骇人的豺狼，预备张口噬人的样子。这就无限痛心地回答，眼泪几乎会滚下来。

英龙还是冷笑着道："这并不是我没有良心，原是你自己太没有良心。世界上的女子，哪一个逃得过金钱的诱惑？大小姐，你有做太太的前程，我决不会来阻碍你的！我们过去譬如做一个梦，从此我们就各奔前程吧！"

"英龙，你……"

李英龙说完了这些话，便把她狠命地一推。文珠站脚不住，向后几乎跌倒。待要再去拉住他，已经来不及了，只见他已经像发狂般地奔出去了。文珠这时顾不得许多，也就跟着追出外面来。而且口里还连连地叫着"英龙"，但李英龙已穿过会客室向门外直奔了。文珠见喊不住他，心头有些悲伤，扶着门框子，忍不住颓伤地叹了一口气。爱玉本来还想把这个秘密向张得标隐瞒，现在姐姐和英龙在卧房里大声吵闹的话都已经被张得标统统听到了，当然要瞒也瞒不了，所以站在旁边，不禁呆呆地出神。

张得标在沉吟了一回之后，遂走到文珠的身旁，把她扶到沙发旁坐下，低低地说道："大小姐，这位李英龙想来就是跑马厅里那一位了？不知道你们是怎样认识的？"

"张老板，请你不必向我说起这些话，因为我也没有告诉你的必要。我此刻觉得有些头晕，需要静静地休养，请你暂时地离开我这儿吧。"文珠知道自己的秘密在刚才一吵之后，已全部被他知悉了。她不知为什么缘故，在十分悲痛之余，只觉头晕目眩，不能支撑。歪在沙发上，这就忍不住暗暗地流下泪来。

张得标对于素来泼辣的文珠会流起泪来，那倒感到出乎意料的稀奇，遂搓了搓手，很诚恳地说道："鸿大小姐，这些事情，照理说起来，当然是和我毫不相干。不过我和你这五六年来的相识，凭我长了你这么十几年，那我也可以当你作为小妹妹般看待。为了你前途的光明，为了你终身的幸福，我似乎不得不向你有所忠告。一个干艺术的人，尤其是个女子，在她红得发紫的时候，同时也是她最危险的一个时期。因为一个发红的女艺人，是多么受人注意。尤其成为大众追求的目标，那不用说的。在千千万万追求你的人群中，当然是三教九流，什么人都有的。不过世界上的事情，当然是没有十全十美的。年轻貌美的男子，偏偏是个穷光蛋。但身拥千万家产的却又偏偏是个老头子。所以在这样情景之下，也无怪大小姐要两面讨好了。然而你到底是个女艺人，以你的声望和地位而论，你似乎也不应该和一个马上英雄相处在一块儿。因为这种人不但是个低贱下流坯，而且还是一个专门靠女人吃饭的拆白党。那么我觉得你要跟李英龙在一起，还不如跟顾元洪在一块儿。至少你嫁给顾元洪是一个太太的身份，嫁给李英龙，哼哼！那就成为一个马夫婆了。"

"张老板，我不许你再给我说下去……这是我个人的事情，请你不必多替我操心吧。"文珠说到这里，突然地站起，她把两手捧住了额角，跌跌冲冲地奔入房内去。在她倒向床上去的时候，方才忍不住地呜呜咽咽地哭泣起来了。

六、彼此非善类独具慧眼识好歹

张得标见文珠奔进卧房之后，便哇的一声大哭起来。这就望了爱玉一眼，忍不住轻轻地叹了一口气，他不但不出去，反而在沙发上坐了下来。爱玉蹙了眉尖儿，低低地说道："张老板，你还不预备走吗？"

"嗯！二小姐，我很想和你谈谈……"

"你和我有什么可谈呢？"

"因为你是文珠的妹妹，对于姐姐切身的幸福问题，当然也应该有些关心，所以我要和你谈谈。你姐姐的一切，不知道在你的心中，有没有什么意见？"

爱玉听他这样说，遂在沙发上也慢慢地坐下来。她凝眸含颦地想了一回，觉得李英龙虽然是个俊美的少年，不过他所干的事情，到底不是正当的行业。看他和姐姐的情形，倒好像姐姐是个男子，他却是个女子的模样。因为英龙常常还要向姐姐拿钱用，就是他身上这一套西服，也是姐姐出钱给他订制的。那么姐姐纵然嫁给了他，将来也不能靠他过一辈子呀，除非自己仍旧在戏台上过着歌舞的生活。但一个女子，到了三十岁以上，就是在戏台上唱破喉咙、跳穿鞋底，恐怕也再不会卖钱了。那么李英龙这种男子，假使为终身问题做打算，那确实不是一个最美满的对象。不过像顾元洪这种身拥巨产的富翁，当然也并不是一个可靠的伴侣。第一，年龄上先不相配，他似乎只能做姐姐的爸爸，如何能做姐姐的丈夫呢？第二，这种上了年纪的富翁，他根本就不知道什么叫作爱情，无非是色中饿鬼、欲里魔王罢了。他要你的时候，自然百依百顺，珍珠宝贝不用说，即使你要天上的明月，恐怕他也会千方百计地去给你弄来的。但是在达到了目的之后，他反正有的是钱，哪里还会把你放在心目中呢？在他们的心里，多玩弄一个女人，无非是多折了一枝花那么随便罢了。在两者都不是靠得住委以终身的感觉之下，爱玉倒不免又想起了这个痴头怪脑的秦钟来了。听他说是一个大学里念书的人，至少他还是一个没有结过婚的男子，那么姐姐要如嫁给了他的话，倒也未始不是一个很好的姻缘。所可惜的，姐姐的心不是我的心，姐姐的思想不是我的思想，那么当然是落花有意、流水无情的了。

爱玉经过这一阵考虑之后，她当然是并没有回答张得标。这使得标心中有些奇怪起来，遂在茶几上自己取了一支烟卷，用打火机燃了火，吸了一口，低低地问道："二小姐，你为什么不回答我？难道你心里就一点儿没有感觉吗？我现在问你，假使你姐姐换作了你，在你心目中看起来，是嫁给李英龙有希望，抑是嫁给顾元洪有希望呢？"

"我说一个都没有什么希望。"

张得标想不到爱玉会说出了这一句话，一时倒不禁为之愕然。但又情不自禁微微地点了下头，含了欣慰的微笑，说道："对呀，对呀！二小姐虽然年纪很轻，但说的话真有道理，真有见识。那么我问你，应该嫁一个怎么样的人才有希望呢？"

"那不用我说，当然是嫁一个有学问有思想有才干的少年，才是终身的伴侣呀。不过这种对象很难找，我以为在没有找到这种对象之前，应该趁这时候在舞台上赚些钱，积蓄一点儿，万一始终没有合意的对象，那么我有了积蓄之后，还怕什么？就是独个儿过一辈

86

子，也没有什么痛苦啊。"

"二小姐，你这一篇话，说得我张得标真是佩服极了。可惜你没有学像你姐姐一样圆润的歌喉和美妙的艳舞，要不然，我就是再增加你一倍的包银，我也情愿呢！"

"其实世界上各人都是为着自己在打算，你怕姐姐嫁了人，你的歌舞团里就缺少了一个台柱，所以你急得这个样子是不是？"爱玉转了乌圆的眸珠，秋波斜乜了他一眼，却故意这么去说穿他。

张得标有些脸红，还显出很老练的笑容，说道："这倒也未必完全是为了我个人的利益着想，我大半还是为了你姐姐终身的幸福做打算。二小姐，既然你有这么正确的思想，我以为对于你姐姐徘徊在黑暗的歧途上，你做妹妹的似乎应该要负一点儿指示的责任。假使你能把姐姐也劝告得像你那么明白，这不但是你姐姐的大幸，就是我张得标，一定也要好好地谢谢二小姐呢。"

"我倒并不希望你的谢，其实我劝姐姐的本意，不在你，是为我们姐妹两人前途的光明着想，所以你不必担心的。"

张得标听爱玉说得很爽快，绝对没有一点儿虚伪的作用，可见她还是一个天真无邪的小姑娘，心中十分欢喜，一面连说拜托，一面方才告别而去。

爱玉待他走后，遂移步走入房内。见文珠虽然没有哭了，不过还在扑簌簌地落眼泪。她见了爱玉便在床上坐起来，问道："爱妹，张老板向你说些什么？"

"他叫我向你劝告劝告，不要为了李英龙，而牺牲了你自己的声誉，这是很可惜的。"

"哼！这是我私生活的事情，我以为用不到他来多放什么屁的。"文珠并不以为然的样子，冷笑了一声，恨恨地回答。

爱玉见姐姐一心在英龙的身上，一时倒也默然无语。遂在沙发上坐下，随手在书架子上拿过一本小说，翻了一页来看，其实她并不在看书本上的字句，她是在转念头，预备用什么话来使姐姐可以省悟才好。过了一会儿，方才抬头向文珠瞟了一眼，低低地说道："姐姐，我说你不要把什么事情看得太认真，还是把身子保重一点儿最要紧。你为了他，就哭哭啼啼起来，这在我想起来，就觉得太犯不着。"

"我待英龙也算好了，谁知他还要冤枉我，说我已经答应嫁给顾元洪了。妹妹，你换作了我的地位，心中气不气呢？"文珠伸手擦了一下眼皮，无限怨恨地回答，在怨恨的成分中还显着有些气愤。

爱玉淡淡地笑，却摇了摇头，说道："那有什么可气呢？他既然不明白你的心，可见他并不是你的知音。他要走只管走好了，何必一定要把他当作好宝贝呢？"

"并不是这么说，因为我心里有点儿气不过。妹妹，你给我打个电话到跑马厅里去，把他马上叫回来，我非好好教训他一顿不可。"

"姐姐，那你也未免太急糊涂了，今天又不是星期六、星期日的假期，跑马厅里哪里找得到半个鬼影子？"文珠被妹妹这么一提醒，方才理会过来，一时呆呆地忍不住又深长地叹了一口气。爱玉见姐姐的脸上十足表现着痛苦的样子，遂又俏皮地说道："并不是在说李英龙的坏话，他直到现在，还没有向你告诉他的住址，可见他对你的不忠实了。姐姐，我劝你把情感压制一下，用冷静的理智来想一想，那就免得上人家的大当。"

"其实我并不需要到他家里去参观，那我又何必一定要他告诉家住在哪里呢？况且……我现在是需要他的慰藉，我就根本不会上任何男子的当。"

"但是你现在要想找他，却无处可找，这也是多么不便呢。"

爱玉觉得姐姐有和普通女子不同的思想，她觉得要劝醒姐姐，这不是一件容易的事。我纵然说得唇焦舌敝，恐怕也不会得到她的同情。这就掉转了话锋，向她说了这一句话。文珠听了，自然不觉默然了。正在这时，梅真开上饭菜，请她们姐妹两人吃午饭了。文珠哪里还吃得下饭，经爱玉再三地相劝，才略为用毕。

爱玉见姐姐失魂落魄的样子，已经两点钟了，还不上戏院里去，遂连连地催她。文珠皱眉道："我有些头痛，我不想去上戏了。你给我打个电话到戏院去，说我有病请假。"

"姐姐，那又何必呢？为了他，连自己的正经事都不干了，这不是和自己在捣蛋吗？况且此刻戏院里的戏票一定已卖完了，你不上台，难免要闹退票，这就叫戏院老板要急得上吊了。"

"妹妹，你这话有趣，我身子不舒服，难道还得抱病登台，让老板赚钱，让观众们消遣，我就不管死活地去卖命吗？"

爱玉见姐姐鼓着脸腮子，说完了这两句话，表示愤愤不平的样子。这就笑了一笑，很认真地说道："姐姐，你不要以为我这话是为老板着想，实在是为你本身前途着想呀。要知道你现在正是红得发紫的时候，观众们对你都有一种信仰。假使你今天不上台，明天不上戏，在观众们的脑海里对你就有了恶感的印象。那时候营业不振，一落千丈，我试问你在上海是否还有立足之地呢？恐怕李英龙因为你的倒霉，也未必会这样听从你的命令了。姐姐，我是一片金玉良言，希望你还得仔细想一想才好。"

文珠听了妹妹这几句话，方才呆呆地想了一回，却不再说什么了。这时电话铃声响了起来，爱玉连忙去接过听了，知道是张得标的电话，说文珠为什么还不上戏院里来，门口客满牌子早已挂出，时候不早，快些来吧。爱玉连说已经来了，一面挂了听筒，一面给姐姐拿出大衣，说道："姐姐，张老板已经来催了，你就快点儿去吧。我说私事管私事、公事管公事，不能为了私事，而误了公事。

李英龙他无非负气而走，保险他熬不住到明天就又来找你了。姐姐，你就只管放心吧。"文珠觉得妹妹这些话倒也有理，遂不再违拗，就披上大衣，匆匆地走到戏院里去了。

这天日场的戏，文珠表演得并不起劲，所以精彩的地方很少。不过上海地方，对于真正欣赏艺术的人本来就一个也没有，尤其是来看歌舞剧的观众，他们的目的，无非是来看玉腿如林、香艳肉感的镜头，只要给大家涂足了眼药水，已经是十分满意的了。

日戏散场，文珠一个人在休息室内闷闷地抽烟。她心中还在想着李英龙，不知会不会一去而绝。因为自己在苦闷的时候，确实是少不了他。他有他的技能，他有他的使人感到兴奋快乐的能力。假使他真的和我断绝的话，我要再找一个像他那么身强力壮而又百依百顺的男子，恐怕是很难的了。

文珠一面想，一面暗暗地叹息。这时团员郭素珍走了进来，见她这样颓然神伤的样子，遂笑嘻嘻地问道："文珠姐，为什么一个人在想心事呀？莫非在想你的情人吗？"

"素珍，你这鬼丫头，胡说白道地取笑我，我可不依你。"

文珠抬头啐了她一口，恨恨地白了她一眼，显出那么薄怒娇嗔的神气。但素珍却在她身旁笑盈盈地坐下来，拉了她的手，正经地问道："我瞧你今天的精神不大好，就是刚才的表演，也十分不起劲，我想你一定有什么不如意的事情吧？"

"不，我有什么不如意的事情呢？但是老板都没有良心的多，我们即使拼了性命卖力吧，也不见得会讨他们好。"

"姐姐这话就说得不错，这般老板也都是吸人血的魔王。你红的时候，他就把你当作活菩萨那么看待，不要说他会百依百顺地答应你条件，就算你打他两个耳刮子，恐怕他还会赔了笑脸叫你晚娘呢！反转来说，那些不红的团员，像赵佩佩、沈芝英这两个姐姐，可怜她们年龄大一点儿、姿色减一点儿了，就把她们当作眼中钉那么讨厌。本来老早就要开除她们，但经她们苦苦的哀求，才又留用下来。张老板说譬如养两只狗。你想，一个不红的艺人，就得让人家这样看不起。在我们听了，当然不免有兔死狐悲、物伤其类之感。谁知道她们今日的遭遇，就是我们将来的影子呢？所以我觉得在这戏台上跳跳唱唱，总不是一个女子根本的出路。归根结底，还是嫁一个丈夫，苦吃苦用，也不会遭人家这么当作狗般的看待了。唉！文珠姐姐，你说是不是呢？"

素珍滔滔不绝地说完了这一篇话，在她固然是代替别人不平和悲哀，但是也在代自己将来青春消逝后而感到担心和忧愁。所以她脸部上有沉痛的颜色，而且还深深地叹了一口气。文珠听她这样说，不免有些心惊肉跳，遂也低低地说道："然而像我们这种女子，要找一个对象，那是多么困难呢！你不要以为外界捧我是歌舞皇后，就算是我们尊贵了。但按诸实际，还不是被人当作一种玩物那么看待吗？我试问你上海有多少的女艺人，哪一个有好好地被人家娶去做太太？不是小老婆，就是实行同居。唉！生非薄命不为花，花一般的女子，哪一个不苦命呢？"

"我看顾先生对你很有意思，他是一个大富翁，听说他的妻子已经死了。假使他肯和你堂而皇之地举行婚礼，我倒劝你还是早点儿嫁一个人好，至少不会再忧愁着将来的生活问题。"

"但是他这种鬼话谁能相信呢？况且像他这种蠢东西，平日瞧见了他也觉得令人有些讨厌，更何况要做永久的夫妻，这叫人怎么受得了？"

素珍想起顾元洪矮胖的身材、满腮的胡须，一时瞟了她一眼，也忍不住哧的一声好笑起来。就在这个时候，忽见张得标陪了顾元洪走进来。素珍站起来笑道："正是说起曹操，曹操就到。顾先生，你刚才在看戏吗?"

"没有在看戏,今天晚上我一定亲自捧你们的场。怎么啦?你们在谈起我吗?"顾元洪嘴里衔了雪茄烟,虽然是向素珍说着话,但他的眼睛却向文珠脉脉地瞟。

文珠生恐泄露自己的秘密,这就装作毫不介意的样子,站起身子,逗给他一个娇媚的娇笑,说道:"你不做亏心事,要你担心什么?我们在说你的坏话,骂你哩。"

"哈哈,哈哈!你鸿小姐肯骂我,那我真是荣幸之至!欢迎欢迎!"

"顾先生,那你变成贱骨头了。"素珍听他还哈哈地笑着,这就顽皮地向他俏皮了一句,但立刻逃过一旁去,还向顾元洪伸了一伸舌头。引得大家忍不住又哧哧地笑起来了。

笑过了一回,张得标便向文珠低低地说道:"鸿小姐,顾先生离了写字间,便匆匆地到这里,特地请你吃夜饭去。"

"真的吗?那好极了,我正在打算今夜这顿饭到哪儿去揩油好,谁知道顾先生就来请我了,要请大家都请一请,张老板和素珍,我们大家一块儿去。"文珠存心吃吃瘟生,遂故意显出很快乐的样子,笑盈盈地回答。

顾元洪连说:"好的好的,不要说四个人,就是全体人马一同去,我也总还能够请得起。"但张得标却先摇了摇头,说道:"谢谢你,我还有别的事情,恐怕是不能奉陪了。"

"我也不能奉陪,因为我还有约会。"素珍不是一个呆笨的人,当然不会这样不识相,遂也借故推托着说。

顾元洪明知他们都在成全自己,但口里还叹息着,说道:"瞧我这个人真没有面子,连请人家吃饭,人家都不答应呢。幸亏还有一位鸿小姐看得起我,否则,我怎么还有脸跨出后台的门呢?"

"跨不出没有关系，你向来不是会爬的吗？"

素珍真是一个可人儿，她这句话说得大家又捧腹不止。连顾元洪自己也被她说得笑起来了，不过却微微地红了脸，说道："郭小姐，你真会开玩笑，这是谁教你的？哦！我知道了，一定是你郭先生教你的是不是？"

"呸！你这狗嘴里才吐不出象牙来。"素珍觉得他这些话中还含了一点儿神秘的作用，这就啐了他一口，粉脸上飞起了一阵红晕，逃到外面去了。

这里文珠披上了大衣，遂和顾元洪一同到外面吃夜饭去。在南华酒家的一个清静的单座房间里，他们喝着鲜美的酒，吃着时新的菜。顾元洪望了她一眼，低低地说道："鸿小姐，我瞧你好像很不高兴的样子，莫非有什么心事吗？"

"没有什么心事，你要我怎么样才能算高兴呢？有说有笑，那还能说我不高兴吗？"

"虽然你在笑，但你笑得十分勉强；虽然你在说话，但说话的情形，好像有些心不在焉的样子，所以我肯定，你多少有些不如意吧。"

顾元洪一面说，一面把眼睛盯住了她的脸，好像已经看破了她的秘密似的，说话的语气是相当俏皮。文珠的芳心不免别别地一跳，暗自想道：听他这样说，莫非得标把我和李英龙吵闹的事情已经告诉过他了吗？否则，他怎么口口声声地说我心中不如意呢？在这么一想之下，她的粉脸便红了起来，但还笑盈盈地说道："这是你一种猜想，而且也是你一种怀疑，其实我好好的根本就没有什么不如意。"

"嗯！也许我的观察力有些不大准确，这是我错说了你，还得请你原谅。鸿小姐，来，我们还是喝酒吧。"

顾元洪见她说到后面，把笑容慢慢地收起了，似乎还有些生气的样子。这才不敢再去诘问她，含了笑容，一面向她赔不是，一面还举起高脚银杯子，温和地说。文珠于是把杯子也向他举了举，微微地呷了一口。

两人经过了一会儿沉默之后，顾元洪又低低地说道："鸿小姐，早晨我跟你说的话，不知道你曾经有个深切的考虑吗？"

"啊！你跟我说的什么话？我根本没有知道呀！你叫我考虑什么呢？"文珠听他突然地问出这两句话，虽然心中有些明白，但表面上却显出莫名其妙的样子，向他啊了一声追问。

顾元洪笑了一笑，他似乎猜透了文珠的心一样，低低地说道："鸿小姐，我想你不会不知道吧！为什么偏要假装含糊呢？"

"你这是什么话？我真的没有知道呀！"

"那么我向鸿小姐再说一遍，我觉得你应该为你的终身幸福做个打算。因为你虽然是那么红，但要如天天有这一般流氓来跟你找麻烦，那也不是一件好事情。所以我劝你还是早点儿找一个归宿，可以比较安逸。"

顾元洪在逼不得已的情形之下，只好厚了面皮又向她重复地求了一次婚。然而他这种求婚的方式比较大方聪明，表示完全为了一片好心的意思。文珠很爽快地问道："我明白你的意思，是不是你想让我嫁给你？"

"承蒙答应的话，虽肝脑涂地，不足以报知己之恩于万一也。"

文珠还没说完，顾元洪先猛可地立起身子，向她深深地鞠躬回答。文珠连摇了两摇手，笑起来道："别忙，别忙！这不是一件随随便便的事情，绝不能在一时之间就可以说定的。"

"但我们见面的日子已经不止一日了，难道以我的地位而说，还够不上资格做你的丈夫吗？哦！我明白了，那你一定是嫌我太老了。"顾元洪在一度兴奋之后，他的神态又平静下来，颓然地坐在椅子上，脸上是显出失望的样子。

文珠笑着摇摇头，秋波斜乜了他一眼，说道："那倒并不一定，因为爱情是不受任何约束的，只要我肯爱你，你就是再老一点儿，我也愿意嫁给你。"

"真的吗？那么你是不是爱我呢？"

"这倒难说，因为我们的交谊日子还太少。要如再过两三年的话，那我可以保证，准可以答应嫁给你。"

文珠是故意在吊他的胃口，而同时也可说是一种缓兵之计。因为在这两三年的日子中，自己固然可以借重他的力量来捧我，等到自己需要跟人家结婚的时候，再给他一个失望，那时候当然什么都不管了。顾元洪对于她这张远期支票，当然是并不感到怎么的欢喜，遂微蹙了眉毛，沉吟着说道："两三年之后？我认为这一个日子的距离未免是太远了一点儿。鸿小姐，其实你肯嫁给我，我就决不让你受到一点儿委屈。比方说，顶起码给你一幢小洋房，并全幢房间里的家具，而且还可以给你一辆汽车。别的首饰不要说，单凭这一点，难道还不够你的保障吗？"

"顾先生，假使你真心要娶我，那我倒并不需要过分地浪费你……"

"哎！你不要误会我的意思，其实像我这么一个地位的人，就很普通应该有这一种气派，绝不是我去负了债来，很勉强地来博得你的欢心。"

"不过我这人的脾气，倒并不十分喜欢一种虚荣的勾引，所以假使要我嫁给你的话，你要能答应我一个条件。"

顾元洪听她慢慢地说得接近起来，心中这就也喜欢起来了，脸上含了甜蜜的微笑，两眼盯住她的粉脸。他这神情好像狗见了肉骨头馋涎欲滴的神气，急急地问道："鸿小姐，是什么条件呢？不要说一个条件，一百个条件，我也依得。只要我能力及得到，虽然是赴汤蹈火，我也万死不辞。"

"你说得似乎太严重一点儿了，其实我既答应嫁给了你，也决不会这么狠心地去叫你赴汤蹈火遭到这种的危险。"

"是是是！我知道你是一个世界上最最多情的姑娘，当然会十分体谅我。所以我觉得纵然变了犬马来报答你，恐怕还是报答不了。鸿小姐，那么你说的到底是个什么条件呢？我在这里洗耳恭听了。"

文珠听他竭力地奉承，倒也真亏他是个善于说话的人。遂笑了一笑，秋波含了勾人灵魂似的目光，斜乜了他一眼，说道："我说的其实也根本说不上什么条件两个字，因为一个姑娘，在生命中就只有一次结婚。那么在跟人结婚的时候，仪式是应该隆重而庄严。除了在报上登载结婚启事之外，而且还需要请个海上闻人来证婚。我想这也是结婚的应有仪式，以你这么一个有身份的人，请个有名望的证婚人，我想这大概不成什么问题吧！"

"这个……我以为何必一定要计较仪式上的问题呢？只要我们能够相亲相爱，同时使你在物质上感到满意，那不就完了吗？"顾元洪想不到她会说出这几句话来，一时涨红了脸，倒有些感觉十分为难，遂支吾了一会儿，方才很勉强地回答了这些话。

文珠绷住了脸，却正色地说道："顾先生，你这是什么话？难道你把我娶了当作小老婆看待吗？要如真的这样，那你不是爱我，就完全是侮辱我了。"

"岂敢岂敢！鸿小姐，请你不要误会，我绝对不敢有这一个意思……"

"那么我现在需要问你的，像你这么的年纪，终不见得还是一个处男吧。请问你府上还有些什么人？"

"在上海我实在没有什么人，只有我孤零零的一个人。你要如不信我的话，你可以到我的家里去侦查的。我家住址是泰山路爱尔新村五号，离开这里倒不多远，明天日场散戏，我可以用汽车来接你去玩玩儿的。"

"那倒不必，因为我没有侦查你的必要。虽然你在上海只有孤零零的一个人，不过你在别的地方，另外一定还有一个家庭，这家庭里面说不定有着太太、儿子、女儿许许多多的人，是不是？"

文珠是非常爽快地向他一句一句地逼问下去，这叫顾元洪连要说谎的余地都没有了。他面红耳赤地支吾了一会儿，方才老实地说道："我原籍是山东济南府，的确，我不瞒你，我在故乡还有一个家庭。然而这一个陈旧的家，恐怕完全已经被我遗忘了。所以我在上海，很需要创造一个新的家庭。至于这家庭里的主妇，我的理想中，当然是拣中了像你这么一个美丽的姑娘了。鸿小姐，你放心，你嫁给我，我决不带你回山东去，同时我也决不允许我山东的家再迁居到上海来。那么你在上海，和我一夫一妻，谁知道我们不是一对结发夫妻呢？"

"顾先生，你这些话简直是太岂有此理了。要不如我瞧在你天天捧我也出过一份很大力量的话，那我一定要骂你。你既然还很珍爱你山东的这一个家，那你尽管可以把他们迁居到上海来呀！为什么在上海偏要再组织一个家庭呢？其实我也很明白你的意思，你无非想多弄几个女人白相白相罢了。明天白相得厌了，你可以抛在脑后，反正回到故乡又能够享受你的天伦之乐。顾先生，你要把我当作你临时的姨太太，那你恐怕是在做梦吧。对不起，我要回戏馆去了。"

文珠满面怒容，竖起了两条柳眉，恨恨地说完了这两句话。她在几分酒意之下，便再也忍熬不住地站起身子来，预备匆匆要走的样子。急得顾元洪连忙拦住了她，因为是无话可以来代替他赔罪的意思，他情不自禁地终于在地上跪了下来。幸亏这间房内就只有他们两个人，这一幕趣剧别人没有发觉，否则，倒还可以卖几张门票呢。

文珠见他跪在自己的面前，而且还伏在地上抱住了自己的两只脚，活像是只狗的样子，一时又好气又好笑，把要发的脾气就再也发不出来了。因为恐怕侍者进来撞见，所以急急地开口说道："你……这算什么意思？好好的人不要做，难道伏在地上真愿意做一条狗吗？"

"鸿小姐，你不要生气，千错万错总是我的错，你若不肯饶我言语上得罪了你，那我情愿一辈子伏在地上不起来。"

"要如被侍者看见了，我看你还有面孔做人吗？"

"那么你就饶了我吧！请你好好坐下来，我们吃完了这一餐饭。"

"也好，我就不走了，你快起来吧。"文珠点了点头，她又走到了桌子旁来坐下了。

顾元洪方才慢慢地爬起身子，两手拍着衣服上的灰尘。一面跟到桌旁坐下，一面苦笑着望了她一眼，低低地说道："鸿小姐，你千万不要恼怒。现在我已经决定了，为了爱你，为了我们的终身幸福着想，我可以牺牲一切，跟我的女人先去离了婚，然后再跟你堂而皇之地结婚。那你总可以答应我了。"

"要如你真心爱我的话，我以为你是应该这么办。不过你的太太已经有几个儿女了？"

"四个儿女，两男两女。"

"这四个孩子年纪多大了？"

"两个儿子都在齐鲁大学读书，两个女儿也在中学里快毕业了。"

"既然儿女都已经长大成人了，你再去跟你太太离婚，被外界知道了，岂不是要当作一件笑话讲吗？所以我劝你还是再三地考虑考虑，不要为了我一个女人，而好好地拆散了你这一份美满的家庭。明天你要后悔起来，岂不是要恨我害了你吗？"文珠想不到他在山东已有了四个儿女，而且都已经长成人了，这就故意地向他再三地忠告，表示自己并不喜欢拆散人家一个好好的家庭的意思。

顾元洪到底不是一个傻子，他怎么肯盲目地去做这一件被人唾弃的事情？在他也无非是故意顺顺她的芳心，预备慢慢地再设法实行他玩弄女性的手段，所以连说："不会，在三天之内，我一定可以决定离婚的办法。"

文珠知道他尚待考虑的意思，遂连连点头，还笑嘻嘻地说道："顾先生，你就是多考虑几天也没有关系，反正我要嫁人的话，你有优先权。我总得先问过了你，你假使不要我的话，我才再去嫁别人的。否则，你可放心，我总可以做顾元洪的太太。"

"鸿小姐，你这么说，那真叫我太感激了！"顾元洪被她这几句话迷得有些浑陶陶，情不自禁地伸过手去，又把她纤手紧紧地握住了。其实文珠是完全在开他的玩笑，就是他真的跟太太离婚，到将来在文珠当然还有向他拒绝的办法。两人在互相欺骗之下，依然维持着他们和好如初的友谊。在吃完了这一顿晚饭之后，顾元洪才把文珠送到戏院里去了。

七、笑里藏刀鹿死谁手逐情场

　　顾元洪答应文珠在三天之内去和他山东太太实行离婚的手续，其实这完全是他一种假痴假呆的敷衍办法。他在这三天里面，却在大动其脑筋，终于干出了他一面捧一面破坏的计划。原来张得标在当初还不知道文珠爱上了李英龙，所以对于顾元洪要娶文珠的意思，还表示十分顾忌。现在既然知道文珠并不爱元洪，而偏偏爱上了这个小拆白似的穷光蛋，所以他立刻又掉转头来，站在顾元洪一条阵线上去，把文珠的秘密完全泄露给顾元洪知道。顾元洪的心中这才明白文珠所以不爱自己的缘故，为了在情场上得到胜利起见，大家当然要设法来比一个高低了。

　　这是三天后的一个午后一点光景的时间内，这天齐巧是星期六，下午有跑马的。文珠因为李英龙居然强硬到底地一去而不来了，所以芳心里急得了不得，大有废寝忘食的样子。她手拿了一支烟卷，只管在室中来回踱步。大约不到五分钟，立刻又走到电话机旁去，用手指很敏捷地拨着号码。不多一会儿，听筒里有人在喂了，文珠连忙急促地说道："是跑马厅写字间吗？请问你，李英龙来过没有？啊呀！还没有来过吗？今天下午一点钟起赛，他怎么能不到呢？哦，哦！原来他赛马在末后几次吗？那么他什么时候可以到呢？啊！要在三点左右吗？对不起！他要如来了，请你关照他，立刻打个电话到白雪公寓十八号来，他自会知道的，我姓鸿……谢谢，谢谢。"

文珠放下听筒，不免深深地叹了一口气，蹙了眉尖儿，暗自想道："这可糟了，他在三点左右方可以到跑马厅，那么我不是要到戏院里去上台了吗？那可怎么办呢？"想到这里，急得好像热锅上的蚂蚁似的，只管在房内团团地打圈子。忽然想到了似的又叫了两声爱玉，爱玉从外面走进来，还没有开口问她有什么事情，文珠先急急地问道："妹妹，你到什么地方去了？这许多时候不见你的人影子。"

　　"我在厨房里给你烧一点儿面，刚才午饭没有吃，此刻总可以吃一点儿了。"爱玉用了一种很关心的口吻回答，在她至少是包含了爱护她的成分。

　　文珠摇了摇头，十分懊丧的样子，颓然地倒在沙发上去，说道："我不想吃，我什么都不想吃。"

　　"姐姐，你这又何苦？一个人在肚子里好像火烧似的，那也犯不着呀！况且你过一会儿还得上戏院里去，一点儿东西不吃那怎么成？饿坏了身子，这可是你自己受苦！"文珠那样心灰意懒、失魂落魄的神情，瞧在爱玉的眼睛里，真不免有些怨恨，遂瞅了她一眼，埋怨她说道。

　　这时梅真把烧好的一碗面拿进房里来，放在桌子上，说大小姐可以吃一点儿了。文珠连连地吸烟，却摇了摇头，还表示不要吃的样子。爱玉生气地把小嘴一鼓，说道："就说你真的一点儿不想吃，但是我亲自去煮来的面，瞧着我做妹妹这一份的心，你多少也给我吃一点儿……"

　　"妹妹，你这人也太横对了。我吃不下，若一定要我硬吃了下去，回头反而要胸口痛的。虽然我知道你是有着一份爱护姐姐的心，我心里感激着你是了。"

　　爱玉听她这样说着，一时倒弄得无话可答。就在这个时候，忽然电话铃声响起来，爱玉方欲拿起听筒，文珠却猛可地站起身子，说声拿给我，便伸手接过了。放在耳边的时候，却立刻把眉毛一皱，显出十分讨厌的样子。很快地把听筒又交到爱玉的手里，她便懒懒地坐到沙发上去，失望在她心头激起了无限的悲哀，忍不住深长地叹了一口气。这时候听爱玉在低低地说道："哦！是顾先生吗？有什么贵干吗？哦！姐姐昨夜对你说有些头痛是不是？嗯！谢谢你，她没有什么，大概是她的老毛病，今天全好了。你说她此刻吃过东西吗？她……她……"

"妹妹，对他说吃过了。"

"嗯！姐姐刚吃过饭……她……你要她听电话吗？"

"睡午觉，没有空。"

"哦！姐姐在睡午觉，我不便叫醒她，顾先生，回头你到戏院里去找她吧。好的，好的！你太客气了！再见，再见。"爱玉回答的话，都是后面文珠在指使她说。她说过了两声再见，便放下了听筒，望了文珠一眼，笑嘻嘻地说道："顾元洪这家伙也真可怜，对待你就像娘一样的孝敬，好像连你起居饮食，什么他都关怀在心上的样子。"

"他越会拍马屁、献殷勤，我心中对他，越觉得难看、越讨厌！为什么世界上尽多着这种不知廉耻的曲死呢？唉！真是死不光的！"文珠显出满面愁容的样子，恨恨地说。

梅真在旁边见有碗热气腾腾的面出了一回神，遂很可惜地说道："大小姐，火热的面不吃，要如凉了，那不是太可惜吗？我劝你就吃一半好不好？"

"不，我一半也吃不下。"

"那么我给你拿进厨房里去，仍旧放在锅子里去热着，说不定你等会儿饿了，再叫我拿出来给你吃好了。"梅真一面说，一面把那碗面便又拿回到厨房里去了。

这里爱玉把手指在桌子上弹了几下，微微地沉吟了一回，有些代为不平的神情，说道："姐姐，你是一个很有智慧的女子，你为什么要作茧自缚呢？我觉得你这样糟蹋自己的身子，不但是傻，简直叫人感到有些可怜。李英龙既然对你这么无情，你还一心一意痴恋着他干什么？他到底不是宋玉、潘安之流，我就不相信世界上的男子，除了他之外，难道就一个都没有使你感到可爱了吗？我劝你还是把他看得平凡一点儿，因为你对他这样当作了不起的样子，那简直是在抬高他的身份。"

"说起来也真有些奇怪，连我自己都有些不明白，为什么对他竟好感到这样的地步。你要说他漂亮吧，凭他那一双眼睛，半开半闭的，就不够来勾引我；说他的皮肤又并不十分白皙，而且还有些黝黑；论他外形，也并不能算是一个标准的美男子。不过，我总觉得他全身好像有一股子吸引的力量，无形之中我就觉得是少不了他……"文珠听了妹妹的话，连她自己都有些怀疑起来了，她脸部上的表情，好像是包含了不可思议的神秘样子。

爱玉似乎有点儿听不入耳，冷冷地一笑，说道："这就怪了，你既然这么明白，为什么到底还是要对他恋恋不舍？我倒要向你请教请教，你也给我说一个理由来听听。"

"理由当然是有的，但这理由无非是我一种聊以自慰的意思。也许在你们心中，会感到并不以为然。"

"那是什么理由？能否说给我听听呢？"

"最简单的，那就是我们职业相等的关系。因为他是跑马厅里的一个骑师，我却是一个歌舞团里的演员，同样是供人娱乐为职业。不过，我们也是大地上的人类，当然，除了自己给人娱乐之外，我们岂可以缺少娱乐？所以让别人来追求我、爱上我，那么这好像仍旧是人家花费了钱买票子来看戏一样。如果我去爱人家，那情形当然是不同了。"

爱玉听姐姐这么说，觉得姐姐思想的新奇，真可说是超越普通一般人。遂点了点头，向她望着出了一回神，方才说道："我明白你的意思了，你要站在主动的地位，去玩弄人家，是不是？"

"嗯！这是你给我说得明白一点儿的解释。"

"然而你就不怕人家也存了一样的心理来玩弄你吗？我看李英龙对你的情形，就有着这玩弄的成分。"

"在这里你就不知道了，他玩弄我，我玩弄他，其间的情形比较起来，那相差得就太远了。"

"照我看就并没有多大的分别。总而言之，在此男权社会极端发达的中国，我们身为女子的，在一般人的眼光里看起来，好像女子是天生应该供给男子玩弄似的。所以在这高喊男女平权的现代社会之下，想起来实在有点儿气人。"爱玉鼓着红红的粉腮，说完了这几句话，大有无限心痛的样子。

文珠却连连地摇头，吸了一口烟卷，独具见解地说道："我就是因为一般男子都存着这种心理，所以我偏偏要翻转身来去玩弄他们。比方说顾元洪对我，他要买钻戒给我、剪衣料给我，他的目的，就是要玩弄我。可是我并没有给他玩弄，他并没有达到玩弄我的目的。但比方我和李英龙吧，我给他订制西服穿，我给他钱用，他就恭维我、奉承我，听我的指挥，受我的支配，我要他怎么样，他就怎么样。那我已变成站在男子的地位了，他好像是我心爱的妻子一样。要如我被人玩弄的话，那我就得给人家关进鸟笼里，只好站在被动的地位，随便人家去摆布了。"

"其实，照我看来，像你这么一个成为大众爱怜的姑娘，就是你去玩弄顾元洪，那也未尝不可呀！却为什么独独拣中了李英龙呢？"

"妹妹，这情形就大有分别，顾元洪有的是钱，和李英龙相较，是大大不同。我玩弄李英龙，因为他有种使我感到可爱的特长，而他为了得到我的金钱，就服服帖帖地不敢对我有一丝一毫的倔强。比不得顾元洪，他固然没有一处可以使我感到爱怜的地方，而且他若把我玩弄过了之后，他还可以利用他的金钱，再去玩弄另外的女子。所以我玩弄李英龙，正像人家来玩弄我是一样的情形。"

"姐姐，我知道你的意思了，那么你明天见了比李英龙更漂亮的男子，不是又可以丢了李英龙去爱上别人了吗？"爱玉觉得姐姐虽然有向男子作为报复的意思，但女子天生就有一种贞操观念。假使照姐姐的行为，被外界知道了，那不是可以加上一个淫荡女的头衔了吗？所以她皱了眉尖儿，先向姐姐这么探问。文珠并不回答，点了点头，表示不错的意思。

爱玉微微地沉吟了一回，她含了劝告的口吻，低低地说道："姐姐，我以为你这一种思想、这一种行为，也是并不正当的。假使要替你终身的幸福做打算，我觉得你千万不可以这样做。你现在年纪轻、有色，而且又有钱，你当然可以随心所欲，像男子玩弄女子一样的去玩弄男子。但是韶光易过，青春易逝，转眼之间，人老珠黄，那是色衰金尽，我试问你，还有哪一个男子来给你玩弄？不要说玩弄，就是连给你一口苦饭吃的人恐怕也找不到了。所以一个人的思想总要纯正，意志总要坚决。虽然在这以男子为中心的社会，他们有了几个臭铜钿可以玩弄可怜的女子，但是我们尽可以不让他们玩弄。社会上的男子并不是个个都靠不住的，只要你有正确的眼光，找一个思想伟大、行为正当的男子作为终身的伴侣，那么就不会再忧愁到将来结局的问题了。"

"妹妹，你这话虽然不错，但是我和你的遭遇不同，我是曾经被人家作为玩具玩过的女子，我不能不有这一种手段，来给我吐一口心中的怨气。"文珠对于妹妹这一篇话，芳心虽然是感动了，但她想到过去自己的受辱和种种的委屈，她觉得宁可不管将来的结局，也要向男性们予以一种报复。

爱玉听了，心中十分难过，她微微地叹了一口气，明眸里是充满了无限哀怨的成分，逗了她一瞥辛酸的目光，低低地说道："姐姐，你这话说错了，你过去的罪恶，这是环境不良，所以情有可原。但现在你已达到了成功的道路，你应该自拔自新来掩饰你过去的黑暗，开发你未来的光明。谁知道你错误了你的思想，依旧去步入这个罪恶之门。常言道：自作孽，不可活！姐姐，你若错过了这一次自新的机会，那你到将来就会深悔得痛哭流涕了。因为我是你的妹妹，是你嫡亲的手足，所以我不能不向你有所忠告。你要不再三地想一想，我真觉得代你担心极了。"

"妹妹，你这话也许有一点儿道理，不过我爱英龙，实在已到不能分离的地步。我宁可不吃这一碗饭，却无论如何少不了他。"

"假使姐姐能够正式地嫁给他，而他也能够真心真意地爱上了你，那我当然也并不反对。就只怕姐姐存了那种新奇的思想，名义上算为给予男子的报复，而实际上却在灭绝自己的生命，沉沦自己的前途，那我认为十二分的愚笨，十二分的痛心！姐姐是个明白人，大概不会怨恨我有什么言语来得罪你吧？"

爱玉很爽快地向她忠言直谏，说到末了，恐怕姐姐有些恼羞成怒，遂又低低地赔不是。文珠回答不出什么话来，却呆呆地坐在沙发上，悲痛地长叹了一声。就在这个时候，电话铃声又响起来。爱玉说道："姐姐，你听还是我去听？"

"你去接听吧，不要又是那个讨厌的蠢东西。"

文珠这回坐在沙发上，精神是非常委顿，她懒洋洋地回答。从她话中听来，她在猜测着这电话又是这个顾元洪打来的。爱玉遂把听筒拿起，凑在耳边，问道："喂，你是谁？找哪个？"

"我是张得标，你是二小姐吗？大小姐可曾到戏院里来了吗？"

"妹妹，是哪个？"文珠迫不及待地向她先急急地问道。

爱玉把听筒捏在手心里，回头望了她一眼，低低地告诉说道："是张老板来的电话，他问你去戏院了没有？"

"你对他说，我身体不舒服，今天请假。"

"姐姐，你……"

"妹妹，你难道叫我去卖命？"

爱玉被姐姐这么一说，她要相劝姐姐的话，就再也说不上来了。只好又把听筒握起，凑在耳边，说道："张老板，我姐姐身体不舒服，她……要请一天假……"

"妹妹，你说我睡在床上还没有起来好了。"

"哦！姐姐还没有起来哩……真的……我没有骗你，你要不相信的话，你亲自来看好了……好，好！我会向姐姐说的。再会，再会！"

爱玉连说了两声再会，便把听筒放下。文珠不明白得标在电话里向妹妹说些什么话，遂又蹙了眉尖儿，低低地问道："妹妹，他跟你又说了些什么话？"

"他说日场不要紧，就给你请假，但夜场要请你帮忙，无论如何要去登台的。因为前十排的票子都已订出去了，你要如不上戏的话，恐怕观众们不肯依，要闹退票。叫我向你说一声，请你千万要到的。"

"我偏不去，看他把我怎么样？"文珠撇了撇嘴，恨恨地说，分明有些赌气的样子。爱玉觉得姐姐为了英龙，使她把正经的事情都情愿不干了，一时十分感叹，意欲再向她劝告。但文珠又向爱玉说道："妹妹，你给我打个电话到跑马厅里去，看李英龙来了没有。"

"他要来瞧你，不是早来了吗？我说一个男子都有些蜡烛脾气，

107

你这样穷凶极恶地去找他，他就越会搭架子，要想来也不愿来了。"

"那不行，我决不能让他来丢掉我，此刻就给他摆一点儿架子。宁可我把他抓到自己的手里之后，再掼掉他，那才能出我心中一口气。"文珠一面说，一面自己从沙发上跳起，走到电话机旁，拨着号码。但此刻跑马厅正在忙的时候，所以只有嗡嗡的声音，竟然是接不通。文珠恨恨地搁下听筒，说道："奇怪，断命这电话也和我作对来了。"

"不是和你作对，原是你心态的缘故。姐姐，你安静地休息一会儿吧！肚子饿了没有？"

"今天见不到李英龙，我就永远不会肚子饿。妹妹，你能不能给我到跑马厅里去一次？你对英龙说，姐姐病得快要死了，看他到底来不来？"

爱玉虽然有点儿不大愿意去找英龙，但姐姐痴心得这个样子，一时叫自己倒又不忍违拗她的意思，这就点了点头。方欲拉开橱门拿取大衣的时候，忽听外面梅真的声音在叫道："李先生，好多天不来了，大小姐正在想你。"

"姐姐，你听，他来了。"爱玉把拉开的橱门又关上了，瞟了文珠一眼，微笑着说。

就在这个当儿，只见李英龙手里拿了一卷报纸，并没有笑容地走了进来。文珠此刻虽然是欢喜得什么似的，但绝对不显形于色。她还故作薄怒娇嗔的神气，逗给他一个白眼，冷冷地说道："今天是什么风吹来的？我以为你是永远不再上我这儿来了。"

"哼！我本来就不打算再到这儿来，但是有一件事情，我不能不来告诉你。"

李英龙冷冷地一笑，却一屁股坐到沙发上，取出烟卷来，用打火机燃烟吸。文珠见他的态度还十分强硬，自己一时倒反有些软下来，遂急忙问道："什么事情你要来告诉我？"

"你自己去看吧！这报纸上面写了些什么？"

李英龙把报纸向文珠掷了过去，但文珠却并不拾来，她坐到床沿边去，还显出那份生气的样子。爱玉见报纸落在地上，遂连忙拾起。见第一张上就有红墨水圈住了一则新闻，正待细细看阅，文珠叫妹妹念出来听。爱玉于是低低地念道：

"歌舞皇后鸿文珠热情识宝！马上英雄李英龙艳福无穷！

"万国大戏院自从国光歌舞团登台上演，营业鼎盛，每日均告满座。因该台柱鸿文珠小姐，生得娇小玲珑，活泼可爱。不但体态轻盈，而且能歌善舞，颇能号召一般观众。故而海上人士，皆趋之若鹜，莫不先睹为快。但鸿文珠在舞台上虽然获得佳誉，而其私生活实属甚为浪漫。近闻鸿与跑马厅骑师李英龙过从甚密，挽手同行，时常出入于歌榭舞台，俨然如夫妇模样。然李本为一拆白之流，玩弄女性，乃个中老手，故鸿文珠若不猛省，则将来身败名裂，悔之莫及矣！"

爱玉念完了这则新闻，不免倒抽一口冷气，回眸向文珠、英龙望了一眼，只见两人的脸都转变了铁青的颜色。文珠先气得发抖似的说道："这……这……是打哪儿说起？断命是谁吃饱了饭，没有事情干，偏来向我捣蛋！假使批评我的艺术不好，我倒愿意虚心受教。但这是我的私生活，我喜欢爱谁就爱谁，这和旁人又有什么相干呢？哼，真是岂有此理！简直是在大放其屁！"

"你不知道吗？这个消息，其中还有别的作用。"李英龙这才冷笑了一声，愤愤地说。

文珠瞅了他一眼，似乎有点儿不解其意的神气，很着恼地问道："你把这张报纸拿来给我看，这是什么意思呢？"

"我想要避免舆论的攻击，只有各自检束。假使这种消息再在报上发表两篇，那我的一生，恐怕就完全要害在你的手里了。"

"什么？是我害了你？难道与我的名誉相比还是你要紧吗？"文珠听他这样说，气得猛可地跳起来，两眼恶狠狠地好像要冒出火星来的样子。

英龙把手指着报纸，还冷冷地说道："你瞧，报纸上登着我是拆白党、我是玩弄女性的老手，这……还不是破坏我的名誉吗？使我在上海没有立足之地，使我不能再见亲戚朋友，那还不能说是你害了我吗？凭良心说一句，是你玩弄我，还是我玩弄你？"

"我看你这人也太自私了，你只知道替自己的地位做打算，难道就一点儿也不为我想一想吗？你一个男子有什么大不了，报上登着你和我的关系，这反而衬托你有本领，你有艳福。比不得我……尤其是我这个环境这个地位的女子，一受到了这样的打击，恐怕会影响我的卖座营业，使它一落千丈吧。"文珠虽然是这样地回答，但她的语气已经是缓和了许多。心中暗想，报上登着他是拆白党，那明明有人妒忌他，和他作对，想起来这消息还是损害他的成分多，因为在末后，至少还有些劝告我的意思。

英龙听她也只顾全自己的营业，遂连连吸着烟卷，说道："你卖座的营业一落千丈，那打什么紧？反正有这么许多人追求你，大不了嫁个有钱的富翁，那你还怕饿死了不成？"

"好，好！你到今日还在拿这种话来气我吗？"

英龙这些话当然是包含了讽刺的成分，叫文珠听了，芳心里真有些隐隐地作痛。她连说了两个好字，身子却又颓然地倒向沙发上去了。看她这意态，好像气得手脚都有些冷的样子，但英龙还继续地说道："并非我有意地气你，老实跟你说吧，有人在狂捧你，但一方面又在存心破坏你，使你在上海站不住脚，那么你就会投入他的怀抱，而达到了他险恶的计划。所以我说的完全是实在的情形，绝没有半点儿挖苦你。"

"你还说没有挖苦我？你简直存心来气死我！你看我这样的个性，是不是被人关在笼子里的小鸟？纵然我在上海没有了立足之地，我也决不会向人低头而自甘屈服。老实跟你说，我有的是两只脚，世界上不会只有上海这一块地，我不是可以到海角天涯去奔走的吗？"

"就怕你意志虽然坚强，还是逃不了他们的手掌之中。"英龙哼了一声，轻视地逗了她一瞥讥笑的目光，竭力地在刺激她的芳心。

文珠皱了眉尖儿，有些怀疑的样子，问道："你说他们，这到底是指点哪个而言呢？"

"哼！你仔细想一想，就可以知道是谁在跟我们捣蛋了。"

"谁？嗯！我想着了，还不是那个流氓，还有哪个？一定是他，一定是他这小子！你瞧报上说的口气，跟他前两天在这儿所说的鬼话，不是完全相同吗？爱玉，你说是不是这个姓秦的小贼？"文珠在凝眸含矉地沉吟之下，方才猛可地想起了秦钟这一个人来，她便十二分肯定的样子猜测，同时回头望了爱玉一眼，又低低地问。

爱玉在旁边呆呆地听着他们争论，此刻才微微地一笑，说道："我想不见得是他吧。"

"那么你的意思是谁呢？谁会这么恨我，向我捣蛋呢？我猜除了这姓秦的小子，就绝没有第二个的人。"

"我劝你别猜到错路里去吧。"英龙也向她表示并非秦钟干的意思。

文珠望了他一眼，急急地说道："你以为我是猜错了吗？那天姓秦的小子来跟我捣蛋，你不是也在这儿吗？他一定要见我，结果对我说了许多疯疯癫癫的话，不是被我赶走的吗？他一定怀恨在心，所以在报纸上破坏我了。"

"这些都是你神经过敏的猜测，我已经调查得清清楚楚，这个消息就是狂捧你的好朋友顾元洪干的。"

"啊？是他干的？他为什么要这样干呢？"文珠听了这话，不禁吃了一惊，一颗芳心，便别别地乱跳起来回答。

李英龙把手在茶几上恨恨地一击，咦了一声，说道："那还有什么不明白的吗？我老早地跟你说过，他要攻击你没有立足之地，那时候你自然没有第二条出路，只好服服帖帖地嫁给他了。"

"我想不会的，就是他有这种阴谋，但报馆记者都很公正的，为什么允许他造谣言，而肯给他发表这一篇稿子呢？"文珠虽然有些疑惑不决起来，但是她还并不过分相信地回答。

李英龙听了，却忍不住嘿嘿地冷笑起来，说道："这是一种社会新闻，报馆记者每天在法院里自己也要去采访呢，何况顾元洪有一种畸形势力，在这个暗无天日的上海，钱能通神，这算得了什么稀奇！"

"那么你已经肯定了，这消息准是顾元洪跟我们过不去吗？"

"不是他还有谁？你不要把他当作好人，他脸上虽然老是笑眯眯的，但笑里面是藏了一把尖锐的刀呢。"

"也许是姓秦的小子，他是个游手好闲的流氓，他什么卑鄙的手段都会干出来的。"文珠心中暗想：顾元洪对于我们的事情根本就没有知道，就是那晚请我吃饭的时候，他只有对我求婚，并没有丝毫提起我爱上别人的话。可见这件事情，多少还是姓秦的小子在从中捣乱。所以文珠始终有些怀疑，恨恨地猜测。

李英龙急道："瞧你这人还是那么姓秦的姓秦的乱猜，难道你就相信姓顾的这狗日的东西是好人？"

"哼！我也明白你的意思了，在你无非对顾元洪心存妒忌，所以把这件事情就一口咬在他的身上。我偏不相信他有这样的手段来对付我。爱玉，你给打个电话到地产公司去，把顾元洪叫来对明一下。"

"你又在说傻话了，一个强盗抢了人家东西，在法庭里审判的时候，他肯承认这东西是他抢的吗？二小姐，我觉得你还是不打电话的好。"爱玉正欲走到电话机旁边去拿听筒的时候，却被李英龙抢步上来阻拦了。

文珠气愤地说道："你这是什么话？难道你把他也比作抢东西的强盗看待吗？"

"比他作强盗，这还是很客气的比方。以他这种卑劣可杀的行为，勾结日人，横行不法，发着祸国殃民的国难财，就是比他为走狗、畜生，那也没有什么委屈他呀。"

"你这几句话就说得痛快。"

"哼！你也以为说得痛快吗？那你为什么要庇护他？"

"我并不是庇护他，他的印象在我心中并没有好感。单以他这一副尊容来说，我见了他就觉得讨厌。"

"只怕不见得！你若真的讨厌他，你也不会跟他常在一处，显得那么亲热。"

"啊呀！你这个傻孩子，那天我跟你说的话难道你就一点儿不明白吗？我为了环境关系，我为了利用人家，我对于这一种虚浮的应酬，那是免不了的事情。谁知你在那天就赌气走了，存心给我这样的难堪。我觉得你这人也未免太呆笨了。老实说，你和他站在一起，不要说我，就是给三岁小孩子来拣，总也不会舍你而取他吧。"文珠说到这里，至少还有些怨恨的意思。

李英龙听她这样说，心头倒是微微地一动，但立刻又冷冷地说道："不过他有的是钱，钱能通神，钱能买到一切，买到美人的心。"

"放你的臭屁！你把我当作什么人看待？"文珠想到自己这一份

113

的情义对待他，谁知道还让他来这么侮辱自己，她心里在无限悲痛之余，更有说不出来的愤怒。这就猛可地走上去，也不知道哪儿来的一股子勇气，撩起手来，啪的一声，在英龙颊上重重地量了一记耳光。这一记巴掌，打得英龙出乎意料，倒反而怔怔地愕住了。

八、各自斗智强清歌艳舞起风云

　　李英龙被她量了这一记耳光，不觉按住了自己的面颊，呆呆地愕住了。正在僵住了的局面之下，忽然电话铃声响了起来。爱玉连忙伸手接过听筒，凑在耳边，说道："喂，是的……哦……"

　　"妹妹，是谁打来的电话？"

　　"张得标……"爱玉听问，遂掩住了话筒，向她低低地回答。

　　文珠走了上去，把听筒从妹妹手里接了过来，说道："哦！你是张老板吗？我是文珠……你说我好一些了吗？谢谢你，我这病绝不是休养一天两天才能好起来的。所以……我不但今天向你请假，而且我还预备跟你请长假……嗯！是的，我不干了。没有别的意思，我的身体太坏，如果不管死活地卖命下去，也许我今年年夜饭还吃不成哩。这不是跟你说什么气话！什么？不行？哼！不行也得行啊！"

　　文珠说到末了一句，完全有愤怒的表情，她把听筒恨恨地掷搁下去。一面回到沙发上坐下，一面又取了烟卷，连连地猛吸，望着英龙说道："你听见我对张老板说的话了吗？他们破坏我又有什么用？我就不干了，看他们又把我怎么样？"

　　"你不干了，那你预备做什么打算呢？"

　　"我预备嫁人。"

　　"嫁人？你要嫁给谁？"英龙把按住面孔的手又慢慢地放了下来，

115

用了惊奇的口吻，向她急急地问。

文珠这时候却又用了勾人的秋波，向他斜乜了一眼，笑道："不必问，当然是嫁给你。"

"嫁给我？"

"不错，你不相信吗？我已经请了长假，我不预备再到舞台上去唱唱跳跳的了，我预备安安定定地到家庭里去过主妇的生活。"文珠见他大有不相信的样子，遂平静了脸色，一本正经地回答。

李英龙听她这么肯定的语气，一时也不知喜欢还是忧愁，倒反而默默地愕然了一回。良久，方才搓了搓手，表示有种为难的神气，说道："其实，我觉得你太性急一点儿了。顾元洪跟我们捣蛋，为什么你却把脾气发到张得标的头上去呢？那叫张得标岂不是要急得上吊？没有了你，戏院就拉不开门。"

"我倒并不是故意跟他为难，实在我吃了这碗断命饭已吃得怕了。不红吧，被人家看轻，好像当作眼中钉，没有老板来养活，似乎就会饿死的样子；红了吧，就会遭人家的妒忌，捧也来，破坏也来，我现在索性不干了，那就省却了许多的麻烦。"

"但是，你要跟我结婚……这里也有一个问题。"

"什么问题？你说，是不是你另外有了情人？"

"不，我就怕你过不惯清苦的生活。"

"那你也未免太小觑我了，我难道就只会享乐而专门供人作为玩具吗？那你简直又在侮辱我。我不怕吃苦，只要你能供给我最低的生活费用……不，还包括我妹妹的生活费在内，我什么都不怕了。"

"这个……"

"李先生，不用你感到困难，只要你愿意跟我姐姐好好地结婚，我决不会连累你而加重你的负担。你请放心，我的生活，那你可不必顾虑。"爱玉在旁边见英龙说了"这个"二字，大有为难的样子，这就连忙向他认真地声明，表示她决不使他感到负担的加重，而情愿自找出路的意思。

英龙听了，连忙也急急地说道："二小姐，那你千万不要误会我，我绝不是为了你的缘故……"

"不是为了妹妹的缘故，那么你是为了什么？快说快说！"文珠听他这么声明，遂在一旁又涨红了脸，急急地问。

李英龙把香烟灰用手弹了一弹，沉吟了一回，说道："我以为你要跟我结婚，这不是一个简单的问题，你似乎还要细细地考虑一下。照我的想法，第一，你是国光歌舞团的台柱，这一团的团员，可说都在依赖你而生活。尤其是这个团主人张得标，把你当作了他生财之道。他没有了你，哪里能够有丰富的收入？所以照我的猜测，他是决不肯轻易放弃你。虽然你对他说，你的身子没有卖给他，不过像他们吃这一碗饭的人就像流氓差不多，你要跟他们闹翻，他当然也会想出种种方法来留难你。第二，顾元洪既然拼命地在追求你，一旦你抛弃了他而嫁了我，他岂肯甘心失败？凭他在这敌伪的势力之下，他就可以使我们不能安安稳稳地住在上海。所以你若真的预备跟我结婚，说不定将来会闹出什么悲惨的事情来！"

"哼！大不了，他把手枪来打死我。英龙，你是一个堂堂七尺之躯，难道你还怕他们把你暗杀吗？既然你没有这样的胆量，那为什么你在当初要跟我来往呢？"文珠冷笑了一声，在她这几句话中是竭力地在讥笑他没有勇气。

李英龙倒是呆呆地想了一回心事，方才说道："文珠，你不要以为我没有勇气，我若怕他们来暗杀我，那我还在上海做什么人？其实，我为了你，就是吃了他们的亏，我也情愿。况且，一颗子弹也不过是两个洞，算得了什么事？我要怕他们，我决不算是个李英龙。"

"既然你此刻又说得那么强硬，连死都不怕了，那你还有什么其他的顾虑吗？"

　　"我顾虑的并非我自己，完全是为了你。因为你是一个有希望的姑娘，为了我，使你和人家结怨，弄得大家怀恨在心，万一他们起了一个狠心，对你也同样地来一下子毒手，那叫我心中怎么能够对得住你？为了这样，所以我觉得你还有考虑的必要。"

　　"哼！你这些都是花言巧语的一种推托而已。我不需要有什么考虑，为了求爱情上的自由，就是我被他们暗算了，我也死而瞑目。不过我知道你的存心了，你对我根本没有真心的爱，你无非对我也抱了玩弄的心。一旦发生了对你稍有点儿危险的事，你就推得干干净净的预备一走了之。哼！我到今日，才知道你是个没有心肝的畜生……"文珠听他这样说，可见他畏畏缩缩地完全怕连累他自己。所以说为了顾虑我，这无非是好听白话而已，一时想到一个女子的可怜，因为自己虽然在口里说是要玩弄世上的男子，但心中免不了还有一点儿痴意。现在英龙对我明明有了拒绝的意思，那么社会上的女子，任她怎么的放浪会交际，到结果还是站在被动的地位。一时悲从中来，只觉人海茫茫，知音难觅，痛定思痛，真是心碎肠断，因此呜呜咽咽地哭泣起来。

　　就在这个当儿，忽听外面梅真的声音在叫道："啊呀！张老板，你多早晚到来的？为什么不进房里去，却呆呆地待在这儿出神呀？"

　　"我还只刚来不多一会儿，大小姐呢？"

　　外面这两句谈话的声音，听到爱玉的耳朵里，一颗芳心，倒由不得像小鹿似的乱撞起来。连忙走到姐姐的身旁，把她嘴一按，说道："姐姐，姐姐，你快不要哭了，张老板在外面说话呢。刚才你们说的话，他不知可曾偷听了没有？这真是糟糕得很！"

　　"有什么糟糕？我真不怕他。"文珠虽然是停止了哭泣，擦干了眼泪，但她还恨恨地回答。这时梅真从外面匆匆地奔入，说张老板来找大小姐。文珠点头道："叫他进来好了，我索性和他解决了。"

"是。"

"姐姐，你刚才对他在电话里说有病，但不能让他知道你是说了谎呀。"

"是呀，那么快让我躺在床上装起生病吧。"爱玉一语提醒了她，文珠急忙走到床边去，脱了皮鞋，躺了下来。

爱玉还把被给她盖盖好，然后走到门口去叫张得标进来。文珠在他没有进房之前，向英龙一招手，是叫他坐到床边来的意思。英龙不敢违拗她的命令，遂局促不安地在她床沿边坐下了。就在这时，张得标含了微笑，跨步入房。他似乎已经知道了似的，对于李英龙坐在床边，并无一点儿惊异的样子，还向他点头招呼的神气。文珠在这情形之下，当然不得不装出一点儿痛苦的表情来，呻吟着说道："张老板，对不起！我不能起身招待你，你请坐吧。"

"没有关系，你身上有病，还闹这些客套干什么？只管躺着吧。"张得标神秘地一笑，表示很关心的样子，低低地回答。一面在沙发上坐下，一面吸了一口烟卷。

梅真进来倒了茶，又向文珠问肚子饿了没有。文珠摇摇头，皱了眉尖儿，怨恨地说道："傻丫头，我身上不舒服啊，还吃得下什么东西吗？"

"昨夜还好好的，怎么今天忽然又病起来？"张得标待梅真走出房门去后，便怀疑地自言自语。他这表情，表示并不向任何人而发问的意思。

文珠淡淡一笑，说道："这叫作'天有不测风云，人有旦夕祸福'。我自己也料不到呀！张老板，今天的卖座还好吗？"

"不行，不行。要不如前两天有人先来订了座，那情形真是太惨了，简直是小猫三只四只，弄得台上的演员都没有了精神。"

"奇怪，今天又不落雨，为什么卖座这样的惨呢？"文珠听他这样说，觉得他也许是过于夸张了，遂故作不明白的样子，望着他微笑地问。

张得标喷去了一口烟，至少包含了一点儿奉承的意思，说道："那还不是为了你没有登台的缘故吗？"

"张老板，你又跟我开玩笑了！那你分明是在跟我吃豆腐。"

"这……是哪里说起？我要跟你吃豆腐的话，马上烂脱我的嘴巴。"

"但……我就不相信这般观众们就有先见之明的本领。因为我是临时请假的，怎么他们会知道我不登台呢？"文珠见他一本正经地念誓罚咒起来，倒忍不住觉得好笑，遂摇了摇头，还表示不能完全相信的意思，怀疑地说。

张得标把大腿一拍，嘿了一声，说道："说起来就奇怪得很！观众们一听你请假的消息，订好座位的大叫冤枉，临时入场的都打回票走了，说等鸿文珠小姐上了台再来瞧吧！从这一点看，就可见你的号召力了。"

"张老板，你也未免夸张得过火一点儿了，难道他们都是来看我一个人的吗？"

"当然啰！我听人家曾经这样说，到万国大戏院看鸿文珠去。你想，他们把剧名都不注意，只注意你一个人的名字，可见观众们崇拜偶像的深刻了。"

"我总觉得那是你故意地奉承我……"

"我要故意地瞎捧你，我就是一个王八。鸿小姐，你刚才打电话来请假，这一下子真把我害苦了。"

"为什么？照你说，我连生病都不允许吗？早知道一个演员的发红有这样的麻烦，我情愿一辈子做跑龙套。"文珠鼓着红红的脸腮子，说这两句话的表情，大有生气的样子。

张得标站起身子来，走上一步，连忙赔了笑脸，说道："并不是说你请一天假，就会害苦了我。因为你要请长假，永远不干了。这一来，我倒不急，站在我旁边那个前台经理徐金生却大跳而特跳起来，他说我故意跟他捣蛋，今天卖座这么惨，他们前台要亏本。照这样下去，六个月的合同怎么能履行下去？他说你若真的不干了，他便要跟我毁约，而且还要我赔偿他的损失。鸿小姐，你……看这……怎么办呢？"

"我就不相信有这一种事情，前台经理到底也是吃饭的，赚了半个多月的钱，不声不响，亏了一天本，就得跳脚。要如开戏院可以包赚钱的话，我还在这里做什么演员？况且……我假使死了，难道他还不开戏院了，你就连歌舞团也办不成了吗？这可不是笑话？"

张得标见她气得两颊涨得红红，那几句话就说得相当厉害。于是笑了一笑，却显出很宽怀的态度，说道："后来我向前台经理说，你何必急得这个样子呢？事情绝不会严重到这样的地步的。因为我知道鸿小姐的脾气，她就善于开人家玩笑。徐金生听我这么安慰，方才没有话说。但还敲钉转脚地对我说，要我负完全的责任。"

"张老板，不过这一次也许并不是和你开玩笑，因为我不能为了你们赚钱，而奄奄地看着我生命沉沦下去呀。"文珠听得标这样说，觉得这家伙倒是狡猾得可恶，却把我的话当作闹着玩儿的，这就沉下脸色来，表示非常严肃的样子回答。

张得标把笑容慢慢平静了，他向文珠呆呆地望了一回，说道："鸿大小姐，你这话虽然也有道理，不过我看你的面色，并无什么病容。所以我觉得你要半途熄灭你自己的光明，这未免是步入了自灭的道路。况且……你不干这事情了，还预备去干些什么呢？"

"你这话也太不近情理了，我自己有病，难道不晓得？倒是你单看了我的面色，就知道我没有什么大病吗？假使我因不休养而真的死了，你拿什么来给我做保证呢？"

"鸿小姐，我以为你不要把事情看得那么严重。你即使真的有病，我们团里可以请医生给你诊视，倘然你身上缺少什么维他命的话，可以给你打补针。只要你感到满意，我什么都可以依你。"张得标是竭力地忍耐着性子，向她委曲求全地说着。

但文珠对于他的讨好奉承，并不感到一点儿喜欢，反而十分讨厌地冷笑了一声，说道："张老板，你这话更是奇怪了，'即使我真的有病'你这句话难道打量我假的有病吗？老实跟你说，从早晨到现在，我还没有吃过什么东西呢。"

"啊！没有吃过东西？那不要紧。你爱吃什么？归我请客好了。"

张得标啊了一声，这两句话说得十分俏皮。爱玉忍俊不置，几乎哧的一声要笑起来。但她恐怕被张得标看见了，立刻又忍住了笑，把身子背了过去。

这时文珠却又绷住了粉脸，很生气地白了他一眼，说道："张老板，你这话说得益发稀奇了，我没有吃过东西，难道是为了要你来请我的客吗？我是因为身子有病，所以才吃不下的。"

"姐姐，我看你多少吃一点儿吧！假使一点儿没有东西下肚，那也会增加病体的。"爱玉为了要装得像一点儿，所以转过身子来，向她一本正经地补充着说。

李英龙似乎觉得呆呆地坐着老是不说话，那也不好意思，于是也插嘴说道："你要吃点儿什么清洁素净的点心，我给你打电话到馆子里去叫吧。"

"我说不吃就不吃，何必你们来硬劝我呢？"文珠有些着恼的样子，恨恨地说。但她俏眼向李英龙瞟了一瞟，是暗暗地叫他别多嘴的意思。

张得标觉得他们做得很逼真，一时倒忍不住又好气又好笑。遂依然用了俏皮的口吻，说道："如果大小姐真的有病，那还是不勉强她好，因为食物吃下去容易化热。假使你因为有病而挨饿的话，我觉得那就不必了。"

"张老板，我真不懂你这两句话是怎么解释？"

"你不懂吗？哈哈，那么就别提了。大小姐，正经的，我说李先生既然也是这么相劝你，你似乎不应该不卖一点儿面子。"张得标见她瞪着眼睛，很恼怒地向自己反问，这就哈哈地笑了一阵，还不愿意完全揭穿她，低低地说。

文珠觉得他十句话中倒有九句是带了刺的，遂红了粉脸，冷笑了一声，说道："你这话是什么意思？李先生和张老板有什么分别？"

"这是我心中的想法，李先生是你最知己的朋友，他来望你了，其实你就是有病，也应该好起来了。何况他劝你吃东西，至少是他一片对你的真情真意，你若拒绝了他，那你倒似乎辜负他一片情分了。"

"张老板，请你把话说得清楚一点儿，我对随便什么人都是一个样子，根本说不上知己不知己的。怎么啦？难道你嫌我对待你不够亲热吗？"

"嘿，嘿！鸿大小姐，你这几句话说得太有趣了，你跟李先生知己，这不是我凭空瞎说，连外面报纸都登出来了，那你还能瞒得了我吗？哈哈！"张得标阴险的脸上浮现了一丝狞笑，方才慢慢地揭穿了他们的秘密。他把烟蒂头在地上很随便地一丢，这神情是显出那样轻视的样子。

文珠的粉脸又一阵一阵地红起来，她的两眼充满着怒气冲冲的光芒。因为是恼羞成怒的缘故，这就索性冷冷地说道："这是我们的私生活，你可没有权利来干涉我们。"

"那当然，我不是你的家长，我怎么能来过问你？但是，因了你的私生活，而影响到我们整个的团体方面，那我以一个团主人的地位，似乎不得不管一下子。"

"什么？张老板，你这话是什么意思？"李英龙似乎听不下去了，他猛可地站起身子来，大有和张得标吵起来的神气。

文珠怕事情闹大，遂把李英龙的身子一拉，他便在床边又坐下了。张得标却并不把他放在心上的神气，望了他一眼，至少有些轻视的意思，说道："李先生，你且慢慢地开口，我此刻和你还没有到发生接触关系的时候，请你别来多嘴。我现在先要问鸿小姐，为什么突然要请长假？为什么无缘无故地不干了？那你应该给我一个充分的理由！"

"咦！这就问得奇怪了，我不是已经跟你说过是因为有病的缘故吗？难道你以为我躺在床上是装给你看的吗？"

张得标听她还只管一本正经地说着有病，于是再也忍熬不住地哈哈地大笑起来，得意地望了她一眼，表情阴险地说道："大小姐，这儿可不是舞台上，你何必还要这么认真地跟我演戏呢？你知道我什么时候到这里来的？哈哈！我老实地跟你说了吧，我在外面会客室里已经听了好多时候了，我听你和李先生吵嘴，我又听李先生随口地谩骂我。但不多一会儿，我进房中来，你却马上躺到床上去装生病，这你不是存心地跟我在开玩笑吗？"

张得标这一篇话，说得房里三个人都局促不安起来。文珠躺在床上，觉得软绵绵的被褥上好像有着千万枚针在刺的样子。她面红耳赤的，几乎有些哭笑不得起来。就是李英龙也窘住了，他情不自禁地站起身子，齐巧和爱玉瞧了一个照面，各人的脸上也大有尴尬的神色。突然之间，文珠猛可从床上跳下来，她急急地说道："不错！我本来就打算跟你开开玩笑而已，可是，现在被我这么一来，我却索性无理由地不愿干了。这是我的自由，谁都不能来向我干涉。"

"大小姐，你是不是怪我不该偷听你的秘密话，所以恼怒起来？其实，你们这一件事情，报纸上已经登载过了，哪还有什么秘密可说？不过，你要为了李先生的关系而不干，那似乎对我们团体太不顾全了。"

"张先生，请你说话要分得清楚一点儿，不要拖泥带水的。她现在不愿干舞台上生活了，这是她的事情，跟我就毫无关系，请你不要把这件事情牵涉到我的身上来。"李英龙觉得自己假使再不开口说话，那倒好像自己是个没有灵感的动物了，这就瞪了他一眼，向他严肃地抢白。

张得标是希望李英龙开口，好叫自己给他一个警告，遂把凶险的目光斜睨了他一眼，冷冷地一笑，说道："哼！这件事本来就因为你而发生的，怎么能说是牵涉呢？李先生，有了今天报纸上这一段消息，那么鸿大小姐的不干，我以为你就卸不脱有一份责任。"

"什么？你这话简直是在放屁！照你这么说来，她请长假不干，难道是我促成的吗？"

"是不是你促成她，那我可不必追究，但鸿小姐是因为要嫁给你，所以才跟我请长假的。那么假使没有你在她身后的话，我相信鸿小姐正在露着光明锋头的时候，她是决不会向我提出不干的事实来。"

张得标这几句话，把李英龙问住了，他除了恶狠狠地望着得标之外，却默默地不发一语。文珠气得站起身子，把脚恨恨地一顿，说道："是的，我的确为了要嫁给他，我才不干的。你预备怎么样？难道我在你歌舞团里做了演员之后，连嫁人的自由都受束缚了吗？

125

这真是太笑话了。张得标，你把头脑子放得清楚一点儿，我并没有把身子卖给你啊。"

"大小姐，只要你肯说这两句话，那就很好！现在戏院里要跟我毁约，要我赔偿他们的损失。你既然预备嫁给李英龙，那我只有根据合同向李英龙算账。"

"哈哈！那又是一件笑话了，我又没有跟你订过什么合同，你跟我算什么账？"李英龙显出毫不介意的神气，表示并无一点儿责任的意思回答。

张得标瞪着眼睛，把手向文珠一指，冷笑道："她既然要嫁给你，你就是她的保护人。我找她不上，那我就只有来找你。"

"来找我？你不要再做梦！我和她虽然有意思结婚，但在眼前也不过是这么的一句话，离事实还很远。我以为等我们结婚启事在报上登载了出来，你再来找我也不算迟呀。"

"等你们结婚启事登出来再找你？哈哈！那你倒不会说，等你们死了的时候再来找你，那不是更为妥当吗？"

"放屁！你这是什么话？"

"姓李的！你预备怎么样？"

"好了，好了，张老板，我觉得你也太没有见识了，李英龙不是顾元洪，石子里榨不出什么油水来，你尽管跟他说什么话？这是姐姐的事情，我觉得你还是和我姐姐谈谈比较妥当些。"

李英龙听他侮辱自己，便向他大喝了一声放屁，这表情是非常凶恶。张得标不是一个老实忠厚的人，他怎么肯甘心示弱？于是也赶上一步，睁大了他那双三角眼，好像要把他吞下去的样子。爱玉在旁边见他们大有动武的架子，便走到两人中间，把张得标推到沙发旁边去，口里虽然是在给他们排解着，而实际上对张得标也有了讽刺的成分。

126

张得标方欲再说什么，文珠却又柳眉倒竖地喝道："英龙，你为什么这样没有胆量？他要找你说话，你就尽管让他找好了。跟他签合同的是我，我并没有死，你怕什么？就是我犯了杀人的罪，也用不到你来代我吃官司呀。"

"你以为我怕他吗？这真是太笑话了！他就是马上到法院里去告我，也吓不倒我。"李英龙听文珠这样说，他的胆子更加大起来，遂冷笑了一声，一面取了烟卷抽吸，一面讽刺他说。

张得标觉得心中有一股怒气直冒到头顶上来，遂忍不住又说道："你以为我是恐吓你吗？这是你太笃定了。明天鸿文珠要如不销假登台的话，那我只有找你姓李的说话。"

"明天我偏不登台，看你把我怎么样？"

"就是你要跑，李英龙也跑不了。除非他不上跑马厅里去干马上英雄的把戏。"张得标见文珠的态度还是那么强硬到底，一时真没有了落场势，于是只好吃住了李英龙说话了。

李英龙在这个情形之下，不硬也得硬一硬了，遂置之泰然的态度，淡淡一笑，说道："很好，很好！我就等在跑马厅里，倒要看看你张得标手段的厉害了。"

"李英龙，你真预备跟我过不去吗？"

"什么过得去过不去？你有手段，尽管拿出来给我看看好了。"

"好哇！姓李的，你要我没有饭吃，我就叫你拉不出粪来！"

"哈哈！你这小子，我先打了你！"

两人越说越不合起来，身子也一步一步地挨近了。张得标的脸由红转青而变成铁一般的颜色，李英龙的眉毛和眼睛都隐现了一股子杀气。各人的头顶上，好像都要冒出火星来的样子。张得标说到好哇的时候，伸手捋袖，大有准备动武的表示。但李英龙的动作比张得标更为快速，他是熟读了这句先下手为强的话，所以不待得标动手，他先向得标举手一拳，齐巧击中他的下腭。得标负痛，啊呀一声，身子向后踉踉跄跄地跌退下去。幸而有张琴桌挡住，他的手便撑住了琴桌，忽然摸到了一个花瓶，他这时候的理智已被杀气迷糊涂了，遂把花瓶举起，向李英龙兜脑门儿掷了过去。这时旁边的文珠姐妹两人，一瞧这个情形，认为这个花瓶落在英龙的脑门儿上，不要说脑浆直进，至少的限度，是要头破血流。芳心在一急之下，两人不约而同地便掩着脸竭声地狂叫起来了。

紫陌红尘

一、认错知音一眶辛酸泪

世界上无论什么事情，不管是国与国之间，还是人与人之间，差不多没有不自私自利的。为了自己国家的强盛，毫无理由地去攻打人家，以致发生了惨绝人寰的大屠杀，弄成了遍地焦土、血染山河。表面上好像人为万物之灵，原是最有智慧的动物。但按诸实际，每一个壮士，都由父母提携捧负而渐渐由童年长至成人，其间花费了多少心血和精神。但到了战场上，二十多年的心血和精神，就在这一刹那间，让炮火爆炸，不要说尸骨，连四肢也都成为灰尘了。更进一层说，自己人和自己人互相残杀，互相争斗，为了几个人的争权夺利，而牺牲了千千万万的热血健儿，这真是侮辱了"人为万物之灵"这一句话了。

《清歌艳舞》里的鸿文珠、顾元洪、李英龙、张得标以及秦钟等这几个人，他们钩心斗角地互相利用互相欺骗，归根结底的一句话：大家何尝不是因为自私自利呢？只因为有了自私的心，往往在行动上会干出冒险的事情。他们在一种利害有关的冲动之下，已失去了理智，他们绝不考虑对方假使被自己弄得难以活命，那么自己会不会受法律的制裁而入狱？所以张得标在白雪公寓鸿文珠的家里和李英龙发生冲突，竟然不顾一切地把一只花瓶向李英龙兜头掷了过去。当时文珠姐妹两人，一见这种情形，觉得这一下子掷过去，实在很有生命危险。所以心中一急，不约而同地竭声叫喊起来。幸亏英龙

131

是个眼疾手快的人，他竟有本领把花瓶接住，反向张得标身上还掷回去。张得标虽然也躲避得快，不过到底是冷不防之间的回手，所以花瓶就落在了他的肩胛上。张得标肩胛一斜，啊呀了一声，痛得几乎摇摇欲倒。但就在这时候，李英龙还不放松地抢步上前，兜胸就是一拳，因为他本是运动健将出身，这一拳当然也有几分力量。不要说张得标肩胛上已经有了伤痛，就是他没有受到花瓶的击伤，也难免是站立不稳的。所以得标仰天跌倒，竟是爬也爬不起来。在这个情形之下，李英龙好像是打落水狗，张得标倒着实挨了他几拳。文珠一看不对，遂上前狠命地把英龙拉开，口里还连说"你疯了吗，你疯了吗"。

就在文珠拉开英龙的当儿，张得标方才勉强挣扎着爬起，口中喊着"好小子"，还怒目切齿地戟指骂道："他妈的！你这狗王八蛋！胆敢动手打人吗？好，好！你有种，你不要走！老子不给你颜色看，不算是张得标！"

"哈哈，不中用的小贼！胆敢到我李英龙面前来撒野，那你真是在做梦。老子在这里等着你，倒要看看你的颜色，究竟红的还是绿的！"

"好！你要逃一逃，便是我的孙子王八蛋！"

"他妈的！你狗嘴里还敢不清不爽的，老子要你命！"

李英龙听他嘴里还要占自己便宜，这就猛可地赶了上去，预备伸手去抓住他。张得标已经领教过他的气力，知道不是他的对手。好汉不吃眼前亏，于是也只好忍住了一肚皮怨气，拔脚向外奔逃出去了。李英龙方才停步不追，冷冷地笑道："这种不要脸的东西，倒来跟我动手动脚，真是算他倒霉。我若手下不留一点情分，这小子就叫他来得去不得！"

"英龙，你还要自鸣得意，我瞧你是闯下大祸了。"文珠虽然是

132

惊魂稍定，但她却怨恨地白了他一眼，蹙了眉尖儿，忧愁地说。

李英龙整理了一下衣服，却是毫不介意的神气，还骄气满面地说道："我闯什么大祸？并不是我夸口，不要说我打打这流氓似的张得标，就是打几个比张得标狠一点的人物，也绝不放在我李英龙的心上。"

"你不要以为张得标是个好惹的人，他在上海也是一个有势力的人。要是他没有一些小势力的话，他也不会吃这一碗饭了。"文珠见他还是一味逞强，就又向他低低地告诉，是叫他不要过分轻视人家的意思。李英龙不再说话，一屁股坐到沙发上去，点了烟卷，连连猛吸，表示心中兀是气愤的意思。

爱玉拍了拍胸口，低低地说道："刚才张得标把花瓶向李先生脑门飞掷过来，他这一下子真也太辣了。我在旁边瞧了，真是急出了一身冷汗，那可不是玩儿的事情。假使李先生没有这一手接住的功夫，今天李先生不完了，也得上医院里去睡几天呢。所以张得标这种人，也只配碰到李先生那么辣手辣脚的人，才叫他受一点教训。"

"在这个年头就根本不能以礼相待，强权是公理，谁要是太老实，谁就得让人家欺侮，而且世界上永远没有对弱者表示同情的人。刚才我若老实一些的话，不是就得被这小子一顿痛打吗？"李英龙很赞成爱玉这几句话，因为在她芳心之中至少还有些庇护自己的意思，所以在她粉脸上逗了一瞥感谢的目光，低低地回答。

文珠忽然用手按住了额角，身子大有摇摇欲倒的样子。爱玉连忙上前扶住她，急急地问道："姐姐，你怎么啦？"

"我头又晕起来，眼睛也有点昏黑，好像要晕倒了。"

"姐姐，你还是躺下来休息一会儿吧。哦，我想起来了，你从早晨到现在还没有吃过什么东西，我瞧你还是吃些面吧。"

"也好，我此刻口里清水都贮满了，真的想吃一些东西了。"

文珠倚靠在床栏上，点了点头，爱玉遂匆匆地到厨下去了。英龙望了文珠一眼，似乎有点怜惜的意思，低低地说道："你装生病是为了不肯上戏院，那么东西可以照旧吃呀！干吗真的饿起来？饿坏了身子，那可怎么办呢？"

"哼！饿坏了身子又有什么稀奇？在你只有称心啦！我死了，你不是可以另外去勾搭别人吗？再也不会有什么人来缠住你了。"

文珠因为自己吃不下东西，正是因了他一去而不返的缘故，此刻还听他这样说，一时心里也不知是悲是喜，只觉得一股子辛酸触鼻，眼泪便扑簌簌地落下来了。女人的眼泪，那是感动男子的心的唯一法宝。所以李英龙看了心头也有些难过，忍不住站起身来，走到床沿边坐下，低低地说道："文珠，你这又何苦呢？不要冤枉我，除了你之外，还有什么人够资格让我爱呢？因为我是一个穷小子，比不了人家住洋房、坐汽车，多么阔绰，多么威风，想到与其将来感到失败的痛苦，倒不如早些分手来得爽快。其实我的心头，又何尝不痛如刀割呢？"

"哼！你还拿这些话来挖苦我吗？我假使存心要去做人家姨太太的话，我还会把我的身子交到你的手里去吗？你以为我和顾元洪要好，你心中就觉得难过。但是你不知道我不敷衍他，我没有这许多进益，所以他是我的财路，没有他给我钱，你又怎能花得这样舒服？所以我完全是利用他，才和他亲热。难道你连这点意思都不明白？不肯原谅我，闹着气就这么一跑，你叫我心中多么难受。自从你赌气走后，我就弄得失魂落魄的，哪里有好好地吃过一顿饭呢？"

文珠无限哀怨地瞅住了他，絮絮地倾吐着她所受的委屈。说到末了，眼皮一红，无论你怎么能干精明的女人，结果还是免不了哭泣流泪。李英龙听她这话之后，方才有些懊悔起来，觉得文珠对待自己确实算有情义的了，她敷衍着别人，实在也是有不得已的苦衷，

134

自己何苦一定要疑心她呢？这就伸手去抹她颊上的泪水，此刻倒又显出极度温文的神情，低低地说道："原来你不吃东西，还是为了我的缘故，这样说来，实在是我太不应该了。其实我是怕你被别人家抢夺了去，所以我心中很生气。按诸实际，也无非是为了爱你过分的缘故。文珠，姓顾的也不是一个好东西，虽然你是为了要利用他而和他敷衍，但是他在你身上把钱花多了，假使一点得不到，他岂肯心甘情愿呢？那么在他们诡计多端、卑劣手段之下，你难免逃不出他的罗网，到那时候，你叫我心痛得还能够在这世界上做人吗？"

"这是你多余的考虑，我老早跟你说过，我要嫁人，也绝不会去嫁一个蠢猪一样的东西。我向你一再地声明，你难道还不肯相信我吗？"

"现在我承认自己错了，那是我太糊涂太会吃醋了。文珠，我相信你，你假使不会抛掉我，我也专一地爱上你。文珠，我们和好如初吧！你现在总可以安安心心地吃东西了。"

"唉！世界上女子总是痴心的多，哪一个男子有良心呢？"

李英龙这几句话听到文珠的耳朵里，一颗芳心，才感到一点暖意的安慰。不过她表面上还显出那样哀怨的神情，秋波恨恨地白了他一眼，却忍不住微微地叹了一口气。李英龙在她这哀怨的表情里找到了一种媚人的风韵，他两手按住文珠的肩胛，向她含情脉脉地凝望了一眼，终于忍耐不住地环抱了她的脖子，深深地接了一个长吻。他没有别的可以博得文珠的欢心，只有这一功夫是他的特长。女人所以爱他的缘故，也是为了他肯曲意地使女人感到心花怒放而已。

两人正在热烈地吮吻的时候，爱玉恰巧拿了一碗面匆匆地从外面走进来。当她发现了姐姐和英龙这一镜头，她那一颗处女的芳心像小鹿般乱撞起来，两颊也热辣辣地发烧，浮上了娇艳的桃瓣，虽然是一只脚已经跨门而入，但后面这一只脚却再也跨不进来了。她在愕住了一会儿后，到底想出一个办法来，咳了一声，叫道："哎哟，哎哟！烫死了！"

"啊，妹妹，你不会叫梅真拿进来吗？"文珠一听这两声"哎哟"，慌忙把英龙推开，红了脸，低低地回答。英龙也觉得有些不好意思，遂站起身子，自管走到窗口旁边去了。爱玉神秘地瞟了姐姐一眼，扑哧一笑，低低地说道："幸亏是我拿着进来，要是梅真拿进来，可更不得了。姐姐你快尝尝这碗面的味儿，不知咸淡好不好？"

"咸淡倒正好，就是煳了一点。"

"也许还有些甜味的感觉是不是？"

爱玉这句话显然有些顽皮的意思，文珠起初倒是一怔，但转念一想，方才理会过来。这就绯红了脸颊，秋波在她娇憨的粉脸上逗了一瞥白眼，也忍不住赧然笑起来。遂一面吃面，一面向李英龙说道："英龙，我看你此刻还是到外面去避一避吧。"

"为什么？"

"因为你打了张得标，他是绝不肯饶你的，万一他真的带了打手来找你报仇，我瞧你岂不是要吃他的苦头了？所以我劝你还是赶快走了，免得发生麻烦。"

"怕什么？我李英龙要怕他的话，我也不在上海待下去了。你叫我避一避他，我倒偏偏要等他到来，大家较量较量，看他颜色好，还是我手段强？"

李英龙却是相当好胜，他拍了拍胸脯，毫无畏惧地回答。文珠心中不免有些怨恨的意思，正欲再向他劝告的时候，忽然电话铃又响了起来。爱玉便连忙去接听，哦了一声，说道："是的，在家……因为有些头痛……没有上台……晚上吗？说不定，要问她自己，好，好……"

"妹妹，是谁？"

"是顾元洪来的电话，他说有话跟你谈谈。"

"真讨厌！"

文珠一听又是顾元洪来的电话，因为看到英龙的面色好像又浮上了不悦的神气，于是立刻装作憎恨的样子，一面怨恨地回答，一面只好放下筷子接过电话的听筒，凑在耳边，说道："喂，是顾先生吗……没有什么大病……谢谢你。哦，你到戏院里去过吗？张老板碰着了没有……没有吗？哦，晚上怕不能上戏，因为我需要休养一个时期。什么？你……这张报上的消息也看到了吗？你不信？哼！其实我也不怕他们跟我难过……哦，这真是谢谢你，要你为我太费心了，我真对不起你，你此刻在什么地方？在罗兰咖啡室吗？也好，我在一个钟点之内准到，回头见。"

文珠放下听筒的时候，回头见英龙的脸上有些愤怒的神色，把他手中的烟蒂狠狠地向地上一掷，不住地冷笑。这就连忙说道："英龙，你知道顾元洪叫我到罗兰咖啡室做什么去的？"

"问我？这就未免太奇怪了！"

英龙听她还这样问，越发感到酸溜溜的不受用，遂冷笑了一声，把手指了指自己的鼻子，却把身子别了过去。文珠忍不住又好气又好笑，遂恨恨地白了他一眼，说道："我瞧你事情没有弄清楚之前，别拿这种态度来对付我。因为顾元洪也看到这报上的消息了，他心中替我很不平，遂约了报馆记者，预备和我在罗兰咖啡室内见见面，拉拉场，明天给我在报上更正此项消息。我想他也许不会背后捉弄我，既然是他发了稿子，为什么又代我拉场呢？我是为了你的名誉关系，所以答应他去一次的，你心中干吗又要这么不受用呢？"

"哦，原来是为了这一件事情。他妈的，这小贼的诡计太好了，但他只能骗骗你，却瞒不了我呀！文珠，我劝你想清楚一点，别上他的大当！"李英龙听她这样告诉，遂哦了一声，回过身子来，他用了精细的思虑，在沉吟了一回后，方才对文珠说出了这几句话。

文珠听了，倒有些茫无头绪的样子，怔怔地问道："你这话是什么意思？我倒有些不大明白。"

"这有什么不明白的？难道你还要一味地把他当作好人看待吗？老实告诉你，他这种手段，就是破坏了人家再充当好人。大凡一个善用计谋的人，他明明杀了人，反要装出对被杀的人是如何怜悯，是如何可惜，还要痛骂这指使的人，没有人道没有良心，好让人家不会疑心这件事情就是他干的。其实他本身就是一个凶犯。谁知你这一点都想不到，那你真是一个大傻瓜！"

"嗯！你这话倒也有一点道理……不过，我和你的事情，他根本不知道……他如何会打听得这样详细呢？"

"唉，你不要以为他是一个糊涂人……再说，张得标在那天就见我从你的卧房里奔出来。他们既然是一只袜筒里的人，我们的事，难道还会不泄露给姓顾的知道吗？我就肯定这个消息是他玩的把戏，听不听由你，去不去由你，反正我绝不会对你有一丝一毫的勉强。"

文珠那种将信将疑的神情，使英龙的心头感到更加不快乐，愤愤地说完了这几句话，他便转身预备要走的样子。文珠这才连忙说道："不错，不错！他完全对我是卖一点交情、讨一点好的意思。不过我已经答应了他，当然不能失信。妹妹，你代我到罗兰咖啡馆去一次吧！"

"代你去一趟是没有关系，回头他要问你为什么自己不去，叫我怎么回答？"

"你说我头晕得很厉害，实在爬不起身。他要问你别的什么话，你看情形回答，要如他不怀好意的话，你什么都可以推说不知道。"文珠听爱玉这样说，遂想了一会儿，对她低低地关照。爱玉点头说

138

好，遂披上一件大衣，匆匆地走了。

这里英龙方才把面色缓和了一点，但他还竭力地带着进谗的口吻说道："文珠，并非我对顾元洪有所妒忌，他的存心，总而言之，是非常阴险的，就是你要嫁给他，也只不过是一个小老婆的资格。再说，他的年龄这么大，你们成了夫妇之后，在另一种生活上是否能使你感到愉快和满足，这恐怕还是一个问题。所以我觉得你应该为你的终身幸福做打算，千万要再三地考虑才是。"

"你这话说得太奇怪了，我并没有说要嫁给他呀。我用不到什么再三再四地考虑，我已经愿意嫁给你，难道你还信不过我吗？"

李英龙听她这样说，一时倒反而怔怔地愕住了。他又在烟盒子内取了烟卷，燃火吸烟，在室内来回地踱步，好像在深思的样子。文珠稀里呼噜地吃完了面，向他说声对不起，让他递条手巾来。英龙遂在面汤台上拿给了她，文珠抿了一下嘴，放在床边的夜壶箱子上，望了他一眼，有些生气的表情，冷笑着道："为什么不回答我？难道你又觉得有什么困难的问题吗？"

"并不是这个意思，我想你要马上嫁给我，在种种的情形之下，的确是相当困难。所以我的意思，你只管在舞台上再过两年生活，我总随时可以在旁边服侍你。好在嫁人这两个字无非是一个形式和名义，我们现在已经时常地享受了夫妇的权利，那你不是已经可说嫁给我了吗？总而言之，我要积蓄一点钱，创办一点有出路的事业，那时候我们再举行结婚的仪式，不是也不算迟吗？"

文珠听他这样说，也燃了一支烟卷，想了一会儿，遂连连地点头，秋波含了怨恨的目光，逗了他一瞥，叹了口气说道："我也明白你的意思，你无非是怕我受不了苦，以为我嫁给了你，将来又会发生家庭中的麻烦和苦痛。其实我绝不是一个只贪享乐的女子，只要你是真心爱我，常言道，夫妻恩爱，讨饭应该。英龙，我是这么决定了，你到底预备怎么样呢？假使你要三心二意的话，那你明明是存心丢我。"

"这个……你可不必冤枉我，我能侍候在你的身边，唯恐我没有福气，怎么还会丢你？"李英龙见她说完末了一句，大有盈盈泪下的样子，这就连忙摇摇头，向她急急地解释。正在这个时候，忽听梅真在外面叫道："郭小姐，你这时候怎么会来的呀？"

"我演完两个节目，下面没有戏了，因为听说你大小姐有病请假，所以来望望她的。"随了郭素珍这几句话，门帘掀处，她的人已经走了进来。

素珍见房中除了文珠，还有一个西服少年，一时觉得很不好意思，在房门口倒是愣住了。文珠先含笑叫道："素珍，怎么啦？戏院里已散场了吗？"

"不，我下场很早，所以来看看你，你好一点了吗？"

"谢谢你，我好一点了，请坐吧。"

郭素珍这才笑盈盈地坐到她床边去，很亲热地去摸她的手。一面把俏眼向英龙身上打量了一回，一面附了文珠的耳朵，低低地问道："文姐，这位就是李英龙吗？"

"是的……哦！我来给你们介绍。英龙，这位就是我们团内最温和美丽的小妹妹郭素珍小姐。这位就是李英龙先生了。"

经文珠这么一介绍之后，素珍不得不欠了身子，和李英龙互相点点头，表示招呼的意思。李英龙似乎感到有些局促不安的样子，忽然看了看手腕上的手表，便呀了一声，说道："已经三点五十分了，该死，该死！我还没有上跑马厅里去过呢！我不能奉陪了。郭小姐，你多坐一会儿走，我先告辞了。"

"慢着，英龙！"

"你还有什么话跟我说吗？我想过几天大家再考虑考虑吧。"李英龙听文珠叫住了自己，不得不回过身子来，望着她的粉脸，使了一个眼色，低低地回答。

文珠明白他是为了素珍在旁边的缘故，就很坦白地说道："英龙，我以为这件事情原没有什么考虑的必要了，这是我要好的小姐妹，没有什么，你可以不用避什么嫌疑的。要说的话只管说，你别三心二意，我是决定了主意，你不要害得我一切事情都弄好了，倒找不到你的人了。"

"时候不早了，我要赶着赛马去。这件事情太困难了，我们还是慢慢地再商量商量比较妥当。"

"你说的所谓困难是指的什么而言？我问你，赛马要紧，还是解决这个问题要紧呢？我为了你，情愿不上戏，难道你就不能为我牺牲一点吗？我觉得你真是太自私了。"文珠听他用这种敷衍的语气来对付自己，一时倒不免生气起来，遂板住了面孔，逗给了他一个白眼，恨恨地说。

李英龙微红了脸，支吾了一会儿后，方才说道："并不是这么说，我家中还有父母兄弟，赛马是我的职业，我比不了你，有人会给你钱用。要如我失了业，家中怎么生活呢？所以我得干正经事去……"

"什么？什么？你这是什么屁话？难道我们这件事倒不正经吗？好，好！你说这些话，明明是想气死我。"

文珠涨红了脸，气得倒竖柳眉，几乎有些发抖的样子。李英龙的心中也有他的痛苦，但这个痛苦是不容易向文珠倾吐的，所以呆住了一会儿，方才说道："我觉得你还派爱玉去赴姓顾的约会，可见你对他还未忘情，所以我的意思，你要嫁给我，这也是一种表面文章。金钱有很大的魔力，即使我们结了婚，将来恐怕也会到分裂的地步，所以我认为结婚这两个字，倒还是不谈的好。"

"好，好！你还要向我这么说，你真是一只不懂情义的狗！"

"我就承认是只狗，你就嫁人去吧！"李英龙不甘受辱的模样，他冷笑了一声，匆匆地又要向外走的样子。

文珠在素珍的跟前，觉得英龙对待自己那种倔强无礼的态度，叫自己实在有些感到难堪。她气得要哭出来，但又不肯表示懦弱，遂竭力忍熬着悲哀的发展，鼓足了勇气，说道："英龙，你给我站住！"

"鸿大小姐，你还有什么吩咐？"

"你这话到底是真的，还是假的？"

"你以为是真的，就是真的，假的就是假的。"

文珠见他毫不在意的样子，可知他对自己也绝无什么诚意的爱情，心中这一愤怒，不禁把手猛可地在夜壶箱上一击，把吃完的那只空面条碗震落到地上，乒乓一声，便摔得粉碎了。她眼睁睁地瞅住了英龙，咬牙切齿地喝道："英龙，你不要以为我除了你就没有人可嫁，你敢跟我击掌，看谁拗得过谁？"

"哼！这击什么掌呢？我知道你是一个大红而特红的女艺人，想要娶你为妻的歌舞迷何止万千？我知道你有许多的人可以嫁，本来你就把我当作你一件玩物罢了！哼，哼！"英龙见她说完了这几句话，还伸过手来，预备跟自己击掌的意思，就哼哼一阵子冷笑，一面说，一面便头也不回地向外奔出去了。

文珠的心中，好像有千万枚针在刺一般疼痛。她做梦也想不到英龙对自己忽而又会变得这样凶蛮起来，这好像给了自己一个致命打击。她只觉一阵子眼花昏黑，捧住了头，整个身子便向床上倒下去。坐在旁边的素珍，一见文珠气得昏厥过去，急得连忙把她扶起，连连地摇撼着身子，叫道："文姐，文姐！你怎么啦？你怎么啦？你快不要这个样子呀！"

"郭小姐，我大小姐怎么啦？"

"梅真，你快弄盆开水来。大小姐和李先生吵起来，她气得昏过去了。"

经素珍这一阵子叫喊，早已惊动了房外的梅真。当她听了素珍的告诉，遂慌忙倒上一盆开水，交给素珍。两人手忙脚乱地，好不容易把文珠灌醒过来。文珠望了望素珍，忍不住深长地叹了一口气，流下泪来，说道："我……我……早知道他是一个这样没有心肝的东西，我何必拿这一份心意去对待他呢？唉！我枉长了这一双亮晶晶的眼珠，竟看错人了！"

"文珠，你不要伤心呀！气坏了身子，也犯不着哪！"素珍见她泪下如雨，好像万分灰心的样子，遂拿手帕给她拭泪，一面低低地安慰她说。

这里梅真把地下碎碗片打扫干净，又给她拧了一把手巾。文珠擦过了脸，向素珍望了一眼，很感慨地说道："世界上的女子，任她心肠怎么狠，也狠不过一般没有情义的男子。珍妹，你的年纪还轻，我劝告你，你假使要避免烦恼和痛苦，那千万不要跟任何一个男子去恋爱。因为恋爱的表面好像是甜蜜的，而实际却是一杯苦涩的酒。唉，要清清静静的不受气，那总还是独身的好。"

"文姐，你何必灰心到这个样子呢？我以为世界上的男子，究竟良莠不齐，负恩忘义的固然很多，但温文多情的也不在少数，这是要自己用准确的目光、清楚的头脑去鉴别的。所谓良禽择木而栖，并不是我做小妹妹的老气横秋地来埋怨你，你一定要嫁给他，完全是在毁灭你自己的前途和终身幸福。因为他这种男子，并不是一个可靠的丈夫。所以他肯跟你闹翻，这还是你的机会。姐姐，我劝你还是把他忘了吧！像你这样才貌双全的姑娘，难道会嫁不到比李英龙更好的丈夫吗？"

文珠听她这样劝慰自己，在她话中，显然对英龙的印象也是恶劣到十分，一时倒不免暗暗地奇怪起来，用了猜疑的目光，向她望了一眼，低低地问道："妹妹，你这话我觉得有些奇怪，你和英龙今天才见面，听你说话的口气，对他好像十二分地轻视，难道你早就知道他是一个没有良心的男子吗？"

"我今天在报上见到了你这个消息，心里就代你表示可惜，想文姐什么男子都可以爱，为什么偏偏去爱上他呢？所以我此刻到这儿来，一半也是为了这件事。"

文珠猜度她在这几句话的下面，显然是大有文章，心中暗想，莫非素珍在过去也曾经上过他的当吗？于是凝眸含颦地望了她一眼，低声说道："素珍，怎么啦？你……还是爽爽快快地告诉我吧！李英龙是不是也和你相爱过？"

"不，不！文姐，你怎么会想到这个头上去呢？"

"那么到底是为了什么缘故，你才把他恨得这个样子呢？"

素珍被她这么一猜，一时绯红了两颊，真有些难为情起来，遂连连地否认，秋波还逗给她一个妩媚的娇嗔。文珠真有些迫不及待的神气，又向她毫不放松地追问。素珍才低低地说道："文珠姐姐，我和你平日像亲姐妹一般亲热，所以凭我所知道的，总不能不告诉你。否则，我对你好像有些不忠了。你不知道吗？李英龙家中本来早有妻子的呀！"

"什么？他本来早有妻子的？你这消息是从何得来的？"

这突如其来的消息，确实有些惊人，而且更有些刺心。文珠的粉脸变了颜色，露出无限失望的神情，急急地问。素珍平静了态度，一本正经地说道："这事情说起来话长，他不但已经有了妻子，而且连孩子也有两三个了呢！外边人都在说你，说你多少人不好嫁，为什么要嫁李英龙做小老婆呢？我心中也这样想，一个女子嫁人总有

144

一个目的，该当贪图他有钱，该当贪图他还没有老婆。现在李英龙这个人，不但已经有了女人，还是一个穷小子，你把清清白白的身体奉送给他，这好比鲜花插在牛粪上，那不是太可惜了吗？"

"素珍妹妹，你这话虽然有理，但我还不大明白，你如何知道他是已经有妻子儿女的人了呢？我想顾元洪追求得我很厉害，说不定是他在外面放空气，故意破坏我和英龙的感情。他可以达到目的，就恐怕是他的一种手段。"文珠对于素珍的话还有些将信将疑，所以她还暗暗地猜测着回答。

素珍笑了一笑，瞟了她一眼，低低地说道："文姐，你不相信顾元洪，难道连我说的也不相信吗？他有老婆孩子，我并不是听人家说的，我还亲眼看见过他的老婆……"

"哦，我明白了，那样说起来，你和他老婆一定有些亲戚关系了？"

"差一些，并不是亲戚关系。我的姑妈住在亚尔培路立贤坊十四号，李英龙的老婆，她的母家，也住在这个地方，而且和我姑妈住在一幢房子里面。那天我在姑妈家中游玩，恰巧她也带了孩子回娘家来。姑妈告诉我，她的丈夫叫李英龙，是跑马厅里的骑师。听说这位李太太很凶悍，对于男人管得非常严。但妻子纵然管得牢，这个李英龙时常还在外面七搭八搭地闹桃色事情，我听过也就完了，但想不到你会和李英龙恋爱起来。要如我早知道了的话，那还不向你先急急地劝阻吗？"

文珠听她说出了这一大篇的话，心中方才完全地相信了。"素珍和我无冤无仇，她自然不会故意地来离间我们的感情。那么她所说的，当然完全是事实。"她想到这里，只觉得芳心中有些隐隐作痛，两眼贮满了晶莹莹的眼泪，仰望着天花板，脸上浮现了一丝苦笑，深长地叹了一口气，若有所悟地说道："哦，我明白了，我知道了！

怪不得他和我交友到如今，从来没有向我告诉过他的家住在哪里。而且我一提起要和他结婚，他总是推三阻四地不答应，原来其中还有一个道理。唉，我失眼了！我看错人了！社会上的人心是多么险恶啊！"

"文珠，你明白了就好，幸亏他还搭些架子，现在觉悟了，到底还不算迟呀！"

素珍见她说完了这几句话，眼泪从眼角旁像蛇行般地流了下来。从她那种惨痛的表情上看来，可见她内心的失望到了哪种程度。女子的心是软弱的，素珍不由得激起了同情的悲哀，她红了眼皮向文珠轻轻地安慰。文珠还说什么好呢？因为是痛苦到了极点，她觉得胸口上像压了一块铅那么笨重的东西，要如不痛痛快快地透一口气，说不定因此会闷死的。她倒在床上，忍不住哇的一声哭了。但就在这个时候，忽然外面悄悄地又走进一个西服少年来。

二、误殴痴儿冤枉无处诉

文珠因为心中觉得太委屈，所以倒在床上，忍不住呜呜咽咽地哭泣起来。她预备哭一场，来出出她胸口这股子怨气。素珍正欲向她劝慰的当儿，忽见外面走进一个陌生男子来。这就连忙把文珠的身体摇撼了两下，连喊"有客来了，文珠姐姐，你快不要哭了"。文珠一听有客来了，只好停止了哭泣，连忙收束泪痕，坐正了身子，向房门口望去。这一看，正是应着了不瞧犹可的一句话，使她心中由悲哀而感到愤怒起来。她猛可地站起身子，向他白了一眼，娇叱道："什么？你这姓秦的小子，胆敢私闯我的闺房来了？我问你，你到底是人还是畜生？难道连这一点礼貌都没有吗？"

"鸿大小姐，真对不起！请你不要发怒，我在外面已待了许多时候，因为没有人来招呼我，忽然间，我又听到了你的哭声，怕你被什么人欺侮了，所以心中一急，也忘了礼貌，就冲进大小姐的闺房来。真是冒昧得很，还得请你原谅才好。"

原来这个少年不是别人，正是痴头怪脑的秦钟。他见文珠对自己声色俱厉地责备，不但并无一点羞怒的样子，还打躬作揖地显出十分小心的态度，向她连声地赔错。素珍在旁边瞧了这个情形，心中真是奇怪得了不得。说他们不认识吧，但文珠喊得出他姓秦，说他们是相熟的吧，文珠为什么一见面就对他这样凶恶的态度呢？这不是叫人太奇怪了吗？于是再也忍熬不住地向文珠低低地问道："文姐，他到底是谁啊？"

"我不认识这个人！他是流氓！喂，姓秦的！我关照你，你自己识相，给我快点儿走！要不然，哼哼！莫怪我手段厉害，我叫警察来抓你，说你来抢我的东西！"文珠一面回答素珍，一面把手向房门外一指，圆睁了眼睛，对秦钟严厉地下最后的警告。

但秦钟并不因此而显出慌张的神情，他还是非常镇定的态度，说道："我以为一个伟大的艺人，是不应该说谎的，我们明明在那天已经遇见过了，承蒙大小姐殷勤地招待我，而且我们还谈了许多艺术上的话，你怎么能说不认识我呢？你不认识我，你怎么知道我是姓秦的呢？可不是？大小姐，你好像在跟我开玩笑了！"

"哼！我真没想到天下有这样厚脸皮的人！你那天跟我来捣蛋，是被我赶着骂出去的，怎么还说我招待你？亏你还有这张厚脸再来见我！这不是笑话吗？"文珠听他这样自说自话的，一时又好气又好笑，便毫不客气地去讽刺他。一面别转身子，一面恨恨地坐到沙发上去，表示不愿意再见他的意思。

秦钟却仍旧若无其事的神气，说道："鸿大小姐，你的脾气也太古怪了，你知道我今天来是好意还是恶意，你也应该弄一弄清楚，为什么我还没有开一句口，你就拒人于千里之外呢？我真不懂难道我满身是长了刺，所以你一见了我，好像会把你眼睛都刺痛的样子，这就叫我太不明白了。"

"不管你是好意还是坏意，总而言之，我和你素不相识，你无缘无故老是来纠缠我，你就是专门找人麻烦的流氓！我觉得你不但满身都长了刺，而且……而且你说话都好像是一个没有灵魂的疯子！"

"大小姐，你要这么说，那你就错看人了……"

秦钟这一句无心的话，却刺痛了文珠的芳心。她觉得自己一肚子的怨气，正没处发泄，还用这些刺人心肺的话来讥笑自己，更叫自己痛愤得了不得，因此在沙发上又站起身子来，铁青了粉脸，恨声不绝地骂道：

"我看错了人与你有什么相干，要你来挖苦我，要你来讽刺我吗？你这吃饱饭没事做的奴才，你再不给我滚出去，可不要怪我向你动手了！"

"这又何苦呢？这又何苦呢？大小姐，我说完了这几句话，你认为真是不对的，再把我赶走也不迟呀！"

"不，不要！你说得再好听一点，我也不要听！"

"文姐，反正又花不了什么，你就让他说几句也不要紧。看他倒是一个很斯文的人，谅他也不敢有什么无礼的举动吧。"素珍见文珠怒气冲冲地赶上去，真的预备动手要去打人家的神气，这就把她拉住了，低低地劝告。

文珠还是那么气愤的样子，虽然停步不前，但还恨恨地逗给他一个白眼。秦钟却微微地一笑，很安闲地在沙发上坐了下来，说道："我今天到来，一方面知道你已经是陷身于一种很危险的境遇。虽然你对我的印象是那么恶劣，那天用那种无礼的态度来侮辱我堂堂七尺之躯。不过我除了当时有一点痛恨你之外，在回家的时候，我到底又忘记了。因为我是一个崇拜你的人，宁可你杀死我，我却不能不对你有一点忠心。所以我在知道你已陷身于危险的境遇之后，非来帮助你、援救你不可。而另一方面是因为有一个十分痴心的人，将要为你牺牲他的性命。在投之以桃、报之以李的情形之下，我觉得你似乎也应该有救他的必要。"

"啊！你这话可是真的吗？"文珠听他絮絮地说了一大套，表情是那么逼真，完全显出确有其事的样子，一时她的芳心倒有些不胜惊讶起来，遂一改讨厌他的神情，望着他的脸急急地追问。

秦钟的脸上一点笑容也没有，他伸手指了指天，正经地说道："我此刻可以对天发誓，如果我故意来跟你说谎，那我将来就会死无葬身之地！鸿大小姐，难道你还不相信吗？"

"那么，你就说吧。这究竟是怎么一回事呢？"

秦钟点了点头，正欲开口说话，忽然瞥见旁边还有一个姑娘坐着，于是又搓了搓手，向她望了一眼，微微地笑道："我还没有请教过这位小姐贵姓。"

"她叫郭素珍，我们团里的同事。"

"哦，郭小姐。"秦钟听文珠代为介绍，遂略微欠了身子，向她低低地招呼。

素珍弄不明白这个姓秦的到底是个怎么样的人物，不觉凝眸含颦地猜疑了一回，虽然也向他点点头，却望着文珠发怔。文珠明白她是不懂其中奥妙的缘故，于是附了她的耳朵，低低地说了一阵。素珍听了，才算明白了。不管他究竟是流氓，还是歌舞迷，但其人也未免痴得太令人可怜了。正在暗暗地发笑，却见秦钟回眸四顾，自言自语地说道："这间房子，好像比外面一间要大一点……嗳，郭小姐，你看这一间大，还是外面那一间大？"

"嗯……差不多……差不多。"郭素珍做梦也想不到他会向自己问出这两句无聊的话来，一时倒不禁为之愕然。但人家既然向自己这么搭讪，那似乎不能不理睬人家，所以有些发窘的样子，说了两句差不多。

秦钟听了，却望了她一眼，接下去笑道："差不多吗？但是，我觉得外面的空气似乎比这儿要好一点，你说是不是？"

"喂！这就是你要对我说的话吗？那似乎太可笑了。你要在这儿讨论这两间房子的大小，我们吃饱饭没有这么空闲的工夫。对不起，还是请你走吧！"

文珠见他正经的不说，却又和素珍七搭八搭起来，一时又觉得非常恼怒，遂站起身子，把手向外一指，不客气地又向他下逐客令了。秦钟红了脸，有些急起来的样子，方才老实地说道："鸿小姐，你不知道我心中的意思，我是想请郭小姐到外面一间暂时换一换新鲜的空气，那么我们便可以详细地谈一谈。"

"原来秦先生是要我到外面去坐的意思，那你为什么不明明白白地说呢？文珠姐姐，我走了，回头再见吧！"

郭素珍方才明白了，遂站起身来，预备要走的模样。文珠却将她一把拉住了，向她逗了一个眼色，表示十分不悦的神气，冷笑道："你这人似乎太没有礼貌了，你自己陌陌生生地闯进人家姑娘的闺房来，我不来赶你，你却要赶走我的好朋友。素珍，你不要走，他有什么话只管大胆地说，为什么要鬼鬼祟祟？我先第一个瞧不入眼。姓秦的，我告诉你，我自信没有什么秘密和你可谈，你有话只管说，有屁只管放！否则，对不起，还是请你早些走！"

"鸿大小姐，你不要发怒呀！这件事情的确是个秘密，要如被这位郭小姐传扬开去，那可不是一件玩儿的事。"

"文珠姐姐，我看还是让我走吧！"

"叫你不要走，你为什么偏不肯听我的话呢？姓秦的，我可以担保郭小姐不会传扬开去，你给我爽爽快快地说出来好了，否则，还是请你走比较好。因为我并不需要听你说话，所以叫你说，也无非是一种试验性质，要如你有半句说得莫名其妙的话，那么对不起，我可绝不再宽恕你的了。"

文珠见素珍还是要走，便白了她一眼，大有怨恨的样子。一面板起了脸，狠视着秦钟，大有非常讨厌的神气。秦钟两手搓了搓，觉得无可奈何，沉吟了一会儿，方才站起身子，把袋内一张报纸取出，交到文珠的手里。文珠低低地说道："哦，我道是什么秘密，原来你还是为了报纸上这段消息而来的。我觉得你这人也未免替我太关心了！这是什么人都已知道了的事，还算是什么秘密呢？我早已看过了，不用你再来跟我大惊小怪了！"

文珠被他小题大做地闷了这许多时候，到此刻才算恍然大悟，一时真觉得又好气又好笑，遂也不去接那报纸，这态度是令人感到多么难堪，换作了别人，无论如何也站不下去，但天生痴呆的秦钟，却还点点头，说道："鸿大小姐，你既然已经看见过了，那就好，我要请问你，这报纸上的消息到底对不对呢？"

"对又怎么样？不对又怎么样？我觉得你吃自己的饭，为什么要来管别人家的闲事？这些话我没有告诉你的必要。"

文珠见他那种迂腐腾腾的样子，心中益发生气起来。她回身到茶几旁，取了烟卷，一面燃火，一面连连地猛吹，表示讨厌到了极点的意思。秦钟顿了一顿，方才又说道："因为一般关怀你的人，大家都议论纷纷，莫衷一是。有的说一定是谣言，有的说也许是事实。不过，我心中想，那当然是谣言。因为你是一个有地位的艺人，而

152

且崇高可比一切伟大的人物，怎么会去看上一个马上英雄呢？这简直是太侮辱了鸿大小姐！所以我是绝对不相信，不过事情在没有明白真相之前，到底还是一个疑题。所以我觉得要解决这个问题，除非来问你鸿大小姐自己，这才能够水落石出的了。"

"我觉得你这个人真有些神经病……是事实也不用你管，是谣言也不用你来管的。"秦钟这名义捧而实际骂的话，句句刺痛了文珠的芳心，把文珠真弄得有些啼笑皆非起来，遂把香烟在地上恨恨地一丢，大有怒不可遏的样子。

秦钟叹了一口气，好像十分感伤，说道："鸿大小姐，你以为这是一件无关紧要的事情，但是我心中想起来，这件事情的关系太重大了。"

"什么重大不重大？你简直在胡说八道！"

"不，不！我一点也没有胡说八道。唉，这报纸上的消息，倘若果真是对的，那实在是太危险了！"

"有什么危险？"文珠见他黯然神伤、低首长叹的表情，一时倒也弄得狐疑起来。遂望着他又急急地问，她那颗芳心不由自主地跳个不停。

秦钟的脸上还是浮现了凄凉的神情，低低地说道："鸿大小姐，你如果真的跟李英龙这么亲密，另外有一个人真要为你牺牲性命了。我想，你假使见死不救的话，那在你的良心问题上，似乎真也有点说不过去。"

"另外一个人？这是指哪个而说的？"

"这一个人哪，说起来真也可怜，他为你可以说是费尽心机，做了不少深谋远虑。他情愿贡献他的一切，甚至他的生命，来供你驱

153

使，做你的奴隶！你假使木然无知地辜负了他这一片心，那么他只有毁灭他的前途，牺牲他的生命，让社会上多发生一件悲惨的事情。"

文珠听他说得那么认真，好像他也在替那个人而感到同情的悲哀，一时芳心倒也怦然跳动起来，微蹙了眉尖儿，低低地问道："秦先生，你说的到底是哪个人呢？快些告诉我吧！"

"啊，我真感谢你，居然也能够叫我一声秦先生了。因为我进门之后，只听你叫着姓秦的，现在我有资格可以让鸿大小姐来叫一声秦先生，那我是多么光荣呢！"

"看你这人真有点痴头怪脑的！你到底告不告诉我呢？"

秦钟满面含笑，向她深深地一鞠躬，那种欣慰的神态，瞧在文珠的眼睛里，真觉得有些有趣。但表面上她还是绷住了粉脸，好像讨厌地逗了他一瞥轻视的目光，急急地追问。秦钟方才又有些失望的样子，叹息道："天地间有这么一个痴情的人，对你这么用心，对你如此钟情，鸿小姐，你难道真的一点也不知道吗？"

"我也许有些知道，但我还不能十分肯定，你且先说出来，看和我心中猜想的那个合不合？"

文珠点了点头，她此刻的语气比较温和了，心中暗想："他说的这个人当然是顾元洪了，因为他已经对我求过两次婚，我都没有答应他。他此刻听到我和英龙已发生了密切关系的消息，怎么不会感到失恋的痛苦呢？"文珠只管呆想，但秦钟的脸上已有喜色，他扬了眉，笑嘻嘻地说道："鸿大小姐，原来你的心中也有些知道这一个为你而痴心的人吗？那好极了！我想从你嘴里说出来，一定比我说更要够味儿一点。鸿大小姐，好在这里没有什么外人，郭小姐既然是你要好的姐妹，那更不必有所顾忌了。而且……而且你也不用怕什么难为情，你说出来不要紧，你心中想的到底是什么人呢？"

"我想，你一定是代那个人来向我做说客的。莫非是来探听我口气的吗？"

"也许是的，但……也不一定。你先说出这个人来，看对不对。"

秦钟这时的心中是存了多么浓厚的希望，他全身每个细胞都觉得紧张，一颗心几乎要从口腔内跳出来。他觉得在文珠的话中可以决定自己的命运，所以他仿佛是一个罪犯在法庭上候判一样追切和惊慌，两眼呆呆地盯住了文珠的粉脸，希望她能够说出一个自己理想中的人儿来。但事实上使他感到极度失望，因为文珠很快地说道："这个人除了顾元洪，还有谁？"

"啊！什么，顾元洪？谁是顾元洪？难道……我……改了姓名吗？"

秦钟脸上的笑容很快地收起了，而且浮现了惨白的颜色。他用两手捧住了额角，自言自语地说出了这两句好笑的话，他的身子几乎摇摇欲倒。文珠并没有注意到他后面这句话，她以十分奇怪的神气，说道："你不认识他吗？顾元洪就是和你第一次同在这儿说话的那个人呀！"

"哦，你说的就是这个蠢猪一样的东西吗？啊，我的天哪！我真没有想到我已经跟你说得这么明白，你竟会木然无知地猜到这个我不愿提起的人的身上去！这……这是多么悲哀的一件事呀！"

秦钟好像是受到了一种致命打击那么悲伤，他哭丧着脸，神情是那么惨淡，身子颓然地倒向沙发上去了。文珠蹙了眉尖儿，向他追问道："我真弄你不懂，那么你说的是谁？"

155

"大小姐，这个人不是别人，实实在在地告诉你，那就是我秦钟！"

　　"说来说去，说了大半天，原来还是你？哈哈，哈哈！"文珠这才明白了，她再也忍熬不住地狂笑起来。连郭素珍在旁边听了，也忍不住掩口而笑。秦钟红了脸，用悲伤的口吻，说道："鸿大小姐，请你不要笑我，我知道你一定要说我自不量力，似乎在发疯，似乎在做梦。不错，我自己也知道，我的用情好像太盲目了一点。但我的理智已压制不住情感的爆发，我觉得你好像是我前途的一盏明灯。我没有了你，眼前完全会呈现一片黑暗，我的生命好像是没有了寄托。虽然在上次，你对我那种凶恶的态度，我也感到了一点羞辱的愤怒。但……我觉得这是你故意地来试我，看我到底有没有爱你的心。因为这是一个女子对一个爱人应该有的举动。那么我们将来结婚之后，你若对我有发怒的时候，我也必须竭力地忍耐着，任你打我骂我，我绝不敢哼一声不是，那时候你就可以明了我确实是一个最理想最温和的丈夫了。鸿小姐，你……应该知道我已经为你渴想得快要成个沙漠之中找不到一点水喝那么可怜的旅人了，假使你再不发一点慈悲心，把你手中的甘露向我身上洒一点的话，我恐怕只有死……只有死了……"

　　秦钟说到后面的时候，声音渐渐低沉，有气无力的样子。他神情颓然，两眼里有着晶莹莹的泪水，好像赖在这里，真的预备一死。文珠和素珍互相望了一眼，各人的心中并没有一点怜悯和同情的感觉，她们心中反而觉得十分有趣，忍不住会心微笑起来。文珠白了他一眼，有点被他缠得连自己也有点糊涂起来了，遂恨恨地说道："我从十五岁学习歌舞到现在，从来也没有碰到过像你这种莫名其妙的人。素珍，你瞧我在做梦，还是活见鬼？"

"这真是活见鬼！秦先生，我劝你还是好好地回去吧！就是你因崇拜文珠的艺术而爱上了她，但求爱的方式，也绝不是这么简单。"

"哦，郭小姐，真是要请你原谅我，因为我从来没有跟女人求过爱，对于鸿大小姐实在还是破题第一遭。所以我是个门外汉，并不十分知道。郭小姐既然这么说，那我要恳求你，求你可怜可怜我，究竟用哪一种方式向鸿大小姐去求爱。你若能告诉我，那你真不啻是我的救命恩人，我除了给你供个长生牌位之外，我的心中是永永远远不会忘记你的大恩了！"秦钟听素珍这么说，他好像立刻又得到了新生的希望，欢喜得从沙发上猛可地跳起来，一面向素珍深深地鞠躬，一面苦苦地恳求。

素珍被弄得愕住了，她觉得这种神经质的人，实在不容易应付，所以把身子躲避到窗口去，索性给他一个不理睬。文珠似乎对他的痴态，也有一点怜悯起来。她想到一个学校里正在求学的大学生，假使个个都为我而疯迷起来，那我还不成了一个世界上的害人精了吗？这就平静了态度，用了很正经的口吻，劝他道："秦先生，承蒙你这样地崇拜我、敬爱我，我除了愧不敢当之外，实在觉得有点儿伤心……"

"这就奇怪了，有人肯敬爱你，那还有什么可伤心？照理是应该感到十二分的欢喜和得意啊！"

"你别忙呀，我下面的话还没有说完哪！想你是个大学生……"

"不敢，不敢。鸿大小姐，好像我并没有跟你说过，你怎么知道呢？"

"是妹妹对我说的，但是……我还并不十分相信……我是只当你一个专门向人找麻烦的流氓。一个大学生，哪里会有这么空闲的工夫，抛弃了学业，来跟人家一个为着生活而无法不在舞台上唱歌的女子来捣蛋呢？”

“不，不！鸿大小姐，你不要误会，这根本不是向你捣蛋。我要对你有一丝一毫恶意的话，我没有好的结果，我一定在马路上和汽车相面孔！”

“我知道你也许没有什么恶意，同时我也姑且把你当作一个大学生看待。但……我觉得你倘若真的是一个大学生，那么你这举动似乎更荒唐、更不应当了。要知道一个求学时代的青年，最犯忌的是谈情说爱。否则，就会荒废学业。假使你因了追求我而忘记你应有用功的本分，使你将来不学无术，弄得一无成就，做了一个社会上的寄生虫，那岂不是我的罪恶吗？我再比方一下，幸亏在近期内，我还只遇到你这么一个人，万一来了十个百个像你一样痴头怪脑的人，叫我怎么应付？叫我怎么分身？所以你完全是片面的相思，这是最无聊的人才会这个样子。我觉得你是一个有作为的青年，难道你愿意承认是个无聊的废物吗？”

文珠对他说出了这一大篇的话来，在她已经是尽了九牛二虎之力了。但秦钟听了，却并不肯承认自己是个这样无聊的废物，还是一本正经地说道：“鸿大小姐，这个你倒可以放心，我绝不因追求你而荒废了自己的学业。不过人家的痴无非在表面而已，也许在上海这个社会上对于真心崇拜你的人，恐怕就只有我一个人吧！我似乎也有点奇怪，像我这么一个学士地位的人物，难道还及不上一个跑马厅里的骑师吗？鸿大小姐，我劝你还是三思而行才好！”

“这似乎用不到你来哓哓多舌！爱情是绝没有分什么尊卑的。你越是说我爱错了人，我越要去爱上他，我这人就偏有这一点古怪脾气。"文珠见劝他不醒，一时只好又用强硬的态度去对付他了。

秦钟在失望之余，似乎还想有个最后的挽回，他用了一种巧妙的论调，说道："本来，我们之间，没有一点感情可言，怎么能够谈到爱情上去呢？但是，我总觉得只要你肯恨我，那么你也会有爱我的日子。你想不理睬我，那就可以有接近我的一天。因为爱到极点，就会变成恨的。"

"照你这么说起来，我所以恨你，讨厌你，倒还是为了我爱你到极点的缘故了。哈哈，哈哈！那真叫我笑痛肚子了。算了吧，我们的谈话，就此为止，你要再跟我说下去，我就马上要晕倒了，也算我倒霉，费了这么多的精神，来和你谈此莫名其妙一无价值的话。我现在不要听了，请你给我快点儿走吧！"

文珠忍不住又哈哈地大笑了一阵，她再也忍不住地又向秦钟下逐客令了，素珍也觉得这种人太有趣了，遂望了文珠一眼，笑道："要如吃饱了饭没有什么事情做，常跟他谈着解个闷儿倒也有趣，只可惜我们没有这么空闲的工夫。"

"哼，要和他谈话来解闷儿，那我情愿去逗一只巴儿狗来解闷，还有趣得多！"

秦钟听她们这样讥讽自己，一时又觉得太受侮辱了。他几次想要把话发作出来，结果还是没有这样的勇气。就在这个当儿，忽见爱玉匆匆地从外面走进房来，见了秦钟，倒是一怔。秦钟正感到难堪，没有落场势的时候，此刻见了爱玉，便向她很恭敬地鞠了一躬，还叫了一声二小姐，聊以解去发窘的意思。

爱玉笑道："你又来了？这回当心你一双皮鞋也掼到外面去吧！"

"咳，二小姐，你别取笑！"

秦钟想起上次被文珠把呢帽当作皮球踢的情形，觉得羞惭，而且又觉得恼恨，红了脸，叹了一口气，却垂下头来。文珠见妹妹手中还拿了一只精致的盒子，遂很奇怪的样子，望了她一眼，低低地问道："妹妹，这是什么东西？"

"我也不知道是什么东西，是顾元洪叫我带来给你的。咦！素珍姐姐也在这儿吗？"

"嗯，我来了已好一会儿了。我看这好像是只首饰盒子，文珠姐姐，你倒打开来看看，到底是什么东西？"

文珠听素珍这样说，遂伸手接过那只首饰盒子，一面放在桌子上，一面把盒盖打开。因为这时黄昏将近，斜阳的光芒笼映在首饰盒内，就有阵强烈的光线，只觉得耀人眼目。三个人仔细一瞧，原来盒子内安放着一个金刚钻的项圈。因为金刚钻是名贵的珍宝，这一个钻项圈，价值何止千万？所以文珠在这个时候，也不免喜形于色地笑起来。回瞧素珍的脸蛋儿，她好像显出无限羡慕的样子，说道："文珠姐姐，这是假的还是真的？"

"你单看那耀人眼目的光芒，也可知是真的了。"

"那么这个钻项圈的价值，真不可以计算的了。文珠姐姐，这就是顾元洪送给你的吗？"

文珠点了点头，她全神贯注在那个钻项圈上面，并不说话，好像默默地在想什么心事的样子。秦钟虽然站得比较远一点，不过他的眼睛望过来，也可以见到这一圈名贵的饰物。他脸上显出了一种痛苦的神情，至少他心中感到一阵我不如他的悲哀。爱玉这时便低低地告诉道："姐姐，我到了咖啡室，碰到了顾元洪，只见他一个人

160

在那边，并没有什么报馆记者。我问他为什么记者没有到，他说更正新闻的事情，他已经代为弄好了。不过他见你没有去，心中很不快乐。我说你有些不舒服，不能起床。他笑着拆穿我，说不是真的有病，张老板在电话里已告诉了他。并且他又说张老板不肯放过英龙，非报仇不可。所以劝你千万别加入他们的阵线，还是让他们去火拼，否则，就怕连累你也受了冤枉的亏。"

"我想不到他的消息真灵通，显然张得标是他的走狗。那么你被他说穿了，你又怎么表示呢？"文珠听了妹妹的话，心中一急，两颊也不免红了起来，于是望了她一眼，又详细地追问。

爱玉有些尴尬的样子，笑道："我被他说穿了，当然很不好意思，一时叫我回答不出什么话来。好在他也并不多说什么，只把那个盒子交给我带回来，说必须姐姐自己亲手拆看。而且他仍旧等在那咖啡室内，叫你无论如何得去一次。你要如一夜不去，他就等着一夜。你若十天不去，他就等你十天。姐姐，你到底去不去见他呢？"

"唉，照这么说，世界上还有比我更蠢更痴的人吗？"秦钟站在旁边，听爱玉这样说，他以十分感叹的口吻，插着嘴低低地说。

三人都望了他一眼，却并不理睬他。文珠踌躇了一会儿，蹙眉说道："他一定要我自己去一次，不知其中还有什么缘故吗？"

"有什么缘故呢？无非要博得你的欢心罢了。"

"我看文珠好歹还是去一趟吧！别的不说，单看在这个钻项圈的面上，也就马马虎虎地去应酬他一次算了。"

郭素珍在旁边听爱玉这样说，便向文珠低低地怂恿。显然，这钻项圈把旁边素珍的芳心已经先打动了。文珠究竟也是个平庸的歌

161

舞女子，她认为素珍这话很有道理，遂点头答应。但她拉拉素珍，笑道："那么，你陪我一同去一次好不好？"

"并不是我说不好，因为我跟你去了，顾先生心中想来，就觉得太没有意思。"

"管他有意思没意思，反正是我拉你一同去，他敢说一句讨厌你吗？况且我们平日老是演戏给人家看，今天我们不妨尽量地看别人家的戏。刚才那个神经病的戏，你不是已经看得很够味儿了吗？来，来，我们一块儿去吧！"

文珠一面说，一面披上了大衣，一面还向秦钟逗了一瞥神秘的媚眼，一面笑嘻嘻地拉着素珍向房门外走了。在走到房门口的时候，她向爱玉招招手，附了她的耳朵，低低地说了两句，方才和素珍真的匆匆地走了。

秦钟眼望着她们消失了人影，不禁摇了摇头。他觉得有阵莫名的悲哀，叹了一声，自言自语地说道："我用了这样诚恳的情意来对她说话，她却把我当作神经病，她却当我在演戏，这……从哪儿说起的呢？唉！人海茫茫，知音何觅？"

"对了，秦先生，你要把我姐姐当作知音，但我姐姐却不把你当作知音，那也是枉然的呀！我心里就代你这么想，你要如把这一份精神和工夫，用到你的书本上去，那是多么好呢！"爱玉见他痴然的神情，心中很觉得好笑，遂又向他好言劝告。

秦钟回眸望了爱玉一眼，不免绯红了脸，至少有些羞愧的神色，说道："二小姐，但是你不知道，一个青年人，对于书本固然要用功，但对于正当的恋爱，那似乎也省不了。所以我觉得我崇拜你姐姐，这也算不得是我的荒唐。"

"嗯，你的高见不错，但是此刻我姐姐已经出去了，你似乎也可以走了！"爱玉见他痴成这个样子，未免近乎愚笨，所以很生气地冷笑了一声，那神态显得特别冷淡。

秦钟也看得出她讨厌自己，遂把脚步向门口移了几步，说道："我当然要走的！不过我今天来的意思，是有许多的话要跟你姐姐说一说，但是她竟被钻项圈吸引，终于丢下我走了。唉！世界上什么叫爱，什么叫情？那只有天知道了。"

"你既然已经想明白了，那就好了，我劝你还是别再来麻烦我的姐姐吧！常言道，悬崖勒马，回头是岸。这样固然不用再使姐姐生气，对你自己的前途，我以为也可以乐观得多一点。"

"不过我相信你姐姐也许并不是这么一个爱好虚荣的人，在我眼里，她是一个现代女性。她一定不会被金钱所买到的！"

"是的，就是因为我姐姐是个新时代的女子，所以她对于你这种迂腐腾腾的样子，那些'之乎者也'的言语，她感到有些头痛。"

秦钟听她这样说，遂把身子又从房门口回了过来，似乎若有所悟的神气，把手拍拍自己的额头，叫了一声是了，便笑起来说道："照你这么说，也许我对她说的话，意义太高深一点了吗？"

"那倒也不见怎么高深，不过叫她听起来，有点不大顺耳罢了！"

"我想，我对她说得那么透彻，她怎么会不懂呢？"

"姐姐懂是很懂的，虽然你绕上一百个弯，套上一百个圈子，归根结底的一句话，就是你要爱她。我说得对不对？"爱玉秋波斜乜了他一眼，忍不住笑起来问。

秦钟想不到她竟说到自己的心眼儿里去，这就无限惊喜地把手一拍，说了一声对，笑道："连你旁边的人都明白我心中的意思了，那你姐姐怎么会不知道呢?"

"不过,你纵然是一百二十分地爱她,她却二百四十分地不爱你,那么你费尽心机,这些文章不是白做吗?唉!我瞧你,真是一个大傻瓜!"

秦钟在听到了这两句话的时候,心中的惊喜慢慢地消失了,立刻浮上了一层惨淡的神色,垂头丧气地叹了一声,颤抖地说道:"我爱她,她不爱我,看这情形……确实是这个样子。唉!那我真是太不幸、太伤心了!"

"其实,我觉得你这种伤心,原是多余的事。"

"为什么?假使是一个有灵感的人,我想谁也不能不感到伤心吧!"秦钟还表示有很充分的理由,两眼呆滞地凝望着爱玉的粉脸,低低地回答。

爱玉却淡淡地一笑,用了俏皮的口吻,说道:"不过在我想来,假使是个真正有灵性的人,他就一点也不用伤心。"

"什么?你这话怎么解释?难道你说我没有灵性吗?"

"当然啰!因为你和我姐姐的关系,充其量,也不过是舞台下的观众和舞台上的演员罢了。想爱姐姐的人,何止你一个人?假使姐姐心肠软,要可怜你们而个个答应你们的爱的话,她还要去拜孙悟空做师父,那么才能拔一根毛,化一个身子来应付你们呢!"

爱玉这几句话,秦钟听了,略有所悟,遂点了点头,呆呆地沉思了一会儿。但他总不能忘掉失望的难过,黯然神伤地说道:"话虽这么说,不过我没有碰见你姐姐倒也罢了,已经见过了面,谈过了话,但还是得不到一点愿望,我觉得这未免叫人心中感到一重创伤。这创伤在心眼儿上深深地刻画着,叫我这一生一世也不能够忘记!"

"我以为这创伤也极容易医治得好的，假使你肯听我的话，我倒有一个好方法，保险使你可以一点也不会难过了。"

秦钟感到神秘起来，惊奇地望了她一眼，只见爱玉抿着嘴在咪咪地笑，那种意态似乎比文珠要可爱得多。他的心不禁怦然一动，遂向她弯了弯腰，说道："二小姐，是个什么好方法？我倒愿意向你请教请教。假使你真有方法医治好我的创伤，那就叫我生生世世也忘不了你的大恩了！"

"这方法很简单，你最好回家去大哭三天，表示对于这件事情完全绝望。以后也不上戏院去看文珠的戏，更不必到这儿来讨没趣。只当世界上没有鸿文珠，也没有你这个秦钟。你能够这样彻底地想，一切不都平静了吗？"爱玉忍住了笑，向他一本正经地劝解说。

秦钟呆呆地站着，两眼望着窗外的天空，漫无边际地、自言自语地说道："没有鸿文珠，也没有秦钟……大家都没有，没有就譬如死了，死了就一切的知觉都完了。对！对！对极了！这比方实在太好了。二小姐，你真是一个见识卓绝的女子，除了佩服你之外，我实在太感激你了。"

"可不是？你既然也想明白了，那么你还是好好地回去吧！"

"不过，我就有些奇怪！"

"你还奇怪什么呢？"

"我奇怪你的思想和你姐姐好像完全不同，不知道你们是不是亲姐妹？"

"是的。"

"那么是一个娘肚子里生下来的吗？"

"当然，你问得这么详细干吗？"

"我的意思，是说你想得这么明白，但你姐姐为什么偏又这样糊涂？"

"这又有什么稀奇？常言道，一母生九子，连娘十条心。比方说，你和你爸爸的思想也许也有不同的地方，何况是我跟姐姐呢？"爱玉以毫不介意的神气，爽直地回答。

秦钟真佩服得有些五体投地的样子，伸了一个大拇指，向她举了举，说道："二小姐，你说话真是句句有道理，我早知道你有这么好的思想，我也绝不会向你姐姐这么盲目地崇拜了。"

"你现在有些懊悔了？"

"是的，我不但懊悔，而且我……要如早明白在人生的艺术上还是你二小姐高深的话，我该把崇拜你姐姐的心来崇拜你了！"

爱玉见他两眼脉脉含情地向自己凝望，在他这后面两句话中显然还有一种深刻的作用，这就忍不住哧哧一笑，斜乜了他一眼，讽刺他说道："敢是你的目标慢慢地要转移到我的身上来吗？"

"也许是这样，但也难说，因为我再也不敢过分地盲目了。"

秦钟一本正经地回答，他的脸上似乎有些发烧。爱玉逗给他一个娇嗔，但到底也有一点难为情起来了，垂下了粉脸，倚在桌子旁，两眼望着自己的脚尖在地上画着圈子，默默地出了一回子神。一会儿，才抬头望了他一眼，俏皮地说道："秦先生，你还预备在这儿吃了晚饭走吗？"

"要如二小姐很有诚意地留我，那我当然是恭敬不如从命了。"

"哈哈，哈哈！我是讽刺你的意思，你怎么倒当真以为要留你吃饭？我真奇怪，难道你会一点都不懂的？真枉你是一个大学里念书的人。"爱玉听他还老实地这么说，觉得世界上的人只怕老面皮的这句话真是一点也不错了，这就哈哈地笑了一阵，向他告诉自己是在说反话的意思。

秦钟听了，不免面红耳赤地怔了一怔，然后只好笑嘻嘻地说道："我真没想到二小姐还会来上几句反话，我是老实人，我哪里知道呢？照这么说来，二小姐也在讨厌我，是不是叫我可以回去了？"

"现在你知道了，那很好，我就在这里送客了！"

秦钟听爱玉这样说，觉得没有办法再在这里多待下去了，于是走上一步，伸手大有和爱玉握别的意思。但爱玉两眼向他眨了一眨，不但没有把手举起来，还把身子向后倒退了一步。秦钟只好把伸出来的手，立刻抬到头上去抓了一抓，很难堪地说了一声再会，便一转身匆匆地向外面奔出去了。爱玉忍不住暗暗好笑，正在为这种不上进的青年感叹的当儿，忽然听得外面一阵喧嚷，好像是在大声地喝骂，接着又是一阵砰砰砰殴打的声音。爱玉大吃一惊，立刻出去，只见四五个身穿短衣袄裤的流氓，把秦钟正结结实实地痛打。爱玉两手蒙掩着眼睛，这就喝叫起救命来了。

三、因怜生爱病榻话缠绵

这在爱玉当然是做梦也想不到的事情，忽然间会跑来四五个流氓，不问三七二十一地把秦钟就这么痛打起来。虽然自己对秦钟也没有什么好感，不过这是在自己的家里，万一弄出什么人命案子来，那么自己就难免要连累在内了。在这样的考虑之下，爱玉就情不自禁地大叫起救命来了。就在她喊救命的当儿，只见外面又匆匆地奔进一个人来，不是别人，正是张得标。他见四五个流氓打的不是李英龙，却是一个不相识的男子，心中明白发生了误会，这就连连地摇手，叫道："打错了！打错了！不是他，不是他！"

"啊呀！打错了吗？众弟兄，快住手，快住手！"四五个流氓一听得标这样说，其中一个生得满面横肉的大汉一面放了秦钟，一面向其余的急急关照。但是已经来不及了，秦钟这一顿莫名其妙的挨打，已经把他衬衫拉破，领带扯断，头发散乱，满额上还有鲜红的血渍。他神志不清地倒在地上，连动也不会动一动了。爱玉见了得标，才知道是他受了英龙的亏后，心有不甘，所以来报仇的。不过口里还是很生气的样子，急急地问道："张老板，你这是算怎么的一回事？无缘无故地把人家这么一顿打，难道你不怕犯法吗？"

"二小姐，我原是找李英龙这小子来的。他妈的！我今天不要他的命，我也不姓张了。来，跟我到里面去找他！"

张得标怒气冲冲的样子，似乎被打错的人也是该打的，没有一

168

句赔罪的话，还迫不及待的神气，把手向四五个流氓一招，大家便冲进卧房去了。爱玉因为卧房里没有人，所以也不去阻挡他们，自管把秦钟扶起来。这时梅真也从厨下急急地奔出，一看这个情形，连问怎么啦，爱玉忙和梅真把他扶到沙发上坐下。就在这时，张得标领了四五个流氓又从卧房里匆匆地走出来，他还是十分懊恼的神情，向爱玉问道："他妈的！李英龙这小子到什么地方去了？"

"早走了。张老板，你要向他报仇，也不该迟到这个时候才到来呀！"

"你姐姐呢？他们一块儿走的吗？"

"不，姐姐是顾元洪把她请去的。"

"好！便宜了这小子！来，我们到跑马厅里再找他，不怕他逃跑到天上去！"张得标听文珠被顾元洪请去了，这才感到放心一点，不过自己派人错打了别人家，似乎没有了落场势，所以故意愤愤地一面说，一面向众流氓一招手，又向门外匆匆地奔去了。

爱玉在这个时候，再也忍熬不住了，遂抢步上前，把他狠命地拉住了，娇叱道："张老板，你闯下了祸，就预备这么一走完事了吗？"

"二小姐，你为什么多管闲账呢？这又不是我有心叫人打他的，原是他们发生了误会，把他当作李英龙这小贼种了。"

"那么照你说来，他是该打的对不对？告诉你，他是我的朋友，我当然不能不管一点闲事。你要这样一句闲话没有地一走了事，天下没有这么容易的事情。梅真，你快给我去找个警察来，大家到局子里去评评道理。"张得标的胸襟被爱玉一把抓着，她满面愤怒的样子，回头又向梅真这么吩咐着。

张得标方才有些急起来，一面拦阻了梅真不要走，一面赔了笑脸，向爱玉低低地说道："二小姐，我并不知道这位是你的朋友呀！

169

真对不起，这是我错了。但现在事情已到这般地步，别的也没有什么办法，还是劳你的驾，快点儿陪这位先生到医院里去诊治，一切医药费都归我负责。等你这位朋友伤势好了，我再向他道歉赔罪，那总好了。"

"好！只要你有这两句话，我就马马虎虎地饶了你！回头我再打电话给你。"

"好的，好的，一切拜托你了，我此刻还得找李英龙去算账，回头见。"张得标连声地答应，因为爱玉已放了自己的胸襟，这才说了一声回头见，便一溜烟地向外面直奔出去了。

爱玉方才走到沙发旁，只见秦钟悲惨的样子，一时感到有些同情。她蹙了眉尖儿，秋波逗了他一瞥怜悯的目光，低低地说道："瞧你这是何苦来，平白无故地让他们来一顿打。梅真，你快去叫车子，我送他上医院里去吧！"

"二小姐，我被他们这一顿打，才把我糊涂的头脑打得清楚过来了。唉！这是我自作其孽，才受到这样的冤枉。"

梅真答应一声，便匆匆地出外去叫车子。这里秦钟在浑身感到疼痛之下，才有些忏悔自己荒唐的行为，觉得今日的一再受辱，那真是罪有应得，心中一阵悲酸，眼泪扑簌簌地滚下来了。爱玉见他伤心落泪，一时也代为难过，遂埋怨他道："秦先生，你也真是一个傻子。他们打你的时候，你难道不可以向他们声明的吗？"

"唉，二小姐，他们不管三七二十一，见了我，一哄上前，就是七荤八素一阵子乱打，叫我如何还来得及声辩呢？哎哟，哎哟！我要如被他们打死了，这也是我崇拜女艺人的下场了……"秦钟一面叹气回答，一面偶然触痛了伤处，忍不住又哎哟哎哟地叫起痛来了。

爱玉想要给他抚摸，却无从下手。正在这时，梅真已把车子叫来，爱玉遂把秦钟扶起，走到外面，跳上三轮车。又吩咐梅真好生看守在家，遂陪伴秦钟到附近的广仁医院里去了。到了医院，经医生诊视，幸亏没有伤及要害，遂贴了伤膏药，又注射了两针，问是否要住院休养，爱玉劝他还是在医院里睡两天，反正一切费用，可以叫张得标来负责付清的。秦钟在糊里糊涂的情形之下，对那种殷勤服侍的情形，心里真有说不出的感激，遂低低地说道："二小姐，这回你给我这样出力，真叫我心中不知怎么样报答你才好呢？"

"秦先生，别说什么报答的话，因为你无缘无故地被人殴打，我觉得有些不平，所以我非给你说一句公正的话不可。假使世界上强权都可以成为公理的话，那么这一般弱者也未免太可怜了。"

"二小姐，你真有伟大的思想、博爱的精神。我在今日方才明白你是一个不平凡的女性、令人敬爱的姑娘！啊，我总算是找到了一盏明灯，我总算是觅见了生命之火了！"秦钟听她这样说，他的情感在过分冲动之下，忍不住伸过手去，把爱玉的纤手紧紧地握住了。

爱玉想要挣脱，却动弹不得，这就红了粉脸，秋波逗给他一个娇嗔，说道："秦先生，你为什么老是喜欢闹这一套花样？你以为这些话是可以博得任何一个女子的欢心，那你就太不够资格谈恋爱了！"

"二小姐，我说的并不是一点虚伪的话，我对你的赞颂完全是从心眼儿里出来的。二小姐，我很想跟你交一个朋友，你是否肯答应我的要求呢？"

"我以为交朋友是一件普通的事情，你何必一定要亲口请求呢？所以被你认乎其真地这么一来，那叫我反而不敢贸然地答应了。"爱玉在他不防备的时候，方才把手挣扎着缩了回来，一面用了俏皮的口吻，向他低低地回答。

秦钟见她粉脸上似乎还含了一丝微微的笑容，从她这一丝笑容中猜想，也许她对自己有些开玩笑的性质。遂转了转眸珠，忽然想着了什么似的，得意地笑道："不过，我记得了，二小姐已经承认过我是你的朋友了。刚才你和姓张的不是这么说吗？否则，那姓张的恐怕还不肯负责那一笔医药费呢。所以我的一切还完全是沾你的光，靠你的福气。二小姐，你说是不是？"

"你不用太得意忘形了，时候不早，我该回去了。"

"什么？二小姐，你要丢下我一个人走了吗？那么姓张的不来付医药费，难道叫我自己来吃赔账吗？不行，不行，二小姐，你千万是走不得的！"秦钟听她说要走了，一时便急了起来，涨红了脸，几乎要哭出来的样子。

爱玉倒忍不住感到好笑，瞅了他一眼，说道："我瞧你这人的胆子也太小了。我走了，当然会给你到会计处去先付一点钱的，至于这个张得标，他就是姐姐团里的团主人，难道还怕他逃到什么地方去不成？你何必害怕呢？我劝你还是好好地休养着吧！明天早晨，我会来望你的。"

"嗳！嗳！嗳！二小姐，你慢些走！"秦钟见爱玉说完了这两句话之后，便又要向门外走了，忽然又想到了什么似的，连忙急急地把她叫住了。

爱玉见他似乎有什么要紧的事情，遂回过身子，问道："你还有什么话说吗？"

"有，有，我要拜托你一件事情。"

"是件什么事情呀？"

"你给我打个电话到家里去，说我……今夜不回家了……嗳！要如问起我住在哪儿呢，这倒是一个问题，难道老实地把这些话告诉给爸妈知道吗？这个……似乎不妥当，不妥当……"

爱玉听他说到后面有些自说自话的样子，显然有些难以委决。一时芳心中不免暗想，他家中除了爸妈之外，不知还有些什么人呢？

这就又向床边走了两步，望着他问道："秦先生，你府上住在哪儿？一共有多少人呢？我的意思，你怕不方便给爸妈知道的话，那么你还是明天就回家中去，今天不打电话去也行哪！"

"我家住在金陵路顺德里六号，除了爸妈之外，还有一个妹妹、一个弟弟，别的也没有什么人了。我今天不打电话去通知，这里也有一点困难。因为我在外面是向来不过夜的，况且今天又是星期六，我若不回家去，爸妈还以为我同了三朋四友在外面荒唐，那可不是冤枉我了吗？"

"真金不怕火，怕火不真金，你又何必担这些虚心呢？其实你在外面追求人家女子，因此挨了这一顿痛打，不也是因为荒唐吗？我假使是你妈的话，那我心中一定要非常生气！"

爱玉无意地说了这两句话，但仔细一想，这可不大对，自己不是明明地在占他便宜吗？这就微红了娇靥，连自己也忍不住嫣然笑了。秦钟此刻也觉得这么痴头怪脑的行为，太可耻了点，所以有些羞愧的颜色，垂了头，默不作答。爱玉方又问道："秦先生，你怎么啦？到底预备打不打电话呢？"

"打，打！打是一定要打一个去的，号码是二四五六八，不过你……最好给我说一个谎，不要告诉我是因为在你家中追求你姐姐所以才被人家误会挨打的。二小姐，行不行？"

"那可不行。我从来没有对人家说过谎话，我今天怎么能破例呢？"爱玉摇了摇头，表示不肯实行的意思。

秦钟搓了搓手，好像有些为难的样子，沉吟了一会儿，自言自语地道："二小姐不肯给我帮忙帮到底，那就叫我没有办法了，只好不打了吧！"

"其实，你又不是一个三岁的小孩子，一夜不回家，你爸妈总不见得马上就去报捕房找寻你的。"

"话虽这么说，但爸妈少不得要担一夜的心，这岂不是我做儿子的罪恶？"

"哎哟！你此刻怎么忽然又孝顺起来了？早知道要孝顺你的父母，你就不该盲目地去追求人家姑娘了。"

"二小姐，你的教训很有道理，现在我明白了。但是我恳求你，你就可怜可怜我，为了我暂时就说一句谎吧，反正这谎话原是你给我代理说一句而已。"

爱玉听他这样苦苦地哀求，心里虽然有些软了下来，但她表面上还连连摇头，表示不许可的意思。她的身子，又向病房外走了。秦钟急道："二小姐，你真丢下我走了吗？"

"不走干吗？难道我在这里陪你一夜不成？告诉你，胆子不要太小，明天早晨我来看你，再见吧！"

爱玉秋波斜瞟了他一眼，遂匆匆地走出了病房。她先到会计处付了一点钱，然后走到电话间，拿了电话听筒，一面拨着秦钟刚才告诉的号码，一面暗暗地盘算了一回。一会儿，对面有人接听了，而且是一个女子的声音，问道："喂，找谁？"

"是秦公馆吗？我是广仁医院。"

"是的，你们医院里有什么事儿吗？"

"你们公馆里有个秦钟先生被汽车撞了，此刻睡在这里头等四号病房。"

"哦，哦！伤得怎么样？有没有生命危险？"

"还好，还好，没有什么生命危险，不过秦先生在医院要住几天，一时不能出院，所以特地来通知你们的。"

"谢谢你，谢谢你，你是谁？贵姓呀？"

"我是医院里的看护，姓王……"爱玉就这么胡乱地回答了一句，把听筒搁上，方才匆匆地坐车回家去了。

秦公馆里接听电话的这个女子，原来就是秦钟的妹妹秦爱娟。当时她得到了这个消息，芳心里焦急和惊慌，真不免像小鹿般地乱撞起来。因为此刻家里只有她一个人，爸爸有朋友请客吃夜饭，妈到亲戚家中去了，大家都不在家。爱娟没有办法，遂向仆妇张妈关照了一声，她自己一个人先急急地坐车到广仁医院里来了。因为已经知道哥哥睡在头等四号病房里，所以也不用问询，直接找到了头等病房，在四号房的门口，轻轻地推了进去。只见哥哥静悄悄地躺在病床上，两眼望着白漆的天花板，好像呆呆地在想什么心事的样子，这就急急地叫道："哥哥，哥哥，你……怎么会被汽车撞倒的呀？你……你……撞伤了哪儿没有？"

　　"啊，妹妹，你……怎么知道我在这里的呀？"秦钟想不到妹妹会到医院里来，一时惊喜得目瞪口呆，于是也情不自禁急急地反问。

　　爱娟此刻早已伏在病榻的旁边，伸手捧着他包裹了纱布的额角，又疼痛又难过的神气。因为秦钟反问得奇怪，所以爱娟有些猜疑地望着他，说道："咦！不是你自己叫医院里看护小姐打电话来通知我的吗？因为爸爸和妈都没有在家，所以我一个人急急地先来望你了。哥哥，不是妹妹我埋怨你，你又不是小孩子，况且从小在上海长大，难道在马路上还会被汽车相撞吗？除非你一个人在马路上想什么心事了。唉！头部撞伤了吗？医生说，不知要紧不要紧呢？"爱娟絮絮地说了一大套，说到后面，忍不住深深地叹了一口气，大有盈盈泪下的样子。

　　秦钟在她说话的时候，自不免暗暗地想了一会儿：她说看护小姐打电话去通知她的，这事情就透着些奇怪，我根本没有跟看护小姐说过。那么这不用说，当然是鸿二小姐冒充看护小姐去代我通知的，而且她果然给我圆了一个谎。刚才她虽然是拒绝了我，但暗地里却给我办成了这件事情，可知她是一个多么有情义的小姐呢！秦钟在这样一想之下，满心眼儿里只觉得甜蜜无比，哪里还感到一点痛苦呢？所以便抚摸着妹妹的手，将错就错地点了点头，说道："妹妹，我是受了一点皮外伤，原没有什么要紧的，你不要伤心呀！说起来上海的汽车实在太浑蛋了，有汽车的人，好像轧死人不用抵命的样子，横冲直撞，实在是太可恶了。幸亏上天有眼睛，没有伤及要害，否则，我再也没有和妹妹见面的日子了。"

"哥哥，那么你是谁送到医院里来的呢？坐车的人难道一句话都没有吗？这实在是太气人了！"爱娟被哥哥这样一说，倒不免真的伤心起来，粉脸上沾了一点晶莹莹的泪水。但是她还鼓着小嘴，十分生气的样子。

秦钟听她这样问，因为这些不是事实，所以回答的话倒不难露出马脚来。因此沉吟了一会儿，方才低低地说道："幸亏坐汽车的是一位小姐，她倒很讲道理，当即把我送到医院，而且她还承认负担这笔医药费用。我见她这就认错了，于是也只好认一半晦气，把事情不再扩展了。否则，我一定要报告警局，绝不轻易地饶放她哩！"

"原来还是一位小姐，不知她姓什么的？"

"姓鸿的，是江鸟鸿。"

"她人呢，不知道她说的会不会赖掉的？"

"这是不会的，而且她还给我留了地址，并且在这里会计处先付了一点钱，她说明天早晨再来望我。"

秦钟在将错就错的情形之下，只好索性编了一大串的谎话。爱娟听了，伸手拭了拭眼皮，秋波逗了他一瞥神秘的媚眼，倒不得由破涕微笑起来，说道："这位鸿小姐府上在什么地方？不知道人品如何吗？"

"在白雪公寓十八号，人品还算不错。"

"嗯，我想她对你也许很有一点意思吧！"

"哪里哪里？妹妹，你怎么反而跟我开起玩笑来了？"爱娟一面说，一面抿着嘴哧哧地笑。秦钟虽然被妹妹说到心眼儿里去了，但他表面上还竭力装作一本正经的样子，急急地辩白。兄妹两人谈了一会儿，天色完全黑了下来。看护小姐端着饭菜进房，秦钟问妹妹要不要在这里一同吃点儿，爱娟说道："我服侍哥哥吃完了饭，也得回家去了。"

"不错，你要安慰爸妈，叫他们不必为我担心的，今天晚上不必来看望我的，你们明天来望我好了。其实我没有什么重伤，也许我明天马上要出院的。"

"明天是星期日，反正我们不上学校里去，我和弟弟一同来陪你一整天吧。"爱娟点了点头，一面回答，一面拿了饭碗和筷子，服侍他吃饭，待秦钟吃完这一餐晚饭，方才告别回家里去了。

一宵无话，到了第二天早晨，太阳刚从地平线升起，秦钟便醒了过来。看护来给他洗脸漱口，照料他用过了早点。时钟敲了七点，秦钟倚在床栏旁，正望着窗前暖和和的阳光出神，忽然病房门开了，走进一个姑娘来，手里还捧了一束鲜花，笑盈盈地叫了一声秦先生，你早。秦钟回头去望，似乎有些想不到，鸿二小姐这样早居然又来望自己了。这就未免受宠若惊地呀了一声，满面堆笑的神情，说道："鸿二小姐，你真是一个言而有信的姑娘，还这么早地来望我，真叫我太感激了。吃了早点没有？快请坐吧！"

"吃过了，吃过了，你别客气吧！今天觉得怎么样？好些了没有？"

"好得多了。二小姐，还叫你送鲜花给我，那叫我心中什么痛苦都没有了。"

"真的吗？那么我这一束鲜花倒比医药还要有效力呢！"

爱玉一面含笑说，一面把鲜花插到花瓶里去。秦钟待她在床边的凳子上坐下之后，便望了她一眼，微微地笑起来。爱玉问道："你笑什么？"

"我笑你既然帮助了我，为什么又要捉弄我呢？"

"我捉弄你什么呀？"

"你不是冒充了看护小姐打电话到我家里去过吗？而且说我是在马路上被汽车撞伤的。当时我被妹妹真问得有些莫明其妙，要不是想得快，我险些露了马脚呢！二小姐，那你还不是在捉弄我吗？"

爱玉听他这样说，方才忍不住哧的一声笑起来了。遂斜乜了他一眼，说道："原来那接听电话的是你妹妹吗？秦先生，你说这些话太没有良心了。昨天你向我苦苦地哀求，不是要我这么向你家中说一个谎吗？怎么此刻却又怨我捉弄了你呢？"

"你帮我说了谎，我当然是非常感激你。不过你事先也应该和我接一下头呀！因为我冷不防地见妹妹到来，已经是十分奇怪，又听她问我为什么被汽车撞，一时之间，真叫我无话可答了。若不是我机灵，想到了是你去通知的，那就真糟糕得很了。"

秦钟的表情，在感激之中又包含了埋怨的成分，他觉得昨天的事情真有些危险。爱玉听了，也觉得自己未免有些鲁莽，表示很抱歉的样子，笑道："当初我没有想到这许多，对于这一点，确实是我不好。那么你听了妹妹这么问，你又怎么回答她呢？"

"我回答的，当然是将错就错，只好添油加酱地更造了不少的谎话。"

"嗯，你说些什么谎话呢？"

"二小姐，你不问我，我也得详详细细地告诉你。因为这和你是大有关系的，倘然又不通气，等会儿见妹妹来了，问起了你，恐怕你也会丈二和尚摸不着头脑呢！"秦钟笑嘻嘻地回答，他的脸上浮现了神秘的色彩。

爱玉用猜疑的目光，向他怔怔地瞅住，认真地问道："你到底圆了什么谎话？快些告诉我吧！"

"我说因为穿马路不小心被汽车撞了。妹妹很生气地说，坐汽车的人太浑蛋了，难道一句话都没有吗？我说坐汽车的是位姓鸿的小姐，她很懂道理，还亲自送我到医院，并且负担我的医药费。妹妹听了，气才平了。她也真有趣，问姓鸿的小姐生得漂亮不漂亮，又说……又说……"

"好了，好了，以下的话，你可以不用说了，我也许已经有些知道了。"

爱玉不等他再说下去，便红了粉脸，向他阻止道，心却跳跃得很厉害。她的表情是包含了羞涩的成分，秦钟忍不住惊奇地问道："这就怪了，我还没有说出来，你怎么说已经知道了呢？"

"这算不了奇怪，我心里猜想猜想，总也该有些知道的。秦先生，我昨天跟你分别后，我就去找张得标了。张得标倒很干脆，不待我开口，就送过来十万元钱，说是给你做医药费的。"

"这都是你的力量，所以我心里非常感激你。嗳，二小姐，我问你，这姓张的昨天不是来打李英龙的吗？他和李英龙有什么怨仇呢？"

"我劝你这些闲账还是不要管了，自己静静地休养身体要紧。"

秦钟碰了一个钉子，眨了眨眼睛，倒是怔怔地愕住了一回。爱玉在皮包内取出十万块钱来，交给秦钟，说道："这些医药费我交给你，照这儿每天房金的价格，也有七八天可以住。好在你家里已经知道了，他们当然会来照顾你的。我似乎也不必再等你家里人到来了。秦先生，再会吧！"

"不。二小姐，你慢着，我还有许许多多的话要跟你说哩！"秦钟见爱玉就这样匆匆地要走了，一时不免急得了不得，遂连忙伸手把她拉住了，很慌张地说。

爱玉见他那种可怜的样子，一颗芳心，也有些软了下来，遂斜瞟了他一眼，微笑道："你还有什么话要跟我说呢？昨天我走的时候，你拉住我，是怕医药费没有人来付清。但今天我已经给你弄好了钱，难道你还有什么不放心的吗？"

"二小姐，我今天就要出院的，根本就不需要这许多医药费，所以你只要给我付清了账，其余款子，我是不要的，难道我还想赚这一笔钱吗？"

"你何必着急地要出院呢？其实你可以把余下的款子买些补品吃，你不赚这笔钱，难道我倒要赚这笔钱吗？难道你要去还给姓张的吗，这岂不是太便宜了他。"

"还给这小子，那我当然不愿意。二小姐，我看这样吧，你把填去的款子先扣下来，除了应付的账单之外，余数捐给助学金好不好？"

"嗯，你这办法好极了，既然这样子，我填进的款子也不要了，算我也尽了一点普及教育的义务吧！"

"二小姐，你有这样好的思想，我真是一百二十分地敬佩，那么我愈加要在今天出院了。二小姐，你此刻快到会计处去结一结账吧！"

爱玉听秦钟这样说，心里十分欢喜，遂匆匆地到会计处去了。不多一会儿，爱玉又匆匆地回到病房来说道："今天上午十二时之前出院，只算一天住院费，连医药费在内，一共一万两千五百元。我昨天付了一万元，还多着九万七千五百元。我想我再补上二千五百元，凑成十万元，送到申报馆去，那么便有了一个整数。"

"这二千五百元钱我会补足的，哪里再要二小姐拿出来呢？这件事情，你去办理还是我去办理呢？"

"当然你去办理，因为这是你省下来的医药费。"

"不是这样说，这种人的钱是不容易叫他拿出来的，若不是全靠二小姐的力量，他还不是死人都不管地一走了事吗？所以名字应该写你的。"

"不必，不必！我并不求名，何必要写我的名字呢？还是写你的好。"

"那么这样吧，大家不写名字，就用无名氏的名义好不好？"

"也好，反正我们是为了求普及教育一点热心，希望中国的儿童，能够多一个得到良好的教育罢了。"

"不错，不错，我去捐助了后，明天把收条拿来给你看吧。"

"谁要看？我倒相信你的。"

"但是，这个年头，'舞弊'两个字大出风头了。不论政界商界，甚至最清高的学界，舞弊案件也是层出不穷，言之令人心痛。推其原因，总而言之，是因中国教育的水准太低，人民知识太浅薄，以致弄得不顾廉耻，什么不要脸的行为都干得出来了。唉！"

"唉！"

爱玉见他说完了话，深深地叹了一口气。因为他说的在现代社会上可说针针见血，所以非常有感触，一时也长叹了一声。两人在这一声叹气中，这件事情算结束了。但爱玉想到了什么似的，忽然望着他又神秘地一笑。秦钟有点莫名奇妙，怔住了，呆呆地问道："二小姐，你笑什么？"

"我笑一般人民的知识确实太浅薄了，一个大学生尚且如此，何况是别的人呢？"爱玉淡漠地回答，她说得特别俏皮。

秦钟听了，觉得有些刺心，脸颊就忍不住微微红起来，很不好意思地说道："二小姐，你不要放着和尚骂贼秃，过去也许是我太荒唐了，从今以后，我一定要好好地做一个人。但是，我还希望二小姐随时能够教训我、指导我，使我步上一条光明的大道！"

"啊呀！秦先生，你这样说得我太不好意思了。你是一个大学生，我怎么能够有资格来教训你指导你呢？况且我的理解力一向是差得很多的呀！"

秦钟听到了她末一句话，这就愈加弄得面红耳赤起来。他把手连连地摇了两摇，实在羞得有些见不了人的样子，笑道："二小姐，过去的事，请你不要再提起了吧！我们年轻人，不谈过去，也不追求将来，我们应该抓住现实。"

"你抓住了什么现实呢？难道放弃了学业，去和人家姑娘谈恋爱，也算是抓住现实吗？那你似乎也太前进了。"

"二小姐，你为什么一点不容情地步步逼紧着我只管讽刺呢？你不知道，一个青年的成功事业，是全靠有知心的女人在后面鼓励协助的吗？所以我今后的前途，还全靠在你的身上哩！"

"这样说来，我和你的关系未免太重大了。其实我觉得你这个人做事太盲目了，真有些自说自话，一厢情愿，好像没有一定的方针，是女人都可以做你的知心人对不对？"

爱玉的话终不免带了刺一般，使秦钟浑身都感觉有些不舒服。他红了脸，真有点哭笑不得，说道："二小姐，你……这话也把我太挖苦了。"

"一点也不挖苦你，你当初把我姐姐当作知心人，但是到底失望了。在我姐姐那儿失望了之后，立刻转变了方向，又把我当作知心人看待了。那么明天在我身上失望了，不是又会把别的女人当作知心人看待了吗?"

"我觉得你姐姐这位姑娘，会有这种令人意想不到的脾气，这是我的理想与事实大大相反，也许是我失了眼。不过你这位姑娘，我觉得不但有真性情，而且有侠骨的气概，这在我完全是发现了新大陆一样。所以我肯定地相信，我在你二小姐的身上，也许永远不会再有失望的日子了。"秦钟说这两句话的时候，脸上充溢着无限热情的笑容，他大胆地握住爱玉的纤手，十分肯定的样子。

爱玉好笑道:"那可又是你的自说自话了，你虽然把我当作了知己，但我是否也把你当作知己看待? 我觉得这还是一个问题。你总要做一点使我感到佩服的事情出来，我才会对你有一种新的认识呢! 假使单凭你这一些痴头怪脑追求女性的行为，我觉得还是把一个三岁的女孩子去做一个知己比较妥当。"

"二小姐，你这话说得太对了，我觉得是聆君一席话，胜读十年书。所以从今以后，我们就交一个最普通的朋友，看我的将来，是否有资格做你的知己? 我想这一点请求，你大概不会再使我失望了吧!"

爱玉听他这样说，遂点了点头，表示许可的意思。秦钟的心中是欢喜得涂过了一层糖衣似的甜蜜，忍不住扬着眉毛尖笑起来了。过了一会儿，爱玉站起身子，低低地说道:"秦先生，我预备走了。"

"为什么? 等我爸妈来了，再走也不迟呀! 我还可以趁此给你们介绍介绍。"

"不！我就是怕麻烦，才先走一步的。反正你只要能上进，我们总有时常见面的机会。"

"二小姐，既然这样说，我就不勉强你了。但是我这人太糊涂，还没有请教过你的芳名？"

"我叫爱玉。"

"这就巧极了，我妹妹叫爱娟，你好像也是我的妹妹。"

"呸！你这人真不是个好东西……"

爱玉有些难为情，秋波逗给他一个娇嗔，便红着脸，身子已向外面走了。爱玉走到房门口的时候，秦钟忍不住又叫道："二小姐，等一等。"

"为什么？还有什么话说吗？"

"你路上走得小心一点，不知怎么的，你走了，我心中就好像有些空洞似的，仿佛少了一样什么珍贵东西似的，那不是奇怪？"

"这也许就是因为你痴头怪脑吧！"

爱玉的颊上好像飞过了一朵桃花那么娇艳，忍不住抿嘴一笑，方才很快地步出病房去了。秦钟被她临去那秋波一转，真的不禁为之神往了。大凡男女间的爱情，倒并非是完全注重在脸蛋儿美不美的问题上的。这是所谓日久情生，只要意气相投，情感融洽，那就是这一句"情人眼中出西施"了。像秦钟第一次见到爱玉的时候，因为心中只嵌了文珠这一个人，所以把爱玉淡漠地并不注意。即使看见，也可谓视若无睹了。但现在的爱玉，那可不同了。秦钟眼睛里看来，觉得爱玉的一举一动、一颦一笑，虽西子复生，恐怕也没有她那么美丽。天地间的事情的神秘，那真是莫过于男女两性之间了。

爱玉走后不到五分钟，秦钟的父母弟妹急急地赶来了。秦国章夫妇两人在无限疼惜之余，自不免怨恨地向儿子又埋怨了几句。秦钟心中暗暗惭愧，但表面上也只好胡乱地说了几句，并把十万元医药费捐作助学金的话，向两老告诉。秦国章本是一个道学先生，当下听了，大为赞成。因为儿子精神很好，想来只是受了一点皮外伤，这就喊了一辆汽车，大家坐车回家去了。

四、顾此失彼醋海起微波

顾元洪和文珠在咖啡室里碰了面，因为有郭素珍一同坐在旁边，所以心里虽然有许多要说的话，却说不出来。文珠见他一本正经地要自己到来，结果却并没有什么事情，心中想想好笑，本要埋怨他几句，但是看在钻项圈的面上，反而跟他道了谢。顾元洪当然也向她客气了一回，并且把自己和报馆谈判的事情又向她讨好了几句。这天就是吃了一点点心，大家匆匆地分手。第二天下午，元洪坐在家里，正开着无线电消遣，忽见小僮顾小文走了进来，很恭敬地报告说张得标来拜望老爷。

元洪听了，遂把无线电关了，请他进来。不多一会儿，张得标脱了呢帽进内，微微地笑道："我知道你此刻一定还没有出去。"

"请坐，请坐！张老板抽烟吧！"

顾元洪和他一同坐下，伸手递过一支烟卷。得标慌忙取出打火机，给他点着了烟卷。顾小文倒上两杯香茗，方才悄悄地退下。顾元洪喷了一口烟，看他好像颇有心事的样子，遂低低地问道："戏馆里买卖还好吗？"

"不要提了，鸿文珠不上台，好像就没有戏可看的样子，天天小猫三只四只，这样下去，简直叫我不能维持了，唉！"

"照你这么说来，鸿文珠倒真有些魔力呀！"

"可不是？从前生意很好，我倒也糊里糊涂，以为一个团体，总

186

要大家努力。到如今营业一落千丈，我才知道上海人都是崇拜偶像主义，鸿文珠真有些道理，也无怪她要大搭其架子了。"张得标很感慨地回答，他还忍不住微微地叹了一口气。

顾元洪用手指弹了一下子烟灰，沉吟了一会儿，便轻轻地问道："我就不相信，你们团里这么多的团员，难道就没有一个人有资格去顶她的缺吗？其实鸿文珠的艺术，也不过如此而已。"

"你说的和我心里是一样的思想，鸿文珠除了容貌美一点，此外也是平平无什么特长。不过这些看客的心目中，好像鸿文珠是一块金字招牌，别人无论怎么好，总也好不到像她那样的程度。你想，那又有什么法子呢？我说是她的运道好，倒并非是她真正的艺术好。老实说，我们团体里面，比她漂亮的也有，比她技术好的也有，但吃亏的就是外界不相信。报纸上一登鸿文珠不登台，观众就都打回票，这真是糟糕极了。"

张得标一口气说完了这两句话，他心里似乎乱得很，便站起身来，在室内转着圈子。顾元洪皱了眉头，说道："我说文珠不上台，她当然也有背景，这背景就是李英龙。我以为先把这小子做了，一个女孩子就没有什么可怕的了。"

"嗳！我还没有跟你说起，你知道吗？我跟李英龙已经打过架了。他妈的，这小子逃得快，我叫人到来，却误打了一个姓秦的，真倒霉，还赔了十万元的医药费。"

顾元洪见他回过身子来，很懊恼地告诉他，而且怒目切齿的样子，恨不得把李英龙咬几口的神气。这就很同情地说道："你近来的确很倒霉。我觉得文珠是个傀儡，她的主意完全操纵在李英龙的手里。换句话说，有了李英龙，就没有了你。有了你，就没有李英龙。张老板，不知你心中以为我这话可对吗？"

"你这话一点也不错，李英龙给她撑腰，叫她不上台，这不是明明要我好看吗？他不给我饭吃，我也不给他拉粪。换句话说，他要我的命，我岂不要叫他死吗？所以昨天我拿花瓶向他头顶猛击，不料这小子眼快手快，竟被他接住了。昨天要被我真的击死了，哼！我坐在监狱里犯罪，我也心甘情愿的了。"

李英龙在顾元洪心中是一个大仇敌，假使有了李英龙，自己就永远没有得到文珠欢心的日子了，所以他也恨不得把李英龙害死。不过害人到底要犯罪，他是一个有财产的人，当然不大合算。因此他要借刀杀人，所以故意地向张得标一再地刺激。张得标是个草包，他摩拳擦掌的，表示昨天没有打死李英龙而感到无限的遗憾。顾元洪想了一会儿，又另有作用地向张得标望了一眼说道："张老板，鸿文珠是个红艺人，在她固然不应该去和马上英雄亲热。不过我觉得有一层，你也不能太仰仗鸿文珠一个人呀！因为她到底还是一个姑娘，将来难免要嫁人的。你若专靠她一个人卖钱，我想这也是一件靠不住的事情。"

"假使她正式嫁人，那自然是应当的。她不是我的女儿，我怎么能叫她一辈子不嫁人呢？就是我的女儿，做父亲的更应该为她的终身做打算呀！不过，她这回事来得太突然，刚说请假，接着却又说不干了，弄得我焦头烂额。现在卖座这样惨，她也不能说完全没有责任呀！就是丢开了我的事不说，单拿她个人的幸福来讲，像她这么一个多才多艺的女子，去嫁一个流氓似的东西，她实在也太毁灭自己的前途了。"张得标听顾元洪这样说，忽然触动灵机，暗想，他这几句话显然是有作用的了，因为他也是欲娶文珠的一个人，于是用了很正义的态度回答，表示自己所以阻拦文珠嫁英龙，一半固然是为了自己的利害，而大半还是为了鸿文珠本身的幸福着想。

顾元洪点点头，吸了一口雪茄，说道："据我看来，李英龙要正式娶她，那也不是一件容易的事。老实地说，凭他一星期两次骑马的收入，就根本养不活这位大小姐。"

"对了，我心中也这样想，不过……外面另有一种传说，说鸿文珠嫁人是决定了的。就是不嫁给李英龙，恐怕……"

"恐怕怎么样？"

"恐怕也得嫁给你！"张得标经顾元洪一追问，方才大胆地说了出来。

顾元洪听了，微微地一笑。他是一个老奸巨猾的人，所以脸上依然是毫无异样的表情，笑嘻嘻地反问着："你听谁说的？"

"说的人多着呢！因为你不是又送了她很名贵的礼物了吗？我想她肯接受，这事情多少有些把握。"

"哦，是郭素珍告诉你的对不？"

"也不单是她一个人知道。顾先生，我今天的来意，就是问问你，这个消息，是否确实？"

顾元洪听他将问题谈到自己的头上来了，就沉着脸，那双阴险的眼睛，望了他一眼，毫无笑意地说道："假使是确实的消息，那么你认为怎么样呢？"

"我没有什么，我就得向你贺喜啊！"张得标是个鉴貌辨色的人，他知道顾元洪有些不悦的意思，这就满堆了笑容，还打了一个哈哈回答。

顾元洪沉吟了一会儿，微微地摇头，说道："我送礼物给她，这回事是有的。不过我要娶她的意思，现在还没有。"

"其实你要娶她，这倒是文珠的造化。为她终身着想，我代她表示庆幸。这比她嫁给李小子，总要好得多了。"

"不过……我也并不是傻子。假使她和李英龙的关系没有完全断绝，谁还愿意花了钱来买一顶绿帽子戴呢？"

"那当然啰！不过，据我看来，李小子和鸿文珠的关系，不断也得断。你或者还不知道吧，李英龙他有老婆的，而且是一个有名的泼妇。她现在也知道丈夫和文珠的事了，差不多天天在暗地里调查，只要等李小子跟文珠在一起的时候，她就预备把文珠打一个落花流水。"

顾元洪听他这么说，哦了一声，脸上显现了惊奇的神色。他倒不免替文珠担起心来了，不过他还有些将信将疑的样子，说道："你这个消息可准确吗？"

"千真万确，而且有好几个小孩子的。"

"嗯。这小子太可恶了，那么这回事，现在文珠可晓得了没有？"

"文珠当然也有一点耳闻，我看她心中至少也有一点刺激吧！"

"不过，文珠在没有得到真实的证据之前，恐怕对李英龙还是不肯忘情的，因为李小子就是以身强力壮四个字在女子面前卖几个钱。"顾元洪用了猜想的口吻，低低地说。他心中有些怨恨，似乎怨恨自己为什么要活到四十多岁才遇见文珠，假使在二十年之前和文珠相识，恐怕事情就不会这么困难了。

这时张得标忽然想到了什么似的，又在元洪沙发旁坐了下来，向元洪望了一眼，欲语还止的样子。过了一会儿，才忍熬不住地说道："顾先生，我有一句不中听的话，想请问你，你可不要见怪。"

"是什么话？没有关系，你说吧！"

"你的宝眷是不是住在这里？"

"没有住在这里，他们都在我的原籍山东。张老板，你问我这个是什么意思呢？"顾元洪一面告诉，一面很怀疑地问他。

张得标拿起茶杯，微微地喝了一口，摇头说道："我没有什么意思，顾先生的身世，鸿文珠是不是完全都知道呢？"

"哦，我这个人的脾气就是这个样子，明人不做暗事，我预备娶她，也就是因为身在客边，太感寂寞，想找个人做做伴。所以我预

190

先跟她声明，我家中是有妻子儿女的。"

"那么她听了之后，又有什么表示呢？"

"她的表示，就是说这样没有问题，只是给人家做小老婆，她可不答应。"

"啊呀！凭她这一句话，不是已经完全地拒绝你了吗？"

"不过，我觉得希望还没有完全断绝。因为我曾经向她一再地声明，好在我上海并没有家庭，就是这么孤零零一个人，我娶了她，也绝不会把她带回山东去，所以外界也绝不会知道她是我的姨太太。"

"嗯，这话也不错啊！文珠怎么回答呢？"

"她说尚待考虑，我想她并不坚决拒绝，事情多少总还有一点希望的。然而她所以犹疑，当然也是因为丢不掉李英龙的缘故。"

顾元洪回答到这里，连连地猛吸雪茄，表示心中有所深思的样子。张得标听了他这些话之后，低下头来，心中也暗暗地考虑。世界上的事情，男子是难逃女人关的。不过女子呢，确实逃不了黄金的关。顾元洪有的是钱，常言道，钱能通神，到结果，鸿文珠当然还是免不掉要投入他的怀抱。于是他觉得李英龙不过是一只狼而已，顾元洪倒实在是一头猛虎。想到这里，便抬起头来，望着顾元洪说道："顾先生，我现在对你有一个请求，你肯不肯答应我？"

"是什么事？你说吧！"

"我想李英龙是一个穷小子，他要和你角逐情场，老实说，等于以卵击石，那么早晚总是你得到胜利的。假使鸿文珠真的嫁给了你，你是不是肯让她还在我们团里帮一个时期的忙呢？"

"如果她真能够嫁给我，那自然不成问题。可是这件事情，彼此还在僵持着，实在连我自己也没有把握。"

张得标认为他这几句话，不免还有一点敷衍性质，心中暗暗地焦虑，遂又用恳请的口吻，补充道："只要你肯答应我，让她再表演一个时期作为过渡，使我能够有充分的准备时间，训练几个人才来填补她这个空缺。"

"你放心，我不是早对你说了吗？只要我的事情成功，我决计让她再跟你合作下去。就是她不愿意，我也负责赔偿你的损失。"顾元洪伸手拍了拍胸脯，表示他很有信用的意思。

张得标方才感到十二分的欢喜，他猛可握住了元洪的手，连连地摇撼了一阵，说道："顾先生，你既然做得这么漂亮，咱们是闯江走湖寻饭吃的人，讲究的是货落行家，凡事要落一个义气。你能够拍胸，我就能够效劳！"

"张老板，你真的愿意这样做吗？"

"这还有什么假的不成？我就是不为你，我也得为我自己呀！"

"那么你用什么方法使她能够丢掉李英龙而嫁给我呢？"

张得标脸涨得红红的，他也伸手拍了拍胸脯，似乎很有决心地回答。顾元洪觉得有人代自己把李英龙做掉，这叫自己可以省却许多麻烦，遂也满脸堆笑地向他问道。张得标很快地答道："那很简单，我不愿意跟她走歪路，从正路上走，根据合同和她法律起诉，这场官司她是稳输的。"

"她和你订的合同还有多少日子？"

"算到今天为止，还有五个月光景。"

"你真能够拿合同作为凭据而控制她吗？"

张得标此刻把顾元洪当作财神一般地看待，所以他转了转眼珠，竭力地向顾元洪讨好地说道："只要她肯答应丢掉李英龙来嫁给你，我就把合同交给你。如若不然，她得赔偿我一切的损失！"

"假使她自己有钱，或者叫李英龙来替她赔偿，那你还有什么别的法子吗？"

"这个我知道，文珠是个会花钱的姑娘，她身边根本没有什么积蓄。至于这个穷小子，那更不必说了，他是素来靠女人们要钱花的，他决计无钱赔偿的。比方说，出乎意料地，他们弄了钱来赔偿我的损失，我为了你目的未达，我当然还得用最后的一个办法，把这姓李的这么一下子做掉。"张得标为了博得顾元洪的欢心，在后面又说了这两句话，还把手做劈下去的姿势，向顾元洪微微地笑。

　　顾元洪感到满意极了，遂站起身子，走到电话机旁去，含笑说道："张老板，你的计划和步骤都很好。不过我们当然也不希望真的发生什么惨剧，所以我想此刻打电话把文珠请来，不妨先来试试第一个计划，你看怎么样？"

　　"也好。不过顾先生，你记着，我和她倘若谈判成功，你可别忘记了答应我的话！"

　　"那当然，就是我倾家荡产，我也绝不使你失望的。"

　　"你能这样，那我感恩不尽了。"张得标弯了弯腰肢，大有感激涕零的样子。

　　顾元洪微微地一笑，便拿了电话听筒，伸手拨了号码。过了一会儿，便温和地问道："喂，你是文珠吗？我是顾元洪……哦，你是二小姐。那么你姐姐在家吗？请她听电话……嗳嗳，大小姐，是我……你老是闷在家里不寂寞吗？我有一件要紧事情跟你商量商量，你能不能到我家里来一次……什么？你忘了吗？我那天不是告诉过你？泰山路，爱尔新村五号，离你这里还不算远……啊！你叫我到你那儿来是不是？那也可以，不过这件事到我这里来谈比较妥当一点。你……不要怕呀！我不是绑匪……哈哈，哈哈！我跟你说着玩玩儿，你可千万不要生气呀！大小姐，那么我专心地恭候着你，回头见吧！"

　　"顾先生，她说来不来呢？"

"一定来的，张老板，我们坐下来等一会儿吧！"

顾元洪放下听筒，张得标急急地问。元洪含笑点点头，把手一摆，两人遂又坐下。张得标把烟卷儿吸了一口，左腿搁在右膝上，摆动了几下，很是得意的神态，望了顾元洪一眼，笑道："看这情形，她的心里，已经是慢慢地在转变了。只要再加上一点力量，我觉得你一定可以成功。"

"然而这一点力量，就得看你的了。"

两人说着话，不禁都会心地哈哈大笑起来。就在这个当儿，门外忽然推进一个妖艳的女子。顾元洪定睛一看，原来是米高美舞女孙爱丽。爱丽和自己也发生过肉体关系，因为她裤带奇松，所以自己对她已经没有几分好感了。想不到她今天会寻上门来，一时倒不免暗暗焦急。因为回头文珠就要到此，假使给她瞧见了爱丽，不是又要引起妒忌了吗？顾元洪心中焦急，但表面上不得不起身相迎，还勉强地含笑问道："啊呀！你今天怎么会有空到我这里来呀？"

"哼，你还说呢！我打电话来约你四五次，你口头上都答应了，可是事实上你却都没有来。一定要我亲自登门来请教，真是好大的架子。"爱丽鼻子里冷笑了一声，薄怒娇嗔地回答，大有无限怨恨的样子。

顾元洪听她这样埋怨着，心里不免有些窘，遂只好嘻嘻地笑着，连说请坐，请坐，又一面叫小文倒茶，一面给得标介绍道："这位是国光歌舞团的张老板，这位是舞国皇后孙爱丽小姐。"

"算了吧！不要当面捧得高，什么舞国皇后，背后别叫货腰女郎也就是了。"

"哪里哪里？我从来没有这么叫过你。"

"你凭良心说吧，你们在背后说起来，只怕比叫我们货腰女郎更加难听的名字哩！"爱丽一面向得标点头，一面在沙发上坐下，秋波盈盈地斜乜着元洪，故意显出那么撒痴撒娇的表情。

张得标在旁边插嘴笑道："爱丽小姐说话倒真痛快！"

"好小姐，吸烟吧！你别发这些牢骚了。"顾元洪没有办法，只好递烟过去，向她温顺地敷衍。

爱丽用两指很美妙的姿势夹了烟卷，吸了一口，又向屋子四周打量了一回，说道："这屋子倒真不错，可惜就缺少一样。"

"对了，就缺少一位漂亮的太太。"

"不对，我说缺少一座花园。"爱丽听顾元洪这么说，遂摇摇头，红晕了粉颊，加以声明。

张得标却微微地笑道："其实这句话也说得有道理，因为没有太太，所以没有花园。花园跟太太是差不多的……嘻嘻！顾先生，你说对吗？"

"为什么有了花园一定要有太太呢？比方那些公共花园……哦，哦，我知道你的意思了。你是把私人花园比作了太太，而把我们比作了公共花园，是不是？你这人啊，挖空心思地损人，真有点缺德！"

爱丽见顾元洪只是点头微笑，这就不了解地问着。但说到后面，她到底也是一个聪明的女子，便恍然大悟起来，这就恨恨地白了得标一眼，有些生气的样子。但顾元洪和张得标见了，却益发大笑起来了。爱丽被他们这样大笑，当然更觉得十分难堪，遂轻轻地叹了一口气，很悲哀地说道："你们不用笑我，老实说，一个人没有自甘下贱的，谁不想做个千金小姐？谁又喜欢去做一个舞女？这当然是因为环境关系，不得已才出此下策的。比方说我吧，唉！"

"比方你，怎么样？爱丽小姐，我和你认识的日子也不算少了，但你的身世，我真的还有些不大详细，那么你倒不妨说一点出来给我们听听。"顾元洪见她大有盈盈欲泪的样子，方才显出一本正经的

195

态度，向她很同情地问。

张得标听他这样说，自己心中倒不免代他暗暗忧急，因为不多一会儿，文珠快要到了，那么在一室之中，有了两个女人，这在顾元洪的地位上不是一件很麻烦的事情吗？虽然爱丽只不过是个舞女，然而她能够走进这屋子的门，也可见她和顾元洪的关系。得标恐怕回头多生枝节，所以向顾元洪努努嘴，连连丢了两个眼风，是叫他不要和她再多空谈的表示。顾元洪是个转机很快的人，当时也立刻领会他的意思了，便不等爱丽开口，就又急急地抢先说道："爱丽小姐，这是我不好，倒又勾引起你的伤心来了。好吧，好吧，我们大家再不要谈起这些事了。你今天到我这里来不知有没有要事呢……"

"嗯，不错，事情当然有一点，因为我三番五次地打电话给你，你却次次地失信不理我。我特地来问问你，你到底有什么贵忙啊？"爱丽被他这么一问，倒忍不住气上来了，遂把秋波逗了他一瞥无限怨恨的娇嗔，大有兴师问罪的态度。

顾元洪微微地一笑，却不假思索地说道："贵忙不敢当，我实在为了要吃饭，所以每天只好穷忙而已。老实说，我们做男子的是多么苦呢！比不了你们女孩子，只要飞几个媚眼，逗几个甜笑，钞票就可以一叠一叠送到你们的皮包里。但我们男人家就不同了，今天股票行情看好是看跌，非要大动脑筋不可。你想，叫我哪儿还来空闲的工夫呢？况且我近来心脏有病，不宜时常涉足于灯红酒绿的场所，为了我身体的健康问题，那也是一件没有办法的事。所以我过去的失约，还得请爱丽小姐多多原谅才好。"

"得了吧！谁相信你这些鬼话？"

"你不相信，那我也没有办法。其实你可以问张老板的，我所以找他来，就是预备跟他商量，应该吃什么药才对。"顾元洪见爱丽撇了撇小嘴，显然是并不信任，这就情急智生地望了张得标一眼，很正经地辩白。

爱丽听了，却啐了他一口，说道："我的顾老爷，你这话可说漏了，你既然有心脏病，为什么不找个内科医生来开方子，倒请一个歌舞团的老板来跟你商量用药呢？那不是天大的笑话吗？不要说我不相信，就是三岁的小孩子，他也不会相信你这种有趣的话呢。"

"爱丽小姐，你不要以为顾先生是骗着你，其实他说的倒是真话。他这个病，跟别人的病不同，只有我家传的一种秘方才能够治疗。你难道不晓得古人有句话'丹方一味，气煞名医'？所以你倒不要小觑我，我虽不是医生，但医道却比普通庸医要好得多了。"张得标坐在旁边，觉得自己非给顾元洪做个联手不可，所以也一本正经的神气，很认真地回答。

爱丽冷笑了一声，淡淡地说道："用不着辩论，顾先生近来的行踪，我很明白，而且我也打听得详详细细。他无非天天在万国大戏院捧场，捧你们贵团里那个姓鸿的姑娘罢了。所以顾先生不是患了心脏病，我知道是患了心病，心病非心药不医，在心药还没有到手之前，我看顾先生的病一时就难好起来。"

"哪里哪里，爱丽小姐，你听谁造的谣言呀？"

"既然没有这种事，你为什么老不上我那儿去呢？"

"不是早跟你说了吗？为了赚钱，没有法子呀！你瞧这两天金子涨、股票蹿、白米跳，弄得我真有些坐立不安哩！"

"哎哟！你是赚饱了，还会坐立不安吗？我们这般贫穷的小百姓，倒真的有些提心吊胆、哭笑不得呢……好了，我们这些空话少谈，现在我问你，你今天预备跟我一块儿去玩玩儿吗？"

"去！去！当然去的。"

"好，要去我们就走。"

顾元洪在女人面前，似乎没有勇气拒绝的，他终于色眯眯笑嘻嘻地答应了。可是他没有想到爱丽马上站起身子来，要他一块儿走。因此他心中倒不免又暗暗焦急十分，抓了抓头皮，搓了搓手，说道："你放心，我当然去的。不过，我还有些小事情，你先到舞厅里去等着我，我跟张老板再说几句话，我马上就来好了。"

"靠不住，你是个没有信用的人，我怎么能相信你？"

"你不相信，我可以对天发誓，回头我若不到舞厅来找你，那我一定……"

"算了，誓也不要你发，我只要你跟我一块儿走。顾先生，你不走，我也拉你走。"爱丽说完了这两句话，却真的走上去，拉了顾元洪要向外面走的样子。

这一来张得标急了，便跟着站起来，说道："顾先生，我们的正经事怎么办？回头我那个朋友来了，叫我如何向他交代？"

"没有关系，叫他明天再来吧！张老板，你不应该跟我捣蛋呀！"

"再来吧！你那个朋友来了，你先招待招待她，我去一会儿，马上就来好了。"

顾元洪见爱丽跟得标有些争吵的神气，而且用了很大的气力，拉着自己走，在这个情形之下，顾元洪没有了办法，只好向张得标眨眨眼睛，便不由自主地跟着爱丽走了。张得标觉得顾元洪这么爱好女色，完全是见一个爱一个，心中甚为感叹，搓了搓手，在室内踱了一会儿步。就在这个时候，小文带了文珠从外面走入，说鸿大小姐来了。

五、持枪欲寻仇险闯人命案

张得标一见文珠到来，也不知为什么，他那颗心忐忑地跳了起来。但是他还是竭力镇定了态度，慌忙含笑迎了上去，招呼道："大小姐，你来了吗？"

"咦！张老板也在这儿吗？多早晚来的？"文珠见会客室中没有顾元洪，却站了一个张得标，心里似乎感到了一点惊异，遂微蹙了眉尖儿，低低地问。

张得标一面请她坐下，一面喊小文倒茶，方才微笑着回答道："我刚来了不多一会儿。大小姐，你快请坐，喝杯茶吧！"

"这又奇了，你不也是客人吗？为什么要你这样殷勤地招待我呢？"

"哦，因为顾先生有点事情出去了，是他关照我的，叫我代他招待你坐一会儿，他不多一会儿，马上就会回来的。"张得标听文珠这样怀疑地问，遂不得不把情形告诉了她。

文珠虽然在沙发上坐下了，但是很有些局促不安，自言自语地说道："真奇怪！他不是说有要紧事情跟我谈吗？怎么我来了，他倒又出去了？"

"大概他临时又发生了什么事情，不过他既然跟你约好了，我想他一定就会回来的。大小姐，你抽支烟吧！"

张得标见她有些不高兴的意思，遂慌忙殷勤地奉承她，亲自给

199

她递过了一支烟卷，并且还给她燃了火。文珠吸了一口烟，似乎在沉思的样子。这时小文端了一杯香茗，送到文珠的面前。文珠回眸瞟了他一眼，很纳闷地说道："你们老爷到哪儿去了？"

"老爷跟……"

"不是跟李四爷一块儿出去的吗？他……他们是为了一块地皮的事情吧。"

小文支支吾吾地想说又不敢说的模样，这情形瞧到张得标的眼睛里，心中急得跟什么似的，这就不等他告诉，自己便先抢着回答。同时向小文丢了一个眼风，嘴还努了一努。小文倒也玲珑，似乎领会了他的意思，便笑嘻嘻地说道："是，是，是……李四爷。"

"那么他什么时候可以回来呢？"

"这……这……我可不知道了。"

"我想他一定很快就回来的，要不然他也不好意思累大小姐在这里干等呀！"张得标恐怕文珠心中生气，遂立刻又代为回答，表示宽慰她安心等候的意思。

不料文珠却不耐烦地站起身子来，冷冷地一笑，说道："那么等他回来的时候再打电话来吧！我可没有那么多的闲工夫来等他！"

"大小姐，你既然来了，就不妨稍微再等一会儿。就是顾先生不在，我们不是也有事情可以谈谈吗？"

"我们谈谈？哦，哦，顾先生要我到这儿来，莫非就是为了你的事情吗？"文珠见他跟着站起，有些焦急的神情向自己劝留，一时忽然想到了什么似的，不由哦了两声，冷冷地问他。

张得标摇了摇头，立刻又镇定着态度，说道："不，这也许是你神经过敏的缘故吧！大小姐，今天我们又在这儿无意之中遇到了，那也很好，至少我们还有商量的余地。不过我始终还是抱了劝告你的宗旨，你不要上人家的当，你千万要为自己的幸福和前途做打算。

假使你只管逞一时的意志，一点也不顾别人的死活，我觉得你用这种方法来做人，总有一天会到失败的地步。"

"张老板，你这些话算是教训我吗？哼，老实跟你说吧！我自己做的事，由我自己负责，谁都没有权利来干涉我呀！"文珠认为这几句话太不客气，不但不客气，而且包含了教训的成分，一时大不服气，满脸显出娇嗔的表情，冷笑着回驳他。

张得标却还故意地浮现了阴险的笑容，满不在乎的样子，说道："年轻人，火气总比较大一点。我年轻的时候，也跟大小姐一样，老是跟人家面红筋青地说话。现在年纪大了，我觉得什么都忍耐得多了。其实我并不想跟大小姐吵嘴，我不过是一番好意，为了你，为了我，我觉得你应该仔细地想一想。大小姐，你为什么还是像昨天对付我的一种腔调呢？"

"这就叫作江山易改，本性难移。你也不想想你自己那种腔调，算你一本正经是个歌舞班的班主，我难道还要来听你的调度吗？哼！我现在不干了，你用不着再向我神气活现了。"

文珠见他一面孔老气横秋的样子，心中更加恼怒起来，她索性又在沙发上坐下，似乎存心预备跟他吵一场的意思。张得标见她越光火，自己也就越显出没气死人的模样，微微地一笑，很缓和地说道："我倒不一定要你来听我的调度，反正你已经打定主意不干了，我就是想调度你，也不会发生什么效力了呀！不过我们是有合同的，合同上也有你大小姐亲笔签字和盖章的，所以我觉得你这样不闻不问地装作没有这件事情的神气，那恐怕在人情和法律上都有些说不过去吧！"

"关于合同的事情，我自然会想法子来解决，你又何必在这里和我啰啰唆唆地多说空话！你要和我法律解决，那也没有什么大不了。我身子有病啊！总不见得把我抬到舞台上去做戏的，为了你们赚钱，我给你们卖命吗？哼，就是和我打官司，我也不会怕你啊！"文珠听他提起合同的事，心中倒是微微地吃了一惊，不过她表面上仍显出强硬的态度，恨恨地回答。

得标搓了搓手，表示代为惋惜地叹了一口气，说道："唉，大小姐，我真替你可惜，假使你是一个聪明的人，那你一定不会这么干。"

"我本来不是一个聪明的人，这件事情就是错了，事到如今，我也只好让它一错再错，要错就错到底！"

"大小姐，你这么执拗，那可不是和我在斗气，却是和你自己的名誉地位在捣蛋。我觉得你要如真的这样坚持下去，你的前途会变成一片黑暗的。我是一片金玉良言，你不要把良药当作毒汁呀！"

"谢谢你的好意，即使我到了死的地步，我也用不到你来向我表示可怜的。"

"一个人只怕自己不知道自己的错处，那就没有法子可想。既然你什么都很明白，还要让它错到底，我觉得那你等于自寻死路！"张得标见她一味地不讲人情，心里就再也忍耐不住了，便淡淡一笑，用了讽刺的语气，向她攻击。

文珠气得两颊一阵红，一阵白，她猛可地站起身子，恨恨地逗给他一个白眼，娇叱道："放你的臭屁！我死不死，根本用不着你来管的。你有本领，和我在法庭上相见好了。谁要跟你再在这里多啰唆，那我才是傻子！"

"大小姐，大小姐！"

张得标见她说完了这两句话，便怒气冲冲地向外直奔，这就急急地赶上去，预备把她拉住的意思。不料文珠才奔到会客室的门口，忽然见门外闯进一个男子来，面目狰狞，眉宇之间显现了一股子杀气，几乎和文珠撞了一个满怀。文珠呀了一声，急忙倒退两步，定睛一看,不是别人,却原来是李英龙,这就急急地问道:"你……你……怎么也到这里来了?"

"嘿!嘿!嘿!我还不是为着找你而来的吗?"李英龙一阵冷笑,一步一步地跨了进来。

文珠觉得他至少有一点醋意,遂向他急急地解释道:"顾元洪说有一件要紧的事情跟我商量,所以我到这里来了,不料他却没有在家。"

"哼,那你为什么要来呢?"

"奇怪!难道你是专为责备我而来的?告诉你,你现在还没有做我的丈夫,你有什么资格来干涉我呀!"文珠的个性,就是好胜,她觉得除了别人来奉承自己外,谁也不能侵犯她的自由,所以对于英龙这种态度,她的内心也感到十二分不满意,于是向他恶狠狠地讥诮。

李英龙被她这几句话说得哑口无言,于是他凶险的目光,便转到张得标身上去,并且一步一步地向他逼近,好像要把得标吞吃的样子,喝道:"他妈的,你这小子也在这儿干什么?"

"哈哈哈!你这小杂种!你来管我的闲事吗?"

张得标口里虽然这么回答,但心中却也有些害怕,因为他领教过英龙的蛮力,他知道自己不是英龙的对手,所以一步一步地向后退下,而且眼睛连连向旁边的小文瞟,是叫他到外面去喊警察的意思。李英龙也哈哈大笑着,这笑声使人有些胆寒。他又喊道:"他妈的!你昨天带了一些流氓四处找我,这是什么意思?"

"没有别的意思,准备好好地揍你一顿!"

"那么,我今天送上门来,你就揍吧!"

李英龙拿得住得标的势力,遂狞恶地笑起来,把身子更逼近过去。张得标在这个时候,认为先落手为强,这就一闪身子,伸手搬起一张圆凳子向英龙抛了过去。李英龙早有准备，遂腾身让过，忽然从袋内摸出一支手枪来，对准了得标，喝道："不许动！你这不要脸的下贱东西！你动一动，我就打死你！"

"英龙！你……你……疯了吗？你预备闹人命案子吗？"

张得标一见了手枪，他的灵魂不免飞出了躯壳，脸色灰白地举起了两手，表示屈服的意思，一步一步地退到壁旁，恨不得把身子钻进壁缝里去。文珠想不到英龙会从怀中摸出手枪，她也吓得心头乱跳，急忙奔了上去，把英龙拉住了责备。小文在旁边见了这个情形，觉得事情不妙，遂一骨碌转身，悄悄地奔到外面去了。

这里李英龙的两道目光，还是射在得标的身上，冷笑道："张得标，我老实告诉你，你要用流氓的势力来压服我，那你只有死！你不要以为我姓李的好欺侮！今天我要你叫我一声晚爷！"

"……"

"你不叫？你胆敢不叫，我送你上西天去！他妈的！你只有死……"

"我叫，我叫！晚爷！你……何苦要我的性命？我的性命不值几文钱呀！"

李英龙暴跳如雷，好像举枪就要放的样子，一个人到了生死关头的时候，无论你怎么狠天狠地，也会屈服起来。张得标心里暗想："他把手枪对准了我，这可不是开玩笑的事，只要他把手指轻轻地一扳，不管他会不会开枪，就是不死吧，至少也得受个伤。常言道，好汉不吃眼前亏，叫一声晚爷算得了什么？"他在这么一盘算之下，终于含了痛恨的笑容，服从地回答。

李英龙认为这样还不够侮辱他，正欲赶上去再量他几下耳刮子，却听文珠哈哈大笑起来，这笑至少是含了一点作用的。于是又回身恶狠狠问道："你笑什么？"

"李英龙，我真没有想到，今天居然看见了你的真面目。我做了很久的瞎子，今天忽然重见光明，我怎么不笑？"文珠觉得英龙这种行为，不免近乎匪徒之类。她想到自己竟然失身于贼，自然是感到无限痛悔，这就涨红了脸，娇叱着骂他。

　　李英龙这时手中有了一支枪，神经已陷入疯狂的状态。忽然把枪对准了文珠，哼了一声，还把身子向她赶了过去。文珠这时把生死已置之度外，便鼓起勇气，反而挺身而上，睁了杏眼，大声叱道："怎样？你预备向我开枪吗？好，你开吧！我死在你手中，也算是我的下场了。李英龙，你不开不算好汉！"

　　"哼！我这一颗子弹不打你这种女流之辈，你放心吧！"

　　"你有胆子，你开，你开！"

　　"我不开，你怎么样？"

　　"你不开，我就打你这个不要脸的东西！"

　　李英龙怎肯无缘无故地打死文珠，况且他还想在文珠的身上再得一点好处。所以他反而把枪放下，用了近乎滑稽的口吻，反问她。文珠心中是痛恨极了，她突然挥手，在李英龙颊上啪啪打了两记耳光。李英龙冷不防被打，心中一惊，手中的手枪便掉落地上。文珠眼快手快，早已俯身拾起。英龙伸手来抢，张得标见了，便早已抢步上前，拦阻英龙，因此两人便扭在一起大打起来。文珠在他们互相殴打的时候，就把那柄手枪，很快地藏入她带来的皮包内。不料就在这个时候，忽听一阵皮靴之声，小文带了两名警士，匆匆地奔入。一见室中两个男子在打架，便喝道："你们在这里干什么？"

　　"还不快快住手！谁是匪徒？你说。"

　　另一个警士向小文急急地问，同时他们把盒子炮都对准了英龙和得标。两人见警察到来，遂停止扭打，各自分开，站在一旁。小文指着英龙，急急地说道："是他，是他，就是这个人！"

"你叫什么名字？你是强盗？"

"不，不！我叫李英龙，我不是强盗。"

"你不是强盗，你到这里干什么来的？"

"我是找鸿文珠来的。"

那警察听他这么回答，看情形并不像是强盗抢劫，遂把他身子上下搜抄了一遍，方才又问道："哪一个是鸿文珠？"

"是我！"

"我认识他的，不过他到这儿来干什么我却不知道。"文珠因为心里痛恨着他，遂故意尴尬地回答。

李英龙有些怨恨的表情，向文珠白了一眼，急急地说道："我因为听你妹妹说你在这里，所以我来接你回去的。"

"警察先生，你不要听他胡说八道，他是一个强盗，他是存心到我们这里来打劫的。"张得标趁此机会，预备咬他一口。

鸿文珠恐怕警察真的把英龙当作强盗看待，遂正色说道："张老板，我看你也不必这么说他，他也是一个有职业的人，你要说他是强盗，简直把大家的身份都降低了。"

"他妈的！你诬告我，你简直是浑蛋！"

李英龙听得标这样伤害自己，遂冲了上去，挥拳又欲打他，但被警察拉住了，喝道："不许动手！"

"你们都瞧见的，这可是他要打我！"

警察并不说话，他们见张得标獐头鼠目，看起来也不是什么善良之辈。于是走了上去，在他身上也搜抄了一回，觉得没有什么凶器，回头向小文望了一眼，奇怪地问道："喂，你不是说他们预备开枪吗？怎么找不见他们的枪呢？"

"你看见谁手中拿着枪吗？照你这么乱说，恐怕你老爷也受累了。"文珠不等小文回答，遂逗给他一个娇嗔，责备地抢着说。

小文的心中虽然觉得自己未免受了一点委屈，但少一事总比多一事好，这就假装有些含糊的神情，还做了手势，说道："我好像看见是拿了手枪……也许是一个拳头也说不定。"

"你完全在那儿胡说八道！"

"真是胡说！"

英龙听文珠这样埋怨小文，遂也附和着说。得标想咬定他真的用枪威胁人，但又怕和文珠更加伤了感情，所以也不说什么了。这时警察说道："不管怎么样，你们互相殴打，已经不对。走，大家到局子里去！这里谁是主人？大家一同去！"

"主人没有在家，我们都是客人。"

"不错，我们老爷刚出去，不知他们在这里闹些什么鬼把戏，最好把他们一起带走，省得再麻烦！"小文听文珠这样回答，遂也向警察急急地说，他表示这些人都有些讨厌的样子。

张得标听了，便瞪了小文一眼，说道："小文，你说这话，回头告诉你老爷，你可当心一点。大小姐，我看这样吧！你在这里等待顾先生吧，我跟他们到局子里去一次。警察先生，这件事跟鸿大小姐毫无关系，我跟你们去吧！"

"好，你们都走！"

两名警察点点头，遂押着英龙和得标出去了。文珠心里十分不安，她又取了一支烟卷吸着，低了头，在室中来回地踱步。小文站在旁边，却望着她呆呆地出神。一会儿，文珠停止了踱步，向小文瞟了一眼，问道："你老爷到底往哪儿去了？"

"不知道！"

"那么你知道跟他一同出去的这个李四爷是住在什么地方吗？"

"李四爷？奇怪！哪个李四爷？"小文把刚才张得标回答的谎话忘记了，他有些莫名其妙的样子，摸摸自己的脑袋，奇怪地反问。

文珠听他茫然地回答，心中更觉狐疑起来，遂蹙了眉尖儿，瞅了他一眼，生气地问道："咦！你刚才不是说，你老爷跟李四爷一块儿出去了吗？怎么一会儿又不知道了呢？"

"这是张老板告诉你的，我怎么会知道呢？"

"这真是稀奇，你们到底弄的什么玄虚？"

"这一点也不稀奇呀！他说是李四爷一块儿走的，我说不是李四爷，我们两个人当中总有一个人是弄错的了。"小文见她十分纳闷的样子，遂笑嘻嘻地用了俏皮的口吻回答。文珠方欲再问他，忽听电话铃声响了起来。小文连忙跑过去接听，原来是老爷打来的电话，他在那边急急问道："是谁？"

"我是小文，你是老爷吗？"

"嗯，鸿小姐来了没有？"

"来了，早来了。老爷，不得了，你快回来吧，家里出了人命案子哩！"

"什么？什么？人命案子？"

"是的，是的，险些出了人命案子，要不是我把警察叫来得快，公馆里准流了血！"

"这……这……到底是怎的一回事？你快叫张老板听电话！"

"张老板跟一个男子被警察带到局子里去了。"

"那么家里还有谁呀？"

"鸿小姐在这里等着老爷，你快回来吧！哦，哦，鸿小姐，老爷请你听电话。"

小文回答到这里，回过身去向文珠急急地说，同时把听筒交到她的手里。文珠接过听筒，凑在耳旁，喂了一声，说道："你是顾先生吗？好啊，真是了不得的大要人！把人家叫来了，你自己倒出去了，这算是什么意思呀？我倒要向你请教了。"

"哦，对不起！对不起！我实在是因为有些要紧的事情，你瞧，我身子在外面，心却在你的身上，我不是又打电话来了吗？"

"别说这些好听的话，我问你，你要如分不开身回来的话，那没有关系，我们明天还可以见面的，我此刻走了。"

"不，不！你走不得，我马上就回来了，不上十分钟，你且等一会儿。好，我们回头见！"

文珠听他说到这里，耳边又有嗒的一声，知道他已把听筒搁上了，遂也放下了听筒，搓了搓手，一面徘徊，一面吸烟。果然，不到一刻钟之后，顾元洪已经笑嘻嘻地回家来了。

六、误会是香巢泼妇遭奇辱

文珠见顾元洪笑嘻嘻地回来了，遂故作生气的样子，别转了脸，秋波逗给他一个白眼，并不理睬。顾元洪却像舞台上的小丑似的，向她打躬作揖地赔罪，笑着说道："大小姐，累你久等了，我心里真是太抱歉了，对不起！对不起！怎么啦？谁跟张老板打了架，又闹到警察局里去了？"

"老爷，是一个不认识的男子，他还拿了手枪，他说是鸿大小姐的朋友。"

顾元洪听小文这么告诉，脸上显出惊异的样子，向文珠望了一眼，用了怀疑的口吻，低低地问道："是你的朋友？谁呀？"

"还有什么人？当然是李英龙。"文珠是个爽快的姑娘，她觉得并没有欺骗他的必要，这就毫不介意地告诉了他。

顾元洪一听这句话，不由恼怒起来，遂冷笑道："怎么？李英龙居然敢带了手枪闯到我家里来撒野呀？这……小子难道预备来暗杀我吗？"

"这倒不见得，他本来没有带什么手枪，这是小文看错了。他今天到这里来，是听了我妹妹的告诉，才赶来的。"文珠还有一点庇护英龙的意思，代为英龙辩白。

顾元洪并不因此而稍减怒气，还是愤愤的神情，说道："他赶来预备做什么呢？"

"也许是想逼我回去的，这人就未免太想不明白，他有什么权利来干涉我的自由？你说可笑不可笑？"文珠说完了第一句，仔细一想，觉得不对，倘若被顾元洪拿来讥笑我，那还不如我自己来说好，于是她在后面又这样不服地说。

果然，顾元洪就觉得没有什么再可以说了，想了一会儿，方才恨恨地说道："这小子也太想不明白了，那么他和张老板又如何会打起架来呢？"

"他们打架，今天已经是第二次了，那就叫作仇人见面，分外眼红，一句话不投机，当然就干上了，这算不了什么稀奇。"

"照你这么说，并不是我说他坏，李英龙这人也未免太凶暴了。你假使再要跟他来往，我真替你有些胆寒。大小姐，请坐吧！"顾元洪表示很关怀的样子，此刻又缓和了语气，低低地说。因为见她还站着，遂把手摆了摆，是请她坐下的意思。

文珠有些悔恨的样子，一面在沙发上坐下，一面微微地叹了一口气，说道："这不用你说，我今天才算是把他认清楚了。"

"你既然把他认清楚了，那很好，我早就这么想，像你这样一个聪明的女子，就是受人家蒙蔽，也只能被蒙蔽一时，往后总会有明白的日子。果然，你现在就觉悟了。"

"唉……"

文珠听了，深长地叹了一声。她再回想过去和英龙恩爱的一幕，此刻觉得有些近乎荒唐而且可耻。这就红晕了粉脸，心中感到暗暗羞愧。顾元洪瞧了，心中是感到胜利的欣喜和安慰，遂笑着说道："何必叹息呢？我觉得此刻觉悟，那还不算迟哩！大小姐，你的前途，可说已经拨云见天，我在这里应当向你恭贺哩！"

"我知道你嘴里说恭贺，但你心中一定在讥笑我。"

"哪里哪里，我是素来同情你的人，我怎么会讥笑你？其实，上海这社会太黑暗了，年轻的人，尤其是女子，往往更容易上人家的当。不过，你既然明白了，我代你庆贺还来不及，怎么会讥笑你？请你不要太多心吧！"

文珠听他这么说，遂也低头无话。小文倒上了茶，方悄悄地退出。四周静寂了一会儿，文珠忽然又抬起头来，望了元洪一眼，问道："顾先生，你到底有什么要紧事？你快点说吧，我想要走了。"

"怎么才坐不多一会儿又要走了呢？你第一次来，我家没有什么人，你就吃了晚饭走也不妨，反正你这两天不上戏啊！"

"是你才回来了不多一会儿，我是在这里已经等候你大半天了。你现在不比从前了，从前只到我那边去，但现在我来了，还要等上两三个钟头方才可以见到你的面呢！"文珠微微地一笑，秋波斜乜了他一眼，这几句话显然是包含了讽刺的成分。

顾元洪听了，连忙欠了身子，赔不是的神气低声笑道："大小姐，你不要生气，说起来，虽然是我不好，但事情也真太凑巧了。我本当专心致志地在家里等着你，恰好来了一个朋友，找我去有点事，所以害得你反而来等候我，真是对不起得很！"

"假使真有这么凑巧的事，那也没有什么关系。刚才找你出去的是谁？"

"是一个姓王的朋友。"

文珠因为张老板和小文刚才回答是李四爷和元洪一同出去的，不过看情形好像还有些蹊跷似的，所以她趁此又故意这么问，是想试试他们回答的话究竟符合不符合。顾元洪的心中是想不到这么许多的，他还显出很自然的态度，随口地回答。文珠听他本人却说姓王的，一时心中益发狐疑起来，便又追问道："姓王的？就是一个人吗？还有别的朋友没有？"

"没有别的，只有他一个人。"

"哼，这就怪了，怎么一会儿说是李四爷，一会儿又说是姓王的呢？我真不知道你们在弄什么鬼。"文珠猛可地站起身子，绷住了粉脸，冷笑了一声说，这表情大有恼恨的样子。

顾元洪知道事情有些弄僵了，遂慌张了脸，急急地说道："谁说李四爷？是小文告诉你的吗？让我叫来问他。"

"不用叫他，这不是小文说的，原是张老板这么告诉我的。"

顾元洪方知是得标给自己圆的谎，遂略一沉思，立刻计上心来，哦哦了两声，笑嘻嘻地说道："对了，对了，是他弄错了。姓王的来找我，就是为了李四爷的事情，因为匆匆忙忙，我忘记给他们介绍。张老板在旁边听着，便缠七缠八地弄错了。其实，那也没有什么道理。大小姐，你还是坐着吧。我们的事情还没有谈起头，你怎么又要走了呢？"

"我真不知道你是什么用意，说又不说，净喜欢这么胡扯。"文珠被他按着两肩，一时只好又坐了下来，但脸上还是显出很不耐烦的样子，讨厌地回答。

顾元洪在她对面沙发椅上坐下，笑了一笑，说道："我以为我就是不说，你也应该可以明白呀！"

"明白，明白什么？我就压根儿不明白你是怎么的一回事。"

"难道张老板没有跟你谈起过什么？"

"谈什么？我和他就没有什么好谈。"

顾元洪见她提起张老板这个人，好像有些怒气未消的样子，这就把雪茄的烟灰用手指弹了一下，沉思有顷，方才低低地说道："关于你们合同的事情，他和你说过没有？"

"合同？合同怎么样？"文珠对于他这一句话，心头方才感到有一点微惊，遂蹙了眉尖儿，望着他急促地问。

顾元洪却平静了脸色，微微地一笑，说道："没有什么，他不过始终向你抱着要求的态度，希望你能履行合同上的话，继续登台表演，你觉得怎么样？"

"是不是叫我到这儿来，就是他请你来给我代为说情的？"

"他倒没有这个意思，是我效毛遂自荐而已。其实，我和张老板是朋友，和大小姐也是朋友，也无非是拉拉圆场的意思。"

"并不是我不卖你的交情，这件事办不到。"文珠严肃了态度，很决绝地回答。

这么一来，倒叫顾元洪没有了落场势，遂苦笑了一下，点点头，说道："他说，你们合同还有好多个月的日子，如果你不照合同履行的话，根据法律上说，你得赔偿他一切的损失啊！"

"要赔就赔，我早就准备和他在法庭上见面了！"

"这……这……又有何苦来呢？我以为你是一个很聪明的姑娘，假使你真的要这么做，那简直是在跟你自己捣蛋。何必一定要斗这口气而使自己受亏呢？假使你仔细地想一想，你就觉得那是太不合算了。"

"我觉得没有什么合算不合算，为了斗这一口气，我吃亏，我倒霉，我心甘情愿，这有什么法子可想呢！"文珠在这个时候，也弄得势成骑虎，于是索性强硬到底，表示并没有商量的余地。

顾元洪觉得有些为难，遂故意笑道："其实，你并不是为了斗这一口气……"

"那为什么……"

"我想你口里说是觉醒了，但心里还在迷恋着一个人。不怪你生气，你至少还有些为了李英龙的缘故吧？"

文珠起初蹙了眉尖儿，有些怀疑的样子，此刻听他这么说，方才恍然有悟了，遂微红了两颊，摇了摇头，说道："你这猜测是错误的，李英龙就是待我好到不能再好，我也绝不会专门为了他做事。

老实地说，我这碗饭也吃得有些厌倦了。我要离开这个环境，哪怕生活上苦一点，我也愿意。"

"你这意思，我倒也相当地表示同情，不过你要换一种怎么样的环境呢？你能否明白地告诉我，看我是不是也可以替你尽一分力量。"顾元洪含了善意的微笑，他的目的，是在竭力地博得文珠的欢心。

文珠想了一想，向他瞟了一眼，低低地说道："那是很简单的，在过去，我的生活过得太流动了，今天到东，明天到西，好像是天上的浮云一样。常言道，静极思动，动极思静。我现在很想清清静静地过一点安定的日子，比方说，繁华的都市我住得厌了，我就想到乡村里去住一下子。"

"这也是人之常情，我觉得你思想很好。不过你是一个孤零零的姑娘，身世似乎有些凄凉。所以你要到乡村里去生活，我倒很愿意陪你一同去，不知道你心中会不会讨厌我？"

"那怎么行呀？我在上海无牵无挂，毫无留恋。你在上海，却有许多的事业，你怎么可以为了我而放弃这许多事业？这我代你着想，倒真的是太不合算了。"文珠用了俏皮的口吻，微笑着回答。

但这些话听到顾元洪的耳朵里，觉得这倒是一个说话的好机会，遂温和地说道："文珠，恕我大胆，叫你一声名字，难道你和我认识到现在，还不知道我对你一番心意吗？我为了你，什么事业，什么名誉，甚至于我的生命，我也不可惜的了。只要你允许我做你最忠实的奴隶，我就愿意生生世世服侍你……"

"顾先生，你是一个有身份有地位的人物，我不过是一个卖唱的歌女罢了。真的，我劝你还是另找闺阁千金吧！"

顾元洪一面说，一面已站起身子来，他很小心地走到文珠坐着的长沙发旁边，两眼凝望着她的粉脸，表示极诚恳极忠厚的神气，低低地央求。文珠却平静了脸色，还是那么淡漠地回答。顾元洪有些焦急的样子，在她旁边趁机坐下，愁眉苦脸地说道："文珠，你……在我眼里看，比什么闺阁千金都要贵重万倍。因为我没有了你，我好像是掉落了灵魂一般难过。假使你再一味地拒绝我，那就不免使我感到太伤心了。以前，因为你心中有了李英龙这个人，不肯跟我亲近，这也不用说了。现在李英龙在你心目中已经是个不肖无赖之徒了，那么你为什么还不肯和我亲热呢？文珠，你……你……就可怜可怜我这一番痴心吧！"

"顾先生，我不是老早跟你说过吗？要我嫁给你，在事实上根本是件不可能的事情。"

文珠是个舞台上的演员，她在演戏的时候，类如此种的故事和情节，实在可说是司空见惯，不足为奇。所以顾元洪虽然是言语真挚、表情逼真，但是却不能打动文珠的心，她认为人生如戏剧，戏剧就是人生，越是外表慈悲，口头和善，他的内心越是龌龊卑鄙，所以她始终显出淡淡的态度，毫无情感地回答。

顾元洪急得两颊有些发红，搓了搓手，说道："为什么不可能呢？难道你嫁给了我，我会冻了你，还是饿了你吗？"

"受冻受饿，我认为这不是一件重要的问题……"

"啊呀！难道还有比饿死冻死更重要的问题吗？"

"当然啦！你要知道，一个人在世界上，绝不是为了专吃饭穿衣而做人的。"

"那么还为了什么呢？"

"那不用问，谁都知道是'名誉'两个字。"

"名誉？你这话也对，不过你嫁给了我，在名誉上也不见得会使你受到损失呀！因为我到底在社会上也是一个有地位的人。"

顾元洪自鸣得意地回答，他递过一支烟卷，又给她划了火柴。

文珠吸了烟，两眼望着从嘴里喷出来的烟圈，点头说道："不错，你的地位虽然很高，不过我的地位就不高呀！我知道，人家都把我当作一只小鸟看待，因为我能歌善舞，好像芙蓉鸟，又好像金丝雀。你现在想用金丝的鸟笼来把我关住，让我成为你的玩具是不是？但是，我还有两只会飞的翅膀，我绝不肯束手就擒地跳到你那只笼子里去的。"

"文珠，你为什么要这样比方呢？在我心里绝没有这种比方的意思。我情愿做一棵老树，让你这只活泼的小鸟儿，在我的丫枝上做巢。你喜欢在巢里休息，就住在巢里，你喜欢到天外去游玩，你就只管飞到云端里去翱翔，我绝对不会束缚你的自由，你说好不好呢？"

文珠听他这么比方，倒不免觉得好笑，遂抿嘴嫣然，秋波斜乜了他一眼，用了俏皮的口吻，低低地说道："你……这恐怕做不到，假使你真的能让我自由行动，那么说不定我会从你这棵老树上，飞到另一棵比较不老的树上去。如果再住厌了，我又会从另一棵树上飞到其他的树上去。到那时候，我试问你这棵老树有什么表示呢？"

"我想别一棵的树，也许没有像我这一棵的根深叶密吧！"顾元洪显出老奸巨猾的表情，摸了摸下巴，笑嘻嘻地回答。

文珠却并不注意他这几句话，她此刻心里有一个幻想，这幻想使她感到无限愉快，遂情不自禁自言自语地说道："本来，外界都称我是一只金丝雀，我认为这名词至少有些侮辱我的成分，所以我并不喜欢。因为我不情愿做人家的玩物，整天整夜地让人家关在笼子里，卖弄着自己的羽毛，唱歌给人家听，借此博得一点精美的食粮来充饥。假使我真是一只金丝雀，那我就要凭着两只会飞的翅膀，不管天有多么高，地有多么阔，我要飞一个痛快！"

"你这种想法，当然也有你的道理。不过，天地虽然高阔，也得当心那些猎人的罗网。而且，除了罗网之外，还得当心尖嘴利爪的鹰鹞。假使两者之中碰着了一样，那你的生命也恐怕会发生危险了。"

"这……我也曾经想到过，我不但想到鹰鹞和罗网，而且我还想到过这些放鹰鹞、张罗网的猎人的一种什么面目。"

"哦，你想得这么周到吗？那么你说是什么面目呢？"顾元洪见她冷若冰霜的态度，鼻子里笑了一声，很有神秘作用似的回答，一时心头跳了一跳，遂急急地问。

文珠又冷笑着说道："他的面目好像很慈善、很温和，可是他的存心却很险恶，而他的手段却更加毒辣。他明明张着罗网，放出了鹰鹞，来捕捉那些可怜的小动物。但是他的外表，却偏偏装出一种甜蜜的口吻，来作为一种宣传。说我这棵的根深叶密，最好在我的枝丫上做巢吧！但结果，使我上当而已！"

"啊呀，文珠，你……难道把我当作险恶的猎人看待不成？"文珠后面这两句话是说得再明显也没有了，她完全是在讽刺元洪。顾元洪不是一个死人，他当然是很听得出来的，一时涨红了猪肝色似的两颊，有些局促不安地问。

文珠却微微地一笑，很自然的态度，回答道："顾先生你不要多心，我并不是把你比作猎人，我无非是拿你的话来做一个比喻。如果比得恰当一点的话，我觉得张得标倒好像是这么的一个人。"

"嗯！嗯！你这句话倒有些意思。因为张得标利用你，借你的力量，来给他赚钱。所以我要你嫁给我，这也等于把你从张得标手腕去救出来一样。文珠，你是一个聪明的女孩子，我到底是好意还是恶意，你难道就一点都不明白吗？"

顾元洪这两句话，是为了自己，而只好牺牲张得标。文珠点点头，忍不住又笑了起来，说道："我明白，我什么都明白。不过……

你假使真心要救我的话，我觉得你是应该让我到天空去到处飞到处游的。”

"为什么不肯？我不但愿意你到天上去到处游，而且我还愿意保护你一同去飞，一同去游哩！"

"哼！与其说是保护，那我觉得干脆还是说监视来得痛快。并且照你的意思，也无非把我关在笼子里，换一个方式，提在你的手里而已。那跟猎人的阴谋，还不是异曲同工吗？"

文珠冷笑了一声，她这回又直截了当地驳斥他，并且站起身子来，连连地猛吸烟卷，表示无限的纳闷。顾元洪有些说不出痛苦的脸色，两眼注视着她的脸孔，叹了一口气，说道："我并不懂得你这是什么意思，为什么要把我这一番好心偏偏当恶意猜呢？假使你嫁给李英龙，难道你就不是被他关到笼子里去吗？况且他在上海原是有妻子的人，而我呢，到底在上海还是一个光身，我就不相信，你嫁李英龙就会幸福得多吗？"

"可是，我也并不想嫁给李英龙。"

"那么你预备嫁给谁呢？我有的是钱，钱能够使你生活上感到舒服，我劝你还是嫁给我吧！"

"哈哈！我说你把钱看得太贵重了，你以为有了钱，就可以购买一切了吗？你要这么想，那是你弄错了。偏偏还有一样东西，是花了钱也难买得到的。你就是把金子堆成山，银子打成墙，那也是不发生效力的。"

顾元洪见她笑了一阵，滔滔地说，这态度是十分的放浪，假使把她的表情，配制在另一个环境里去，顾元洪的想象中，觉得一定是十二分甜蜜。遂也跟着站起，走到她的身旁，迫切地问道："请问，这是一件什么东西？"

"就是我这一颗心。"

"你的心？"

"不错，你现在总可以明白了，黄金的力量，是只能买别的东西，却买不到女人的心！"文珠神情冷淡，讽刺地说。

这使顾元洪心中当然是受到了一重打击，他蹙了眉毛，有些难堪的表情，说道："我明白了，你爱的是小白脸，不是黄金。只要年轻美貌，就是穷光蛋，你也肯的，是不是？所以你毫不吝惜你的金玉之身，而情愿嫁给这一个无赖之徒的李英龙。"

"不，不！你不要误会，我刚才已经给你声明过，我并不想嫁给李英龙。不过我所以爱李英龙的意思，我跟你明白地说一句，我就是要把男子玩弄玩弄而已，借此替我们女界同胞出一口气。"

顾元洪听她这样说，觉得她大胆的作风，倒不亚于舞国至尊宝王文兰，一时望着她花一般的面庞，倒忍不住笑起来了。遂厚了面皮，忙说道："那不成问题，你尽管拿玩弄的手段来对付我呀！"

"不过……你是有身份的人，何必要这么迁就我呢？"

"那有什么法子呢？你不肯迁就我，我只好迁就你，情愿吃点儿亏，学学李英龙的样子。好在男子汉大丈夫，能屈能伸，拜倒在你大小姐的旗袍下，也不算是什么坍台的事情呀！"

"其实，我对于你这种态度，也觉得有些不大喜欢，怎么自己竟没有一点主意，专门只知道迁就人家呢？"

"啊呀，我的好大小姐！你这样说，不是存心跟我捣蛋吗？不依照你的想法，你就把我比作猎人，比作提鸟笼的人。但依了你的想法，你又嫌我太迁就，太没有自己的主意，那你叫我到底怎么办才好呢？大小姐，我……不知道该怎么样才能称了你的心。唉！我事到如此，也只好向你跪下来了。大小姐，你总要发发慈悲心，可怜可怜我吧！"顾元洪见文珠一味地刁难自己，这就哭丧着脸，一面说，一面已忍不住跪了下来。

文珠回头看了他一眼，伸出两个指头来，笑道："第二次了。"

"是的，第二次跪你了。不过，我跪你就是第三次第四次，我也心甘情愿，只要你肯答应我。"

"你府上还有什么人吗？"

"除了厨房里烧饭的司务和小童外，没有第四个人。"

"那么你不怕被他们撞见了笑话吗？"

"为了你，我不管这些。大小姐，你若再不肯答应，我情愿跪死在你的面前。"

顾元洪说到这里，伏下头去，两手抱住她的脚，好像是一条狗在乞求主人爱怜的神气。文珠恐怕被人看见，传出去不大雅听，遂权且答应，笑道："好吧！只要你一切都依照我所说的办，我也不必太苛求了。"

"老爷，老爷！有人来找你啦！"

文珠话还未说完，忽听小文在外面急急地报告。顾元洪听了文珠已经答应了的话，正欲乐得发狂起来，但听了小文的禀报，一时也只好慌忙站起身子。就在这个当儿，忽见一个花信年华的妇人，衣服穿得并不十分体面，怒气冲冲的样子，闯进会客室里来。她两眼凶险得好像是要吞吃人的神气。当她一瞧到了文珠，遂急奔上前，喝问道："你……你……就是姓鸿的歌舞女子吗？"

"是的。你是什么人？到此干吗？"

"好哇！你们的本领真不小。居然瞒着我租起这么大的房子来住了！我问你这个小贱货，我的李英龙，你把他藏到什么地方去了？"

原来这个妇人就是英龙的妻子徐妙英，她说到这里，早已伸手一把抓住了文珠的胸襟，好像动手要打的神气。顾元洪见文珠涨红了脸，一面挣扎，一面却气得说不上话来，这就走上去问道："喂！喂！你这位太太贵姓？到这儿来找谁呀？"

"哼！你还假痴假呆地问我找谁，我告诉你，我婆家姓李，我娘家姓徐，我是李英龙的结发太太。"妙英瞪了他一个白眼，神气活现地回答。

文珠趁其不备，早已把她推开，向顾元洪身后走了两步，恨恨地说道："我跟你毫不相识，你这样扭住我做什么？"

"你这不要脸的东西！你还要跟我假装糊涂吗？你以为我不知道吗？你跟英龙住在这儿已经不止一天了。我早打听，晚打听，方才被我打听得清清楚楚，你还想抵赖吗？我打你这个迷人的狐狸精！"

妙英气得全身发抖，伸手先在桌子上猛击一下。她预备冲上去再把文珠抓住，恨不得痛打一顿的样子。顾元洪慌忙把她拦阻了，正色道："李太太，我看你也太冒失了，你知道这里姓什么？叫什么？是谁的家里？那你也应该打听得明白一点呀！"

"嘿！嘿！我为什么不知道？这里是我丈夫跟这个不要脸的贱货合租的临时公馆。她这个狐媚子把我丈夫迷恋得忘记了家，忘记了妻儿，她是我的仇人，我非跟她拼命不可！"

"嗳嗳！你不要太放肆，当心弄错了，自己吃亏！"

"弄错？哈哈！你还想骗我吗？走开！走开！你是什么东西？敢来管你老娘的事情？"

徐妙英这时气得像一条疯狂的狗似的，恨不得见了人就咬的样子。顾元洪望着她也忍不住笑起来，遂把她身子向后推了推，说道："你倒问我是谁，这件事太有趣了！难道你还自以为是这儿的主人，把我当作这儿的客人看待了不成？"

"这种混账的泼妇，你还跟她多说些什么，还是叫她快点儿滚吧！"

"什么？什么？你这贱货想赶我走吗？哈哈！哈哈！你知道了没有？我今天的来意，是预备要你的性命。我要撕碎你这个烂污货，

222

我要把你撕成一片一片，让我吞到肚子里去。"

徐妙英的这几句话，说明她心中是痛恨到了极点的。她咬牙切齿，两眼好像要冒出火星来。她猛可地扑了上去，真的预备跟文珠拼个她死我活的样子。顾元洪知道文珠绝不是她的对手，假使给她们弄在一块儿，文珠是一定要大大地受亏。所以他横身挡在文珠的面前，绷住了脸，也恼怒地说道："喂！你这个女人到底讲理不讲理的？怎么糊里糊涂跑到我家来瞎吵闹？我告诉你，我姓顾，这里是我的家！你不相信，可以到四邻去打听打听。老实地警告你，你再要胡吵，我可对你不客气！"

"呸，别往你脸上贴金吧！这是你的家里？哈哈！你当我三岁小孩子看待吗？不错，有人说这屋子姓顾的，是李英龙怕我知道，故意这么换个姓字。瞒得了别人，就瞒不了我！"

"你这个女人真是疯子！真是疯子！你给我滚出去吧。"

"是的，我已气得快发疯了！为了这个不要脸的贱货把我丈夫迷住了，我急疯了，我急疯了。对不起！谁再要拦住我，我就打人了！"

顾元洪见她撞撞颠颠地一面说，一面真的举手向自己挥过来。这就急忙把她格住了，口里大叫小文。小文奔进来连问什么事，顾元洪大骂道："你这该死的奴才！怎么会让疯婆闯到公馆里来？快去报告警察局，把她送到疯人院里去吧！"

"哦！哦！我马上就去！我马上就去！"

"慢来，慢来，这……这到底是怎么一回事？我明明听人家报告我，说他亲眼瞧见李英龙从这儿进来的。难道弄错了不成？"徐妙英听顾元洪这么吩咐，一时到底也有些害怕起来，遂把小文拉住了，回头又自言自语地怀疑着问。

顾元洪说道："不错，李英龙确实是到这儿来过的，但是他已经

223

被警察局抓去了。"

"什么？他犯了什么罪？"

"哼！他拿了手枪预备打劫我的公馆。老实跟你说吧，你丈夫是个穷光蛋，他有钱租得起小公馆，那倒是你的福气了。你到四周望一望，看这富丽堂皇的房子，也是你们李英龙一个马夫住得起的吗？你自己倒是不要向脸上贴金吧！"

顾元洪这几句话听到妙英的耳朵里，她仔细地想了一想，也觉得自己有些弄错了。她慌张地红了脸，却不知道说些什么才好，但顾元洪又笑嘻嘻地说道："你假使一定要把这屋子认为是李英龙租的，那么你就不妨在这里住下来，因为我在晚上实在缺少一个像你那样的女人来陪伴取乐。倘若你看中我，不嫌我年纪老一点，你就不妨抛掉李英龙，在这儿给我做个小老婆吧！"

"什么？去你妈的吧！"

徐妙英见他贼秃嘻嘻的样子，还挨近身子过来，拉起了自己的手，这就羞愧地骂了一声，急急地挣脱了手，便跟跟跄跄地向外面奔逃出去了。于是屋子里顾元洪、文珠、小文三个人都忍不住好笑起来了。

七、谁都不爱看破情场奔四海

　　顾元洪见徐妙英踉跄地逃了出去，一时不免得意地大笑起来。文珠和小文见了这幕趣剧，也都为之扑哧失笑。顾元洪还嘲笑地骂道："这真是笑话奇谈，到我顾公馆来找李英龙，她这个泼妇真是瞎了眼睛。鸿大小姐，现在你是亲眼目睹了，事实已经证明，李英龙家里是有妻儿的了。他明明向你要了钱花的，现在反被这泼妇诬你迷恋了李英龙，我此刻想起来，实在为你太叫委屈并冤枉了!"

　　"唉……"文珠听顾元洪这样说，她的心头像尖刀在剜一般地痛苦，惨白了脸色，颓然地倒向沙发上去坐了，深长地叹了一口气，却呆呆地说不出一句话来。

　　顾元洪知道她心中大有悔恨之意，心中更加欢喜，遂向小文使了一个眼色，小文会意，便悄悄退出。这里顾元洪慢步走了上去，在她身旁坐下，伸手拍了拍她的肩胛，低低地安慰道："大小姐，你也不要难过了，好在你什么都已明白了。过去的譬如昨日死，未来的犹若今日生。承蒙你答应我做我的太太，我心中除了万分欢喜之外，真是感到万分感激。不过你放心，我总不会使你受到一分一厘的委屈。"

　　"是的，我知道，我明白你待我是再好也没有了。"文珠颤抖地回答，她心中一阵悲伤，眼泪忍不住簌簌地落了下来。

　　顾元洪以为她的哭，多少包含了一点感激自己的成分，因此他好像吃了定心丸似的觉得一百二十分放心。可是他却不知道文珠的哭，是因为受愚于人，而今日又遭泼妇的侮辱，所以心灰意懒地悲哀起来。当时顾元洪甜言蜜语地，又把文珠好好地安慰了一番。文珠收束了泪痕，站起身子便要告别。顾元洪慌忙劝阻道："文珠，在我这里吃了夜饭走好吗？你瞧已经四点多了。"

"不，我有些头痛，要回家去睡一会儿。"

"在这里不是也可以睡吗？你还没有到我房中去参观参观呢！"

"现在不很方便，将来总可以见得到的。"

"你这话也不错，那么我叫车子送你回家吧！"

顾元洪说到这里，又连连叫了两声小文。小文从外面走入，问老爷有何吩咐。顾元洪说叫阿三汽车侍候，送鸿小姐回去。这里元洪又亲自给她披上大衣，文珠挟了皮包，遂坐了顾元洪汽车匆匆回家去了。

文珠到了家里，把皮包交给爱玉藏好，她自管脱了大衣，倒在床上，呜呜咽咽地哭了一场。这么一来，倒把爱玉吃了一惊，遂急急地问她什么事情，难道受了谁的委屈了吗？文珠哭了一会儿，方才一骨碌坐起身子，拭泪说道："没有什么，我心里闷得很，哭一场出出气，此刻好得多了。"

"姐姐，你从来不知道伤心的，怎么今天却大哭起来？你不要瞒我，到底为了什么？顾元洪叫你去，难道他欺侮你吗？"

"不，不！他不敢欺侮我，他要求我嫁给他。"

"那么你答应他没有？"

"我口里是答应他了，不过我心中并不情愿。"

爱玉听姐姐这么回答，一时倒不禁为之愕然。凝眸含颦地瞅了她一眼，似乎不了解姐姐用意何在的样子，咦了一声，说道："这可不是儿戏的事情，你既然不情愿，那么应该爽爽快快地拒绝人家。

226

现在你答应了他，难道还能反悔吗？"

"没有关系，我心中原有打算的……"

文珠回答到此，忽然电话铃声响了起来。爱玉连忙出外去接听。过了一会儿，爱玉走进房来，说是顾元洪打来的，叫姐姐去接听。文珠遂到外面，握了听筒，问道："我是文珠，你是顾先生吗？"

"是的，你说头痛，现在好些了吗？"

"总是这个样子，我在床上已经睡了，妹妹把我叫起来的。"

"啊呀！该死，该死！这是我的不好，我不是又惊吵了你吗？"

"那倒没有关系。顾先生，你还有什么事情跟我谈？"

"我一则不放心，所以来问问你。一则来告诉你，张得标和李英龙都出局了。张老板此刻在我家里，他的意思，这两天营业太惨，要如你大小姐再不上台表演的话，他这个团体实在不能维持下去。他急得没有办法，只好自杀给你看。所以千求万求地求求你，你要发发慈悲心，就答应他明儿上台吧！那你这一分恩典，他是到死不忘你的。我回答他，说你已经预备嫁给我了，你早晚要退隐的。张老板又说，在我们未结婚之前，千万要你再帮一个时期的忙。所以我打电话来问你，你的意思预备怎么样？假使你无意登台，我就代你向张老板赔偿损失，因为他要根据合同和我们法律起诉的，那时候我既然做了你的丈夫，在事实上当然也是脱不掉干系的，你说是不是？"

"哦，哦！让我想一想……这样吧，明天登台恐怕不能够，因为我此刻头痛得厉害，也许明天还不能起床。即使能起床，也得给我休养休养……"

"当然，当然，只要你肯答应登台，这已经使他很感激了。那么你说吧，几时可以登台呢？"

"在这三天之内，我一定可以上台。说不定后天就上戏，你叫张老板放心好了。"

"最好是给他一个准确的日子，因为他们报纸上要登明的。"

"好！就决定后天吧！"

"文珠，谢谢你，我很明白，你所以答应他，完全是为了顾全我，怕我赔偿他一笔巨大的损失是不是？"

"你既然明白，还说它做什么？好了，我们再见吧。"

文珠说完了这两句话，便把电话听筒搁上。她回到卧房，又躺向床上去。爱玉给她盖上了被子，猜疑地问道："姐姐，你预备后天上戏吗？"

"嗯，我心中是这么想……"

文珠一面回答，一面便闭了眼睛，好像预备入睡的样子。爱玉也不知道姐姐心中存的什么意思，她静静地坐在沙发上，却暗暗地猜测了一会儿。

这是出乎爱玉意料的事情，第二天早晨起来，文珠却向爱玉关照，说把衣服整理整理，今天姐妹两人预备马上离开上海。爱玉听了这个消息，当然是万分惊异。这就目瞪口呆地出了一回子神，方才徐徐地问道："姐姐，你……这是怎的一回事？你不是答应嫁给顾先生了吗？而且你不是答应张老板明天登台吗？怎么你一会儿又欲离开上海了呢？"

"傻孩子！你以为我真的愿意给顾元洪做小老婆当玩物吗？你以为我真的心甘情愿给张老板做摇钱树吗？不，不！我绝对不肯这么牺牲自己。我昨天之所以这么答应他们，原是缓兵之计。妹妹，上海是万恶的，尤其是人心更险恶得令人害怕，我觉得我们若再在上海多待一刻下去，我们的身子将永远被魔鬼锁在苦海之中了。所以我下了决心，我们今天马上就走！"

爱玉听姐姐这么回答，方才恍然大悟，暗想，原来姐姐胸有成竹，绝不是一个没有主见的人。她虽然赞成姐姐这么做，但是她忽然想到了一个人，一时心头倒不免又恋恋不舍起来，遂微蹙了眉尖儿，低低地说道："姐姐，你为什么这样急促地就要走呢？能不能过几天再离开上海？"

"妹妹，难道在这黑暗的上海还有什么使你心中感到依依不舍吗？"

"不……倒不是有什么依恋之情。因为我怕被顾元洪知道了，他翻脸不认人，派人把我们逮住了，那……不是更糟吗？所以我的意思，事情要给人防不到的，缓几天一走了事，那岂非神不知鬼不觉吗？"文珠这一句话倒是把爱玉问住了，她急得红晕了粉脸，不好意思说是为了放不下秦钟的缘故，这就转了转乌圆眸珠，贡献了这一点意见。

文珠搓搓手，在室中来回打着圈子，心乱如麻的样子，说道："你这话虽然对，不过我今天这么一走，他们也未必会料得到。因为我答应他们明天上台，他们一定是很安心的。所以我的行动，已经是很神秘了。你说缓几天再走，我却怕夜长梦多。假使明天走不了，我没有办法，我只好做顾元洪的小老婆去了。"

"不过他们在上海是有着畸形势力的人，假使他真的要找你，恐怕走到天边去也会被他们找回来。"

"那也不见得，我想，我们只要离开上海这个码头，他们纵然有天大的本领也是没有什么用处呀！"

"但是，我认为这件事总觉太冒险了。"

"这也算不了什么冒险啊！你怕什么呢？如果出了不幸的事，我也绝不会连累你……妹妹，你到底愿意不愿意跟我一同走？倘若不愿意，我可以一个人走的！"文珠见爱玉这么胆小害怕的神情，她心中有些生气，遂绷住了粉脸，恨恨地回答。

爱玉红了眼皮，似欲盈盈泪下的样子，说道："我并不是害怕，我是为了你着想。现在你既然这么说，我们就决定今天走吧……"

"妹妹，你不要伤心了，姐姐近来的神经有些失常，所以言语之间得罪了你，千万请你不要生气才好。"文珠见妹妹似乎受了委屈要哭的模样，这就拍着她的肩胛，抚摸她的手，低低地说好话。

爱玉摇摇头，表示并不生气的意思。于是姐妹两人便急急地整理了两只皮箱，把一切贵重的东西，也都放在里面。不料正在这个当儿，忽然听得梅真在外面和人说道："郭小姐，你找我们小姐吗？快请坐一会儿，我给你去报告。"

文珠听了这个话，不等梅真走进房中来，便向爱玉丢了一个眼风，她自己先急急地奔了出来，几乎和梅真撞了一个满怀。梅真忙退后两步，说道："大小姐，郭小姐来了。"

"文珠姐姐，你不是有些不舒服吗？今天好些了吗？"

"原没有什么病。素珍，你此刻怎么有空来呀？快请坐。梅真，倒茶来吧！"

文珠含了微笑，向她点头招呼，口里虽然是这么回答，但心中却在暗暗地猜疑，素珍今天忽然到来，难道是给他们来打听消息吗？因此心头突突地乱跳，神态显现着局促不安的样子。梅真倒了茶后，遂悄悄地退下。素珍向文珠拱了拱手，笑盈盈地说道："文珠姐姐，恭喜你，恭喜你，你不是快要请我们吃喜酒了吗？"

"别胡说八道，这是你打哪儿来的消息？"

"嘿！你还想瞒人吗？我们剧团里谁都知道了，你要嫁给顾元洪了是不是？所以我们都准备合伙送你一份贺礼。"素珍逗给她一个娇嗔，这意态还包含了一点天真的成分。

文珠红晕了粉颊故作羞涩的样子，微微地一笑，低低地说道："这问题还没有到时候呢，你提得这么早来说干吗？"

"不早了，顾元洪说的，他最多答应你帮张老板一个月的忙。一个月之后，你就是顾太太了，现在我们准备送礼，难道说还能算早吗？"

"我觉得你们不必小题大做，就是我嫁给顾元洪，也不过是一个姨太太而已，唉！还送什么礼，还贺什么喜呢？"文珠见她那样代为高兴的神气，她有些感触，反而微微地叹了一口气。

素珍很奇怪地望了她一眼，一时倒无话可答。过了一会儿，才说道："虽然是一个姨太太，好在顾先生在上海只有你一个太太，外界谁知道你是姨太太呢？况且他到底是个有地位有财产的人物，我认为比起嫁给李英龙，还是嫁给顾元洪合算得多了。"

"是的……"

文珠此刻的态度有些心不在焉的样子，因为她是一心地在计划着，乘火车到了南京之后，再转道上哪儿去，所以对于素珍的话，一只耳朵进去，一只耳朵出来，根本不知道她在说些什么，口里只回答"是的"两个字。忽然她向卧房里叫了一声妹妹，爱玉从里面走出，问道："姐姐，你叫我做什么？"

"我十一点钟还有些事情，要到外面去一次，你来陪素珍谈一会儿吧！"文珠故意伸手看了一下手表，低低地回答。

素珍不及爱玉回话，就站起身子来，哟了一声，笑道："那你也太老实了，既然你有约会，为什么不老早地跟我说呢？我不坐了，文珠姐姐，我们一块儿走吧！"

"也好。妹妹，你……在家里小心一点。我……就回来的，说不定午饭还回来吃。"

素珍要文珠一块儿走，这原是小姐妹淘里表示亲热的意思，但文珠心中却不免暗暗地焦急。因为她之所以这么说，无非是催素珍走的意思。现在她信以为真，自己反而弄得没有了办法。但事到如

231

此，也只好硬着头皮，一面向爱玉丢了一个眼风关照，一面披上大衣，连皮包也没有拿，就和素珍一同到外面去了。

爱玉待姐姐和素珍走后，她心里不知为什么也老是跳跃得很快速，一个人在室中团团地打圈子，好像热锅上的蚂蚁一样。正在这时，门外有人笃笃地敲了两下。因为梅真在厨房里，爱玉遂亲自去把门开了。出乎意料的是，进来的不是别人，却是秦钟。因为自己要离开上海了，此刻见他到来，当然又喜欢又难过。但她表面上还是显出平静的态度，而且俏皮地说道："秦先生，我姐姐不在家。"

"我知道她不在家，不过我现在到这儿来，不是来找她，却是找你来的。"秦钟知道她有些讽刺自己的意思，这就微红了脸，含笑回答。爱玉这就没有话说，把手一摆，是请他坐下的意思。秦钟且不坐下，伸手在袋内摸出一张收条来，交给爱玉，说道："二小姐，你看一看，这是申报助学金的收据，我写无名氏，这一切都是照你意思办的。"

"很好，你藏着也一样，何必交给我呢？"

"其实你藏着也没有用，我藏着也没有用，无非给你看过了放心的意思。"

"什么？你这话难道以为我不放心你吗？那天在医院里，我早就跟你说，你不用给我看，我想这一点小小的数目，谁还信不过谁呢？"爱玉听他这样说，秋波逗给他一个娇嗔，大有生气的样子。

秦钟弯了腰肢，却连连地赔错，笑嘻嘻地说道："不是，不是，你误会我的意思了。"

"那么你是什么意思呢？"

"我的意思，我把收据给你看了之后，我可以放下一桩心事，并不是说你可以放心。那是怪我说得太含糊了，对不起！对不起！"

"算你那张贫嘴会说话，好吧！你站着干吗？坐下来喝杯茶。"

爱玉白了他一眼，但脸上却掩不住地露出一丝笑容来，一面亲自倒了一杯茶，一面叫他坐下。

秦钟在沙发上坐了，握了茶杯，呆呆地想了一会儿，忽然抬头望了爱玉一眼，含笑问道："你姐姐上哪儿去了？"

"去买些东西，说不定就回来的。"

"买什么东西？"

"那……我倒不知道，反正她总是去买一点东西吧。"

"其实你不说出来，我也早已猜到了。"秦钟放下了茶杯，望着爱玉微笑回答，好像包含了无限神秘的样子。

爱玉倒是奇怪起来，凝眸含颦地咬着嘴唇。过了一会儿，才问道："这就怪了，我不知道，你倒知道。请教你，我姐姐买什么去的？"

"那还用说吗？当然是买新娘用的东西去，比方说：衣料、日用品，一切的一切，不是都要预先购备起来吗？"

"什么？我姐姐嫁给谁？"

"哈哈！你做妹妹的何必还要代她瞒得这样紧呢？大大小小的报纸上哪一张不刊载着你姐姐要下嫁地产大王顾元洪了？"

"哦！这消息真灵通，怎么连报纸上都刊载出来了？唉！"

爱玉方才明白他所以晓得的原因了，觉得这都是顾元洪弄出来的计谋，他无非怕姐姐反悔，所以在报纸上先大肆宣传，使外界都已知道，那么姐姐也就势成骑虎了。一时想起姐姐的存心，她自然十二分地感慨，这就深长地叹了一口气。

秦钟见爱玉惨淡的神情，一时也大为惊奇，便急急问道："二小姐，我真有些不懂，你姐姐嫁人了，这是一件欢喜的事情，你怎么反而叹息起来了呢？"

"秦先生，你过去的论调，好像不是这个样子。"爱玉一撩眼皮，又向他低低地取笑。

秦钟的两颊，像喝过了一点酒似的绯红起来。支吾了一回，才厚了面皮，笑道："过去是过去，现在是现在，那怎么能合在一块儿谈呢？二小姐，我这人真惭愧，读了近十年的书，还不及听你一番话，我如今和过去不同了。在我好像是服过了一颗清凉丸，让我头脑清楚得多了。"

"真的吗？"

"当然真的，我过去是完全近乎疯痴的样子，现在我什么都明朗了。二小姐，假使你姐姐嫁给顾元洪了，那么你还住在这儿吗？"

"难道你认为报上的消息这么准确吗？"

"这是可能的事，顾元洪是个地产大王，你姐姐是个歌舞皇后，无论在地位还是条件上都是很相合的事情。难道我还不相信？那我岂非仍旧是一个疯子吗？"

"你从前不是自命是我姐姐唯一的知己吗？现在你又这么说，可见你对她本来没有认识清楚，你真是一个糊涂的浑蛋！"爱玉听他这两句话中，至少是包含了一点侮辱姐姐的成分，这就感到有些生气，噘了小嘴，恨恨地骂他。

但秦钟却笑嘻嘻地说道："骂得好，骂得好，我从前确实是个浑蛋，但现在我把你姐姐认识得再清楚也没有了。"

"不，不！你在从前认识得比较清楚，可是，现在你是越发糊涂起来了。"

秦钟对于爱玉这两句话，倒不禁为之愕然，望着她的粉脸，有些木然的样子，怔怔地问道："你……这话是什么意思？"

"从前你把我姐姐颂赞得像孔夫子一样伟大，现在你却又这么看轻她，所以我觉得你这人完全自私自利，并无一点公正的评判，那未免是你失人格的地方。"

"可是……我现在也没有看轻她呀！"

"你没有看轻她也好，反正她也不是这么一个爱好虚荣的女子。"爱玉见他涨红了脸，似乎有些羞愧的表情，急急地辩白，就微微地一点头，用了凄婉的口吻说。

但秦钟听了，不免有些怀疑，皱了眉毛，低低地问道："二小姐，我瞧你今天的神色，好像有些局促不安，而且更像有些隐痛的样子。这到底是为了什么？你不能向我告诉一声呢？"

"这么说来，你倒是善观气色的！"

"不！我不是相面的，哪儿有这点子本领？不过我好像有这么一点感觉罢了。"

"是的，我确实有一点心事。"爱玉点点头回答，她走到窗口旁去，望着天空中来去无定的浮云，不免又难过起来。

秦钟跟着站起身子，走了过去，站在她的身后，低低地说道："二小姐，你今天说话为什么老是这样吞吞吐吐的？你有什么心事？你告诉我，看我是不是也有什么能力可以帮你一点忙？"

"这不是你帮了忙可以解决的事，我觉得你还是少管闲事，可以减少一点烦恼！"

"这么说来，和我不是也有一点连带关系吗？二小姐，你好歹说一点给我知道……咦！你怎么好好的哭起来了？"秦钟听她这样回答，心中益发猜疑起来。于是伸手扳过她的肩胛，不料他的眼睛望到爱玉脸上的时候，却沾了丝丝的泪痕，一时便惊叫起来追问。爱玉拭了一下眼皮，却又走到沙发旁来，并不回答。秦钟见了这个情形，心中相当焦急，遂急急地跟了过来，说道："二小姐，你快告诉我吧！你若再不告诉我，我的心快急得从口腔里跳出来了。"

"告诉你也好，反正我是瞒不了你的。秦先生，我们马上就要分别了。"爱玉这才回过脸，向他说出了这么两句话，她喉间哽咽的成分，脸上是显出凄凉的样子。

秦钟奇怪地问道："分别了？你们预备上哪儿去？"

"回故乡去……"

"哦！我知道了，你姐姐嫁了人，所以你回故乡去了是不是？"

"不是，我跟姐姐一同回去的。"

"哦，我明白了，是不是顾元洪带了你们姐妹两人一同回乡去？可是你不要太傻了，姐姐跟顾元洪回去，这也许是没有办法。你又没嫁给顾元洪，你跟他们一块儿去做什么？"

"不，不！你都猜错了，我们姐妹两个人回故乡去，我们跟顾元洪根本毫无关系。"

秦钟听爱玉这么回答，一时弄得丈二和尚摸不着头脑了。他呆呆地愕住了一会儿，方才又急急地问道："我真弄不懂你们这是怎么的一回事，你姐姐不是要嫁给顾元洪吗？"

"不！并没有这个意思。"

"瞧你，还瞒骗干吗？报上的消息，虽不能说全准，多少有些因头。"

"报上管他们刊登，但嫁不嫁是姐姐自己心里做主的，谁也不能勉强她呀！"

"照你这么说，顾元洪跟你姐姐的关系，只不过是顾元洪爱你姐姐而已，你姐姐却并不情愿，对不对？"

"是的，你这就聪明了。"

"可是，我真觉得有些奇怪，你姐姐这个不爱，那个不爱，难道一定要爱这位马上英雄吗？"

爱玉见他怀疑的样子，这就哼了一声，逗给他一个白眼，有些怨恨地说道："你这话不是又侮辱我姐姐了吗？"

"不，不！我绝对不敢有侮辱的意思。"

236

"你这人真笨，我姐姐要如爱上了一个人，她还会离开上海吗？就是因为她一个也不爱，所以她决心带我回故乡去了。"

"哦，原来她谁都不爱……我……似乎太小觑了她。你姐姐不愧是个前进的女艺人！值得令人崇拜的。"秦钟方才理会过来，一时他又觉得十二分敬佩的样子，眼望着天花板，痴然地自语。

爱玉忍不住好笑道："那么你现在又崇拜她了吗？你又把她当作孔夫子看待了吗？"

"是的，不过，我心中就只是崇拜她而已，却并不爱她。"

"你爱的是谁呢？"

"二小姐，是……你！"

"我？不过，也许是不能够了，因为我们眼前就得马上分手了。"

爱玉想不到他直截了当地说了出来，一时芳心忐忑地跳动了一下。虽然她感到有些喜悦的意味，然而心中的悲酸浓过喜悦。她颤抖地说完了这两句话，眼泪已夺眶流了下来。秦钟的心头也十分难过，他情不自禁地握紧了爱玉的纤手，诚恳地说道："二小姐，我求你，我求求你，你能不能不要离开上海呢？"

"可是，我姐姐再也不能在上海待下去，我们是亲手足，我不能为了一点私爱，而抛了手足之情呀！秦先生，请你不要难过，假使你真的忘不了我，我们以后也许还有见面的日子。"爱玉见他流下泪来，一时芳心感动，遂偎到他的怀里去，情不自禁地向他安慰。

两人正在柔情蜜意、难舍难分的当儿，忽然室门开处，文珠咳了一声，微笑着走进来了。

八、卿偏薄命愿与事违留遗憾

　　爱玉和秦钟正在柔情绵绵难舍难分的当儿，忽然见姐姐回来，一时羞得都绯红了脸，慌忙分开在两旁。秦钟恭恭敬敬地向她鞠了一个躬，只好勉强地叫了一声大小姐。文珠却并不理他，望了爱玉一眼，问道："爱玉，你们几时弄得这么要好的？为什么不老早地告诉我？"

　　"姐姐，我……我们没有什么，我们……说……不上要好呀！"

　　"对，对！我们不过彼此拉一拉手，别的什么都没有。"

　　爱玉口里虽然是支支吾吾地回答，但她的粉脸始终是低垂着，却没有勇气向文珠回视一眼。秦钟有些手足无措的神情，他也连声地附和着辩白。

　　文珠逗给他一个白眼，故作娇嗔的表情，冷笑着道："你不用声辩了，我知道，你这浑蛋，时常在这里跑进跑出，一定是存着什么坏心眼儿的。果然，今天被我撞见了！"

　　"姐姐，你不要这样说，你纵然不相信他，难道也不相信你的妹妹吗？从小跟你一起长大的我，会不会瞒着你做出丢脸的事情来呢？"爱玉听姐姐这样说，因为和自己有些连带关系，抬起头来，怨恨地望了文珠一眼，几乎要哭起来的样子。

　　秦钟不愿爱玉受这一份委屈，遂又说道："大小姐，请你不要冤枉我们，我今天来的原因，是为了一张申报助学金的收据，拿来给二小姐看的。既然你对我印象这么恶劣，那么我不该再留在这儿伤了你们姐妹的感情，我们再会吧!"

"不行，你想这么一走了事吗?"文珠见他说完了话，便弯了腰肢预备匆匆要走的样子，这就伸手一把拉住了他，脸色十分不好看。

秦钟那颗心几乎要跳跃到口腔外来了，不免愁眉苦脸的模样，急道:"啊呀，我的大小姐! 你这是什么意思? 你不放我走，我也没有什么不法的行为，难道你还预备把我送到局子里去不成?"

"姐姐，你这种举动，简直是在侮辱你自己的妹妹!"爱玉恐怕姐姐真的把他送到警察局里去，那么明天传到外面，自己的名誉不是要扫地了吗? 她急得把脚一顿，背转身子，真的呜咽着哭起来了。

秦钟却又显出毫不介意的态度，用了柔和的口吻，向爱玉安慰道:"二小姐，你何必急得这一分样儿呢? 反正我们之间，是一种清清白白的道义之交，随便她怎么侮辱，我们可以问心无愧!"

"哼，我真没有想到，你这小子，倒用的是一种声东击西的办法，表面上每次到这儿来跟我胡说八道，而你真实的目的，却在我妹妹的身上。好哇，你真有胆量! 你说，你给我明明白白地说出来，要不然，我绝不饶过你!"

"大小姐，你……这真是太冤枉我了，你……叫我说些什么好呢?"文珠怒目逼视着秦钟，要他明白地说来。秦钟急得额角上的汗水也流了下来，连说话都有些口吃的成分。

文珠冷笑着又说道:"我真不会冤枉你，你说，你是不是借着访问我的名义，来追求我的妹妹?"

"这……这……叫我怎么能够承认呢? 天地良心，大小姐，我告诉你，我和二小姐的情形，是因为你每次拒绝见我，所以我只好和她谈谈，其实，我们根本没有什么呀! 即使我们有着这一点点感情，也可说是'有心种花花不发，无心栽柳柳成荫'罢了。"

"姐姐，我请求你不要这样问他，他不过是因为迷恋着你，才上这儿来找你的。你怎么反把这个罪名，移到我的身上来呢？"爱玉在旁边再也听不下去了，她愤愤地又回过身子来，向文珠叫了一声，急急地辩白。

文珠暗想，照他说来，是我厌憎着秦钟，因此倒反而成全了他们。于是又冷笑着说道："不管他为的是谁，总而言之，他是为着追求女人而来的一个浑蛋！"

"好了，好了，大小姐，你也不用再骂我了。的确，我也承认我是一个不长进的浑蛋！现在我替你让他滚出去怎么样？"

秦钟伸手连连打着自己的额角，一面说，一面又想夺门而走，却被文珠再度拉了回来，瞪了他一眼，狠狠地说道："没有这么容易，我今天偏不叫你滚，偏叫你待在这里！"

"姐姐，你……"

"怎么？我骂他，你肉疼？"

"不是，你打他，也不关我事。不过，你犯不着和他多缠，难道你忘记了我们应做的正经事？姐姐，你就放他走吧！"爱玉似乎太受委屈了，她一面摇头否认，一面眼泪早已扑簌簌地掉了下来。

文珠却仍旧冷冷地说道："妹妹，你嘴里和心里太不相符了，既然你不肉疼，你为什么流泪？我觉得你是太爱他了。"

"不，不！我流泪是觉得你不该这么使我难堪。"

"秦先生，我们不妨客气一点，你凭良心说一句，你到这儿来，到底是为了我，还是为了她？"文珠听妹妹这样说，遂沉默了一会儿，方才用了比较缓和的语气，向秦钟叫了一声，低低地问。

秦钟对于她那种不可捉摸的态度，倒不禁为之愕然。过了一会儿，方才微笑着说道："大小姐，我不是已经跟你说过了吗？我当初是为了你而来的，不过我好心好意地劝谏你，却被你甩掉我的帽子，把我恶狠狠地赶了出去。后来一次，我又为你而代替李英龙挨了人家一顿揍。这时二小姐将我送到医院去，并且代我向张得标要了医药费，我因此对二小姐才有了认识。所以我绝对不说谎，此刻到这里来，绝不是为了你，我完全是为了二小姐！因为二小姐的思想太好了，我觉得她是一个不平凡的女性！她才是世界上一个有灵魂的女子！"

"你这话是不是当面骂我？她有灵魂，我难道没有灵魂？"文珠听了秦钟这一番话，一时两颊也不免热辣辣地红起来，恨恨地白了他一眼，生气地问。

秦钟笑了一笑，却一本正经地说道："你当然也有灵魂，一个人要没有灵魂的话，那么他怎么会活着呢？你以前的灵魂是被别人勾引去了，好像糊里糊涂的，不在你自己身上的样子。现在，你的灵魂又回到你自己身上来了……"

"这个……何以见得呢？"文珠口里向他问，眼睛却向爱玉瞟。她心里明白，也许妹妹已经跟他谈得很详细了。

秦钟恐怕自己说了出来，爱玉又要被文珠责骂走漏消息，因此他微微地笑道："这你不用问我，其实，你只要把你自己的行动回想一下，你也可以很明白了。大小姐，我觉得你们姐妹两人的感情很好，所以我不能为了自己而累你们发生了误会。我们再见吧！"

"慢着，我问你，你既然很佩服妹妹是个有灵魂的女子，那么你到底爱不爱她呢？"秦钟被她再三地拉住了，而且还问出这些话来。因为不知道她的用意何在，所以心里不免踌躇，默不作声。文珠又追问道："你说，你说呀！这个年头社交公开，你还是一个大学生，难道这句话还怕难为情说不出来吗？"

"其实，我们之间也说不出爱不爱的话，不过，我觉得她这位姑娘，叫人有些念念不忘罢了。"

"这就是了，你对她念念不忘，这就是你爱她的表示。秦先生，你家中有妻子吗？"

"连婚还没有订过哩！哪里就有了妻子？"秦钟觉得文珠说的话好像并没有十分恶意，这就大了胆子回答。不过心中还在猜疑着，不知道她到底存的什么意思。

文珠点点头，回眸又向爱玉望了一眼，低低地问道："妹妹，你觉得秦先生这个人使你念念不忘吗？"

"我没有这个感觉。"

"恐怕不见得吧！我以为事情到了这个地步，你似乎不应该再向我有所瞒骗了。"

"我绝对没有瞒你，姐姐，我的意思，你还是让他走吧！"爱玉涨红了脸，硬着心肠，说出了这两句话。

文珠微微地一笑，挨近爱玉的身旁，拍拍她的肩胛，说道："今天早晨，我对你说这个消息的时候，你就表示太急促，应该缓慢一点。当初我不明白你是什么意思，不过现在我全都知道了。你原来为的就是他！这并非是我的一种猜测……"

"姐姐，你……"

"不用再辩白了，妹妹，我老实跟你说吧，你们两人刚才恋恋不舍的样子，我在门外已经窥听了许多时候了。秦先生曾经向你再三地要求，求你不要离开上海，求你不要离开他。同时你呢，虽然是这么安慰他，不过你的眼泪却扑簌簌地流了下来。我知道你口里拒绝，心中是痛苦的。在这里我当然要向你表示感激，承蒙你真心地爱护着姐姐，为了我，而情愿牺牲你自己的爱。妹妹，我从来也没有这样感动过，今日我才明白，骨肉手足之爱超过了一切其他的爱……"

文珠滔滔不绝地说完了这几句话，握住了爱玉的手，眼泪像雨点一般地滚落下来。爱玉因此投入姐姐的怀抱，索性呜呜咽咽地哭泣起来。秦钟站在旁边，这就弄得没有了法了，抓抓头皮，眨眨眼睛，搓搓手，却深长地叹了一口气，说道："大小姐，二小姐，你们不要伤心呀！我……太不祥了，我……觉得我还是离开这里，比较安静。"

"不，秦先生！你不要走，我并没有讨厌你，刚才我跟你吵闹，原是和你开玩笑的。其实，我很愿意你跟我妹妹这么亲热着。"文珠听他又要走了，方才急急地推开妹妹的身子，把他拉住了说。

这几句话听到秦钟的耳朵里，真是出乎意料地惊奇，一时望着她的粉脸，倒忍不住气怔怔地愕住了。但文珠却一手拉了爱玉的手，一手拉了秦钟的手，要把他们两人的手，慢慢地连接在一起。可是秦钟还不知道文珠是真心还是假意，他有些畏缩的样子，口吃地问道："这……这……是什么意思？"

"我瞧你们刚才拉手的姿势还不大好看，想请你们再拉给我看看。"

"你是不是预备给我们拍照，留着将来好做证据？"

"瞧你这人又在发傻气了！秦先生，你不要害怕，我觉得你这人和社会上那般魑魅魍魉相较，那似乎可爱得多了。刚才妹妹想必已经告诉过了你，我们预备离开上海，远走高飞了。不过，我这一回飞的情形不同，多少是带了一点冒险性的，因为有许多魔鬼，他们也许是不允许我自由自在飞的。不过我总不能束手待毙，我要和他们搏斗，我还是要走的。但妹妹和他们无瓜无葛，她为了我，也冒险一同飞走，这实在是件犯不着的事。不过她孤零零的一个人留在上海，这当然也不大妥当，所以我带她一同飞，原是不得已的办法。现在你既然跟她互相爱慕，这倒使我放下了一桩心事。我预备玉成你们，把妹妹交托给你，你的意思怎么样呢？"

文珠在这个时候，方才把真心话向他们说了出来。秦钟和爱玉面面相觑地呆住了，却不知道回答什么才好。文珠于是继续地说道："我想我这个意思，你们一定是乐而接受的吧！"

"不，姐姐！我不愿你这么做……"

"嗳！这不是害羞的时候，我以为这是你终身幸福最紧要的关头。妹妹，你不用为了我而故意这么说。你姐姐不是一个自私的人，绝不为了自己，而误了你一生的幸福。"

"大小姐，我看你也不要走吧！只要你不受这般魔鬼的引诱，我想你在上海也可以追求光明呀！"秦钟见爱玉对姐姐这么恋恋不舍，而文珠又这样成全自己，他心里也感动起来，遂用了诚恳的口吻，低低地挽留。

文珠苦笑了一下，说道："我在上海是永远也找不到光明了。妹妹，你不用犹疑了，你还是和秦先生一块儿走吧！我……我……也要走了。"

"姐姐，你不用强迫我这么做，我愿意跟你一块儿走。"

文珠一面说，一面已奔到房里，提了她自己的一只皮箱，匆匆地奔出来。但爱玉却拉住了姐姐，也要一同走。秦钟在旁边急道："大小姐，你预备上哪儿去呢？"

"茫茫四海，到处为家，我本是一个流浪惯的女子，所以我心里倒一点也不担忧。"

"大小姐，我知道你之所以要走，是为了避免这般恶徒的纠缠，那么你何不暂时离开这里，先到我家里去住一住，然后你们姐妹两人再慢慢地商量吧！"

"姐姐，他这个意思倒也是一个办法。"爱玉很赞成他的意思，遂向文珠低低地怂恿。

不料正在这个当儿，忽然室门一开，顾元洪和张得标铁青了脸孔走了进来。这倒让文珠等大吃了一惊，但听顾元洪哈哈地冷笑了一阵，说道："我以为你们已经走了呢！原来还待在这儿。"

"走？我走到哪儿去？"文珠一面放下皮箱，一面取了烟卷吸着，竭力镇定了态度，很自然地回答。

张得标也冷笑着说道："你手里还提着箱子哩！这不是预备走的铁证吗？顾先生，你说不会的，不会的，你现在相信我的话了吗？大小姐的肚肠是不容易捉摸的啊！"

"文珠，我说你也太没有良心了，你自己亲口答应了我，你怎么又会中途变卦了呢？"顾元洪听了得标的话，遂向文珠走近了两步，气呼呼地问。

文珠斜睨了他一眼，绷住了粉脸，冷笑道："这可不是笑话？我答应了你什么？就是口头的答应，也算不得一回事呀！奇怪，你有资格来监视我的行动吗？"

"不错！你们是什么狗东西？欺侮一个弱女子！这还成什么世界？我们走！我们只管走好了！"

秦钟在旁边也怒气冲冲地说，他提了文珠的皮箱，预备拉了爱玉文珠夺门而走。却被张得标拦住了，怒目切齿的样子，瞪着秦钟，狠狠地骂道："你这小子是什么东西，你预备拐骗两个女孩子吗？好家伙，上次没有把你揍死，你今天敢是活得不耐烦了。"

"他妈的！你敢……"

"秦先生，你犯不着跟他们吵闹，我倒要看看他们怎么对付我了。"文珠见秦钟要冲上去，遂把他拉过一旁，满面怒容地说。

顾元洪觉得和她强硬，也没有多大的效力。所以他和平了脸色，还是低声下气的样子，说道："文珠，我自问良心，待你不薄，你已经答应了我，那你就是我的未婚妻一样，所以你怎么又可以偷偷地逃跑呢？"

"笑话？我可没有资格做你的未婚妻，你有什么凭据呢？"

"凭据？你瞧瞧哪一张报上不登载着，难道这还不够做凭据吗？"

"报上无非是捕风捉影，那算不了什么凭据。"

"文珠，你这样三心二意，太使我难堪了。我到底哪一件事情对你不起，你忽然又要抛弃我了呢？"

顾元洪问到这里，伸手上去连连抓着头皮，脸上大有哭笑不得的表情。文珠哼了一声，喷出了一口烟，冷笑道："在表上面看来，你一切都对得起我，不但如此，简直是对我好到十二分。但我所说的，是根本问题。你就是在我身上再花多点钱财，心思用得再周密一点，也没有什么用呀！"

"你所说的是什么根本问题？我真有些不大明白。"

"很简单，你家里既然已有了太太，你就不应该再弄第二个女人。"

"这也容易解决，我不是早对你说过吗？我可以去离婚的，然后再跟你正式结婚。"

"这又何苦？照你这种狠毒的行为，就是我跟你结了婚，夫妇之间也根本得不到什么乐趣。"

"那么你难道一定要走吗？"

"走不走和你们毫无关系，反正我总不会来嫁给你。"文珠鼓着红红的粉腮子，说得斩钉截铁的，态度相当强硬。

顾元洪气得脸都发青了，他愕住了一回，方才对张得标说道："张老板，你看这件事情怎么办？"

"你的事情归你，我的事情归我，咱们顶好分开来谈。"

"她既然不肯爱我，我又有什么法子？你……是她的团主人，你们有合同，你应当和她有交涉的权利。"顾元洪没有办法，只好向得标挑拨是非地说。

得标向文珠走近了两步，还是用了劝解的口吻，说道："大小姐，你这个人是很聪明的，但是把'利害'两字，怎么分得这样不清楚呢？你和我的事情撇开了不说，像顾先生待你这么情深义厚，你要再向他这样无礼地行动，我认为你太不懂人情了。"

"你懂人情？所以你帮了刽子手，预备把一头可怜的绵羊牵到屠场里去。哼，老实跟你们说，最好你们给我打一场官司，我静静地等候着，别的再没有什么话好说了。"

张得标被文珠碰了这一鼻子的灰，一时弄得说不上话来，和顾元洪相互望了一眼，忍不住微微地叹了一口气。不料就在这个当儿，忽然门外又闯入一个恶狠狠的男子来，他狰狞了面目，先哈哈地笑了一阵。大家回头望去，原来是李英龙。他冷冷地说道："好哇，你们都在这里。"

"你到这里来又干什么？"

"鸿小姐，你不用拿这样讨厌的态度来对待我，我的来意，不过是向你要回那一样东西。请你还给我，我马上就走！"

"哦，原来是这一样东西吗？"

文珠和他搭白了两句，猛可地想起来了，遂回身在皮包内取出那柄手枪，圆睁了杏眼，把枪口对准了英龙和顾元洪，一步一步地走了上去。英龙退后几步，慌张地说道："你……这算什么意思？"

"鸿大小姐，我顾元洪和你无冤无仇，你不要跟我太开玩笑呀！"顾元洪吓得更加脸色灰白，连忙躲避开去，捧着脑袋，急急地说。

文珠绷住了粉脸，怒目切齿地冷笑了一声，说道："照道理讲，你们两人都不是东西！都是该死的奴才！你们家中既然都有妻子儿女，还要在外面胡调，以爱情为儿戏，拿我们女人当作玩具，此刻把你们打死，还嫌迟哩！"

"大小姐，你……救救我的狗命吧！我情愿不爱你了。"

"好了，好了，鸿小姐，你何必那样认真地吓唬我呢？你还给我吧！大家就此分手，也落个干净。"

顾元洪是急得快要跪下来的样子，但李英龙却含了笑容，慢慢地挨近过去，一把捏住了文珠的手腕，预备夺下她握着的手枪。文珠不肯让他夺去，两人就这样互相争夺。但不知怎么一触动之下，那手枪忽然走火，只听砰的一声，接着文珠凄厉地叫了一声"啊呀"，她放下手枪，两手按了胸部，身子便跌倒下去。爱玉和秦钟一见，急忙转身去扶，口叫姐姐，已经是哭出声来了。李英龙见闯下了人命案子，一时心慌意乱，预备夺门逃奔，但早已被张得标横身拦住。顾元洪从地上拾起那柄掉落的手枪，喝声"往哪儿逃"，把手在机钮上一扳，又是砰的一声，只见李英龙也倒在血泊中了。在顾元洪的心中，本来是预备吓吓他的意思，可是万不料真的会把他击毙在地上，一时不禁跳脚叫道："啊呀！这……是怎么啦？这里面还有一颗子弹吗？"

"李英龙也死了吗？"文珠被爱玉抱在怀里，她似乎还有一点知觉，微微地睁开眼睛来，含了一丝苦笑问。爱玉应了一声是的。她说不出什么话，眼泪像雨点似的落下来。文珠望了秦钟一眼，又向爱玉气喘地说道："爱玉，现在……现在……你总可以跟秦先生去了吧！我……我……在这国破家残的社会上太没有贡献了，死了……死了也干净。"

"姐姐，姐姐！你不能死，你不能死呀！"

"大小姐！大小姐！"

文珠的眼皮慢慢地合上了，她一缕哀怨的芳魂脱离这万恶的社会了。爱玉和秦钟都忍不住哭叫起来。顾元洪和张得标预备悄悄地逃走了事的当儿，忽然见梅真带了两名警察匆匆地进来。原来梅真在厨下听到了枪声，以为是盗贼，所以偷偷地把警察叫来了。当时

248

警察举枪喝问凶手是谁，顾元洪挺身而出，他指了指地上李英龙的尸体，说道："因为他把她打死，所以我替她报仇的。"

"你们都是见证，这是怎么的一回事？大家到局子里去说吧！"警察有些莫名其妙地说，不过他心里猜想，这总是一幕桃色纠纷的悲剧。于是指指张得标和秦钟，把他们一块儿押着到局子里去了。

这里剩下的是梅真和爱玉两个人，她们围着文珠的尸身，呜呜咽咽地哭着。从此以后，这名震上海的一代歌后，也就永远地长眠黄土，不复在舞台上做香艳肉感惊人的表演了。（完）

附　录

从鸳鸯蝴蝶派谈到冯玉奇小说

裴效维

《民国通俗小说典藏文库·冯玉奇卷》将收录冯玉奇的百余种小说作品，此举极其不易。现在，我愿以这篇文章给出版者呐喊助威。尽管我人微言轻，但我毕竟是一个中国文学的研究者，为鸳鸯蝴蝶派说些公道话是我的责任。

冯玉奇是一位鸳鸯蝴蝶派作家，因此我们要想了解冯玉奇，必须首先厘清有关鸳鸯蝴蝶派的一些问题。

一、何谓鸳鸯蝴蝶派

鸳鸯蝴蝶派作家平襟亚在《关于鸳鸯蝴蝶派》（署名宁远）一文中对鸳鸯蝴蝶派的来历说得很清楚：

> 鸳鸯蝴蝶派的名称是由群众起出来的，因为那些作品中常写爱情故事，离不开"卅六鸳鸯同命鸟，一双蝴蝶可怜虫"的范围，因而公赠了这个佳名。

——载香港《大公报》1960 年 7 月 20 日

253

可见鸳鸯蝴蝶派并不是一个有组织有宗旨的小说流派，而是因为当时流行的言情小说多写一对对恋人或夫妻如同鸳鸯蝴蝶般相亲相爱，形影不离，因而民间用鸳鸯蝴蝶小说来比喻这种言情小说，那么这种言情小说的作家群当然也就是鸳鸯蝴蝶派了。这种说法应该是可信的，因为民间常用鸳鸯和蝴蝶来比喻恋人或夫妻，很多民间文学作品中不乏其例。这一比喻非常形象生动，但并无褒贬之意，因此不胫而走。

传到新文学家那里，便加以利用，并赋予贬义，作为贬低对手的武器。但新文学家对鸳鸯蝴蝶派的界定并不一致，大致有两种看法。

一种看法认同民间的比喻说法，即将鸳鸯蝴蝶派小说局限为通俗小说中的言情小说，将鸳鸯蝴蝶派局限为言情小说作家群。鲁迅是这种看法的代表，他在1922年所写的《所谓"国学"》一文中说："洋场上的文豪又作了几篇鸳鸯蝴蝶派体小说出版"，其内容无非是"'卿卿我我''蝴蝶鸳鸯'"（载《晨报副刊》1922年10月4日）。又于1931年8月12日在社会科学研究会做了《上海文艺之一瞥》的长篇演讲，其中对鸳鸯蝴蝶派小说更做了形象而精辟的概括：

> 这时新的才子＋佳人小说便又流行起来，但佳人已是良家女子了，和才子相悦相恋，分拆不开，柳阴花下，像一对蝴蝶、一双鸳鸯一样。

——连载于《文艺新闻》第20、21期

此外，周作人、钱玄同也持这种看法。周作人于1918年4月19日在北京大学文科研究所小说研究会做《日本近三十年小说之发达》

的演讲中，就说现代中国小说"还有《玉梨魂》派的鸳鸯蝴蝶体"（载《新青年》第 5 卷第 1 号）。次年 2 月，周作人又发表《中国小说里的男女问题》（署名仲密）一文，认为"近时流行的《玉梨魂》，虽文章很是肉麻，（却）为鸳鸯蝴蝶派小说的鼻祖"（载《每周评论》第 5 卷第 7 号）。与周作人差不多同时，钱玄同在 1919 年 1 月 9 日所写的《"黑幕"书》一文中也说："人人皆知'黑幕'书为一种不正当之书籍，其实与'黑幕'同类之书籍正复不少，如《艳情尺牍》《香闺韵语》及'鸳鸯蝴蝶派小说'等等皆是。"（载《新青年》第 6 卷第 1 号）这种看法后来被人称之为"狭义的鸳鸯蝴蝶派"看法。

另一种看法却将鸳鸯蝴蝶派无限扩大，认为民国年间新文学派之外的所有通俗小说作家都是鸳鸯蝴蝶派，他们的所有通俗小说都是鸳鸯蝴蝶派小说。这种看法的代表人物是瞿秋白和茅盾。瞿秋白从小说的内容方面来扩大鸳鸯蝴蝶派小说的范围，他在《财神还是反财神》一文中说，"什么武侠，什么神怪，什么侦探，什么言情，什么历史，什么家庭"小说，都是鸳鸯蝴蝶派小说（见人民文学出版社 1953 年 10 月版《瞿秋白文集》）。茅盾则从小说的形式方面来扩大鸳鸯蝴蝶派小说的范围，他在《自然主义与中国现代小说》一文中认定鸳鸯蝴蝶派小说包括"旧式章回体的长篇小说""不分章回的旧式小说""中西合璧的旧式小说""文言白话都有"的短篇小说（载 1922 年 7 月《小说月报》第 13 卷第 7 号）。这种看法后来被人称之为"广义的鸳鸯蝴蝶派"看法，而且逐渐成为主流看法，以致后来的文学研究者都接受了这种看法。

新文学家不仅在鸳鸯蝴蝶派的界定问题上分成了两派，而且在鸳鸯蝴蝶派的名称上也花样百出。如罗家伦因为徐枕亚等人好用四六句的文言写小说，便称其为"滥调四六派"（见署名志希的《今日中国之小说界》，载1919年《新潮》第1卷第1号），但无人响应。郑振铎因为《礼拜六》杂志为鸳鸯蝴蝶派的主要刊物之一，便称其为"礼拜六派"（见署名西谛的《新文学观的建设》一文，载1922年5月21日《文学旬刊》第38号）。这一说法得到了周作人、茅盾、瞿秋白、朱自清、阿英、冯至、楼适夷等人的响应，纷纷采用，以致使用频率越来越高，知名度越来越大，终于成为鸳鸯蝴蝶派的别称了。于是"鸳鸯蝴蝶派"和"礼拜六派"两个名称便被新文学家所滥用。如郑振铎在《新文学观的建设》一文中称"礼拜六派"，而在《〈文学论争集〉导言》一文中却称"鸳鸯蝴蝶派"（见上海良友图书公司1935年10月出版的《新文学大系·文学论争集》卷首）。还有人在同一篇文章里既称鸳鸯蝴蝶派，又称礼拜六派。如阿英在1932年所写的《上海事变与鸳鸯蝴蝶派文艺》一文中说：张恨水的所谓"国难小说"，与"礼拜六派的作品一样，是鸳鸯蝴蝶派的一体"，"充分地说明了鸳鸯蝴蝶派的作家的本色而已"（见上海合众书店1933年6月出版的《现代中国文学论》）。

茅盾在20世纪70年代觉得统称鸳鸯蝴蝶派或礼拜六派都不合适，于是提出了一个折中的看法，他在《紧张而复杂的生活、学习与斗争（上）——回忆录（四）》中说：

> 我以为在"五四"以前，"鸳鸯蝴蝶派"这名称对这一派人是适用的。……但在"五四"以后，这一派中有不少人也来"赶潮流"了，他们不再老是某生某女，而居然写家庭冲突，甚至写劳动人民的悲惨生活了，因此，如果用他们那一派最老的刊物《礼拜六》来称呼他们，较为合式。

——载1979年8月《新文学史料》第4辑

事实是该派在"五四"前后没有根本变化，都是既写言情小说，又写其他小说，将其人为地腰斩为两段，既显得武断，又无法掩盖当时的混乱看法。

　　这些混乱的看法导致后来的文学研究者无所适从：或沿用"鸳鸯蝴蝶派"的说法（如北大本《中国文学史》和《中国小说史稿》、复旦本《中国文学史》和《中国近代文学史稿》等）；或沿用"礼拜六派"的说法（如山东师院本《中国现代文学史》等）；或干脆别出心裁地称之为"鸳鸯蝴蝶—礼拜六派"（见汤哲声《鸳鸯蝴蝶—礼拜六小说观念的价值取向及其评价》，载《苏州大学学报》1992年第2期）。这可真算是中国小说史上的一出有趣的滑稽戏了。

二、如何评价鸳鸯蝴蝶派

　　鸳鸯蝴蝶派的开山作品是1900年陈蝶仙的言情小说《泪珠缘》，因此鸳鸯蝴蝶派应该是指言情小说派，这也就是后来的所谓"狭义的鸳鸯蝴蝶派"，但被新文学家扩大为"广义的鸳鸯蝴蝶派"，实际上也就是民国通俗小说派。

　　鸳鸯蝴蝶派与同时期的"南社"不同，既没有组织，也没有纲领，而是一个在思想倾向和艺术风格上大体相同或相近的小说流派，连"鸳鸯蝴蝶派"这一招牌也是别人强加给它的。然而客观地说，鸳鸯蝴蝶派确实是一个产生过巨大影响的小说流派。在"五四"以前的近二十年间，它几乎独占了中国文坛；在"五四"以后的三十年间，虽然产生了新文学，但新文学只是表面上风光，而鸳鸯蝴蝶派却一派兴旺发达景象。我对"广义的鸳鸯蝴蝶派"做过不完全的统计：该派作家达数百人，较著名者有一百余人，所办刊物、小报和大报副刊仅在上海就有三百四十种，所著中长篇小说两千多种，至于短篇小说、笔记等更难以计数。在此前的中国文学史上，还没有哪个文学流派有过如此宏大的规模，产生过如此巨大的影响。

鸳鸯蝴蝶派由于规模宏大，又处在历史的一个巨变时期，其成员的确鱼龙混杂，其作品也良莠不齐，但总体来说，它形象地记录了中国二十世纪前五十年的历史，为中国读者提供了丰富的精神食粮，对中国小说的传承起过积极作用，因此应该给予充分的肯定。

鸳鸯蝴蝶派小说已经不是中国传统通俗小说的复制，而是一种改良的通俗小说。在形式方面，它既采用章回体，也采用非章回体，甚至采用了西洋小说的日记体、书信体等，至于侦探小说则更是完全模仿自西洋小说。在艺术手法方面，受西洋小说的影响非常明显，如增加了人物形象和景物描写，结构与叙事方式也趋于多样化，单线和复线结构并用，第三人称和第一人称叙述法兼施，还采用了倒叙法和补叙法。在内容方面，鸳鸯蝴蝶派小说已经扩大了描写范围，反映了当时社会生活的各个方面，甚至已经紧跟时事，及时反映当前的社会现实，被称为"时事小说"。如李涵秋的《广陵潮》描写辛亥革命，而他的《战地莺花录》则描写五四运动，这种及时反映当时发生的重大政治事件的小说，与多写历史故事的古代小说完全不同，显然是一大进步。鸳鸯蝴蝶派的言情小说，也不同于古代的才子佳人小说，而是一种新才子佳人小说。古代的才子佳人小说因面对森严的封建礼教，只能写才子与佳人偶尔一见钟情，以眉目传情或诗书传情的方式进行交流，最后皆是有情人终成眷属的大团圆结局。而这种大团圆结局完全是人为的：或出于巧合，或由于才子金榜题名，皇帝御赐完婚，这就完全回避了封建包办婚姻的问题。而民国年间的封建礼教已经在一定程度上松绑，尤其像上海、北京等大城市得风气之先，恋爱自由和婚姻自主思想已经渐入人心。因此有些鸳鸯蝴蝶派的言情小说也突破了古代才子佳人小说的窠臼，才子佳人已经敢于"相悦相恋，分拆不开，柳阴花下，像一对蝴蝶、一双鸳鸯一样"。其结局也不再全是有情人终成眷属的大团圆，而是"有时因为严亲，或者因为薄命，也竟至于偶见悲剧的结局……这实在不能不说是一个大进步"（鲁迅《上海文艺之一瞥》，连载于1931年7月27日、8月3日《文艺新闻》第20、21期）。言情小说由大团圆结局到悲剧结局的确是一个大进步，因为前者是回避封建包办婚姻礼制，而后者是控诉封建包办婚姻礼制。而这一进步的开创者是曹雪芹和高鹗，他们在《红楼梦》里所写的婚姻差不多都是悲剧。因此胡适称赞《红楼梦》不仅把一个个人物"都写作悲剧的下场"，而且最后"作一个大悲剧的结束，打破了中国小说的团圆迷信"（《〈红楼梦〉考证》，见1923年亚东图书馆版《胡适文存》）。可见鸳鸯蝴蝶派的言情小说在一定程度上继承了《红楼梦》开创的爱情婚姻悲剧模式，因而具有相当的反封建意义。我们可以徐枕亚的《玉梨魂》为例加以说明，因为该小说被新文学家指为鸳鸯蝴蝶派的代表性作品。

《玉梨魂》的故事很简单——清末宣统年间，小学教员何梦霞与年轻寡妇白梨影相爱，但两人均认为他们的这种行为是不道德的。为了得到感情的解脱，白梨影想出个"移花接木"的办法，即撮合何梦霞与自己的小姑崔筠倩订了婚。然而何梦霞既不能移情于崔筠倩，白梨影也无法忘情于何梦霞，结果造成了一连串的悲剧——白梨影在爱情与道德的激烈冲突下郁郁而死；崔筠倩因得不到何梦霞之爱而离开了人世；白梨影的公公因感伤女儿、儿媳之死而一病身亡；白梨影的十岁儿子鹏郎成了孤儿。何梦霞为排遣苦闷，先赴日本留学，继又回国参加了辛亥武昌起义（即辛亥革命），壮烈牺牲。

《玉梨魂》不仅描写了一个爱情婚姻悲剧，而且不同于一般的爱情婚姻悲剧。一般的爱情婚姻悲剧都是由封建势力造成的，即由包办婚姻造成的；而《玉梨魂》所写的爱情婚姻悲剧，其原因却是何梦霞和白梨影自身的封建道德。他们既渴望获得恋爱自由和婚姻自主的权利，又不能摆脱封建道德和封建礼教的束缚，两者激烈冲突，造成三死一孤的惨剧。从而揭露了封建道德和封建礼教的影响力是多么巨大，它已深入人们的骨髓，使其不能自拔。因此，它的反封建意义比一般的爱情婚姻悲剧更为深刻。

其实，新文学阵营也不是铁板一块，虽然大多数新文学家对鸳鸯蝴蝶派全盘否定，但也有少数新文学家态度比较客观，他们对鸳鸯蝴蝶派也给予一定的肯定。鲁迅是其中最突出的一位，他不仅认为某些鸳鸯蝴蝶派的悲剧言情小说是"一大进步"，而且不同意某些新文学家对鸳鸯蝴蝶派消极影响的夸大其词。他说：

至于说他流毒中国的青年，那似乎是过虑。倘有人能为这类小说所害，则即使没有这类东西也还是废物，无从挽救的。与社会，尤其不相干，气类相同的鼓词和唱本，国内非常多，品格也相像，所以这些作品也再不能"火上添油"，使中国人堕落得更厉害了。

——《关于〈小说世界〉》，载《晨报副刊》

1923 年 1 月 15 日

这种客观的观点与前述周作人无限夸大鸳鸯蝴蝶派作品能使国民生活陷入"完全动物的状态"乃至"非动物的状态"的观点形成了鲜明对比。当抗日战争爆发后，鲁迅更提倡文学界的抗日统一战线，主张团结鸳鸯蝴蝶派一起抗日。他说：

我以为文艺家在抗日问题上的联合是无条件的，只要他不是汉奸，愿意或赞成抗日，则不论叫哥哥妹妹，之乎者也，或鸳鸯蝴蝶都无妨。但在文学问题上我们仍可以互相批判。

——《答徐懋庸并关于抗日统一战线问题》，
载《作家》月刊第1卷第5期

鲁迅不仅提倡团结鸳鸯蝴蝶派一起抗日，而且主张新文学派与鸳鸯蝴蝶派在文学问题上"互相批判"，这种平等对待鸳鸯蝴蝶派的度量，也与那些视鸳鸯蝴蝶派如寇仇，必欲置诸死地而后快的新文学家形成了鲜明对比。

对鸳鸯蝴蝶派给予肯定的不只鲁迅，还有朱自清和茅盾。朱自清认为供人娱乐是中国传统小说的特点，因此不赞成将"消遣"作为罪状来批判鸳鸯蝴蝶派小说。他说：

在中国文学的传统里，小说……更是小道中的小道，就因为是消遣的，不严肃。不严肃也就是不正经，小说通常称为"闲书"，不是正经书。……鸳鸯蝴蝶派的小说意在供人们茶余酒后的消遣，倒是中国小说的正宗。

——《论严肃》，载《中国作家》创刊号

茅盾也承认鸳鸯蝴蝶派小说也"写家庭冲突，甚至写劳动人民的悲惨生活"。他还从艺术性方面对鸳鸯蝴蝶派小说给予一定肯定。

他认为鸳鸯蝴蝶派的有些长篇小说"采用西洋小说的布局法"，如倒叙法、补叙法，以及人物出场免去套语、故事叙述"戛然收住"等等，这一切是对"旧章回体小说布局法的革命"。还认为鸳鸯蝴蝶派的有些短篇小说学习了西洋短篇小说"截取一段人生来描写，而人生的全体因之以见"的方法："叙述一段人事，可以无头无尾；出场一个人物，可以不细叙家世；书中人物可以只有一人；书中情节可以简至只是一段回忆。……能够学到这一层的，比起一头死钻在旧章回体小说的圈子里的人，自然要高出几倍。"（《自然主义与中国现代小说》，载 1922 年 7 月 10 日《小说月报》第 13 卷第 7 号）

鲁迅、朱自清、茅盾毕竟属于新文学派，因此他们对鸳鸯蝴蝶派的肯定是有限的。我们应该摆脱成见与束缚，从中国文学史的角度，对鸳鸯蝴蝶派做出客观公正的评价。

三、如何看待冯玉奇的小说

我们澄清了以上有关鸳鸯蝴蝶派的三个问题，等于为介绍冯玉奇的小说提供了一个坐标，也等于为读者提供了一把参照标尺。读者用这把标尺，就可自行评判冯玉奇的小说了。

冯玉奇于 1918 年左右生于浙江慈溪，笔名左明生、海上先觉楼、先觉楼，曾署名慈水冯玉奇、四明冯玉奇、海上冯玉奇。据说他毕业于浙江大学（一说复旦大学）。1937 年九一八事变后寄居上海，感山河破碎，国事蜩螗，开始写作小说以抒怀。其处女作为《解语花》，由上海春明书店出版。出版后旋即由东方书场改编为同名话剧，演出后轰动一时。那时他才十九岁。由此一发而不可收，至 1949 年 7 月《花落谁家》出版，在短短十来年时间里，他创作的小说竟达一百九十多种，平均每年近二十种，总篇幅应该不少于三千万字，只能用"神速"来形容。这时他只有三十一岁。近现代文学史料专家魏绍昌先生（已去世）所编《鸳鸯蝴蝶派研究资料（史料部分）》（上海文艺出版社 1962 年 10 月出版）开列的《冯玉奇作品》目录只有一百七十二种，也有遗珠之憾。不过我们从这一目录中仍可确定冯玉奇是一位以写言情小说为主的通俗小说作家，因为在一百七十二种小说中，言情小说占有一百二十二种，其他小说只有五十种：社会小说三十四种、武侠小说十四种、侦探小说两种。

冯玉奇不仅是一位写作神速且极为多产的通俗小说作家，还是一位热心的剧作家和剧务工作者。早在他二十六岁（1944 年）时，就担任了越剧名伶袁雪芬的雪声剧团的剧务，并为之创作了《雁南归》《红粉金戈》《太平天国》《有情人》《孝女复仇》五大剧本，演出效果全都甚佳。在他二十七到二十八岁（1945～1946）时，又与他人合作，前后为全香剧团和天红剧团编导了《小妹妹》《遗产恨》《飘零泪》《义薄云天》《流亡曲》等二十多个剧本，演出效果同样甚佳。可见冯玉奇至少写过十几个剧本。

冯玉奇一生所写的小说和剧本总计不下两百五十种，总篇幅可能达到四千万字以上，是名副其实的"著作等身"，是当之无愧的中国最多产的作家，号称多产的同派小说家张恨水也难望其项背。当时的文学作品已是一种特殊商品，冯玉奇的小说如此畅销，其剧本演出又如此轰动，这足可以证明其受人欢迎，这就是读者和观众对冯玉奇的评价，它比专家的评价更为准确，也更为重要。遗憾的是，我们无法看到他的剧作和三十岁以后的作品，也不知其晚景如何，卒于何年。

从冯玉奇的生活年代和创作时段来看，他显然是鸳鸯蝴蝶派的后起之秀，所以尽管他作品如此之多，影响如此之大，而同派的老前辈却很少提到他，这也是"文人相轻"的表现之一。

按说要介绍冯玉奇的小说，应该将其全部小说阅读一遍，但我没有这么多时间，也没有这么大精力，因而只向中国文史出版社借阅了《舞宫春艳》《小红楼》《百合花开》三种，全都是言情小说。因此我只能以这三种言情小说为例加以介绍，这可能会犯以偏概全的错误，因此只能供读者参考。

　　《舞宫春艳》写了两个纠缠在一起的爱情婚姻悲剧故事：苏州富家子秦可玉自幼与邻居豆腐坊之女李慧娟相恋，由于门第悬殊，秦可玉被其父禁锢，二人难圆成婚之梦。不幸李慧娟生下了一个私生女鹃儿，只好遗弃，自己则郁郁而死。鹃儿被无赖李三子收养，长大后卖到上海做伴舞女郎，改名卷耳。中学生唐小棣先是爱上了姑夫秦可玉家的婢女叶小红，不料叶小红失踪，于是移情于卷耳，但无钱为卷耳赎身，两人感到婚姻无望，于是双双吞鸦片自尽。

　　《小红楼》的故事紧接《舞宫春艳》：曾经被唐小棣爱过的叶小红的失踪，原来也是被无赖李三子拐卖为伴舞女郎，小棣、卷耳自杀后，小红才被救了回来，并被秦可玉认为义女。经苏雨田介绍，与辛石秋相识相恋而订婚。同时石秋的姨表妹巢爱吾也爱石秋，但石秋既与小红订婚在先，便毅然与小红结婚。爱吾为了摆脱难堪的地位，离家出走，下落不明。石秋奉父命赴北平探望二哥雁秋，在火车站被人诬陷私带军火，被军人押到司令部。可巧爱吾此时已成为张司令的干女儿兼秘书，便设法救了石秋一命。但张司令强迫石秋与爱吾结婚，二人既不敢违命，又固守道德，便以假夫妻应付。后来石秋回到家里，终于与小红团聚。

　　《百合花开》写了两个紧密相关的爱情婚姻故事：二十岁的寡妇花如兰同时被四十二岁的教育家盖季常和十八岁的革命青年盖雨龙叔侄俩所爱，而盖季常的十六岁侄女盖云仙又同时被三十六岁的银行家杨如仁和十九岁的革命青年杨梦花父子俩所爱。经过许多曲折后，终于两位长辈让步，盖雨龙与花如兰、杨梦花与盖云仙同场结婚。

由以上简单介绍可知，冯玉奇的这三种小说共写了五个爱情婚姻故事，其中两个是悲剧结局，三个是有情人终成眷属。这正如鲁迅所说："有时因为严亲，或者因为薄命，也竟至于偶见悲剧的结局……这实在不能不说是一个大进步。"其次，这三种小说的五个爱情婚姻故事，倒有四个是三角爱情婚姻故事，但它们的情况并不雷同。唐小棣、叶小红、卷耳的三角恋是一男爱二女，辛石秋、叶小红、巢爱吾的三角恋是两女爱一男，而盖季常、盖雨龙、花如兰和杨如仁、杨梦花、盖云仙的三角恋更为异想天开，竟然都是两辈嫡亲男人（叔侄、父子）同爱一个女子。可见冯玉奇极有编故事的才能，从而使作品更具吸引力和娱乐性。又次，这三种言情小说的描写极为干净，没有任何色情描写。除了秦可玉与李慧娟有私生女外，其他人都非礼勿言，非礼勿行。如辛石秋与叶小红因婚礼当天石秋之母去世，为了守孝，新婚夫妻在百日之内没有圆房。而辛石秋与姨表妹巢爱吾为了对得起叶小红，虽被张司令强迫成亲，却只做了几天假夫妻。

从表现形式和艺术手法来看，我觉得冯玉奇的小说与当时新文学的新小说都受了西洋小说的影响，基本相同。譬如：两者都突破了传统小说书名的套路，不拘一格，尤其采用了一字书名和二字书名，如冯玉奇有《罪》《孽》《恨》《血》和《歧途》《逃婚》《情奔》等；而巴金有《家》《春》《秋》，茅盾有《幻灭》《动摇》《追求》。两者的对话方式也突破了传统小说的套路，灵活自如：对话既可置于说话者之后，也可置于说话者之前，还可将说话者夹在两句或两段话之间。至于小说的结构法、叙述法与描写法，更是差不多的。譬如人物描写不再是"沉鱼落雁""闭月羞花""倾国倾城"之类的千人一面，景物描写也不再是"落红满地""绿柳成荫""玉兔东升"之类的千篇一律，而加以具体描绘。这里随便举一个例子：

> 小红坐在窗旁，手托香腮，望着窗外院子里放有一缸残荷，风吹枯叶，瑟瑟作响。墙角旁几株梧桐，巍然而立。下面花坞上满种着秋海棠，正在发花，绿叶红筋，临风生姿，可惜艳而无香，但点缀秋色，也颇令人爱而忘倦。

这是《小红楼》对莲花庵一角的景物描绘，虽然算不上十分精彩，但作者通过小红的眼睛描绘了院中的三样东西——风吹作响的"枯荷"、巍然挺立的"梧桐"、正在开花的"海棠"，从而衬托出莲花庵幽静的环境，曲折地表明了时在秋季。频繁使用巧合手法是冯玉奇小说的显著特点，可以说把所谓"无巧不成书"用到了极致。巧合手法有助于编织故事，缩短篇幅，增加作品的吸引力等，但使用过多则时有破绽，有损于作品的真实性。冯玉奇的某些小说也采用了章回体，但只是标题用"第×回"和对偶句，"却说""且听下回分解"之类的套语已不再经常出现，因此并非章回体的完全照搬。况且章回体并非劣等小说的标志，它在我国小说史上发挥过巨大作用，产生过杰出的四大古典小说。因此用章回体来贬低冯玉奇的小说，也是毫无道理的。

冯玉奇的小说也有明显的缺点。它们与其他鸳鸯蝴蝶派小说一样，主要注重小说的娱乐性，而忽视小说的社会性和艺术性，因此没有产生杰出的作品。他是南方人而小说采用北方话，加之写作速度太快，无暇深思熟虑，导致语言不够流畅，用词不够准确，还有许多错别字和语病。还有使用"巧合"法太多，有时破绽明显，这里不再举例。

总而言之，冯玉奇既不是"黄色"和"反动"小说家，也不是杰出小说家，而是一位勤奋多产、有益无害的通俗小说家，他应在中国小说史尤其是中国现代小说中占有一席之地。

2017 年 6 月 4 日于北京蜗居

图书在版编目（CIP）数据

清歌艳舞·紫陌红尘 / 冯玉奇著. — 北京：中国
文史出版社，2018.3

（民国通俗小说典藏文库·冯玉奇卷）

ISBN 978－7－5205－0034－0

Ⅰ．①清… Ⅱ．①冯… Ⅲ．①长篇小说－中国－现代
Ⅳ．①I246.5

中国版本图书馆 CIP 数据核字（2018）第 010437 号

点　　校：薛未未
责任编辑：蔡晓欧

出版发行：**中国文史出版社**

网　　址：http://www.chinawenshi.net

社　　址：北京市西城区太平桥大街 23 号　邮编：100811

电　　话：010－66173572　66168268　66192736（发行部）

传　　真：010－66192703

印　　装：廊坊市海涛印刷有限公司

经　　销：全国新华书店

开　　本：720×1020　1/16

印　　张：17.25　　字数：201 千字

版　　次：2018 年 5 月第 1 版

印　　次：2018 年 5 月第 1 次印刷

定　　价：49.80 元